La guerre des dieux 5

–

Le Talisman des Âmes

Du même auteur :

L'Héritier

La guerre des dieux :
1 – Le Maître des Ombres
2 – L'Enlèvement
3- Les Royaumes Oubliés
4- Le Roi Félon
5- Le Talisman des Âmes
6 – La Déesse Déchue (à paraître)

Kiwa

www.magali-raynaud.com
https://www.facebook.com/Magali-Raynaud-221397698212053/

Raynaud Magali

Le Talisman des Âmes

Le Code de la propriété intellectuelle interdit les copies ou reproductions destinées à une utilisation collective. Toute représentation ou reproduction intégrale ou partielle faite par quelque procédé que se soit, sans le consentement de l'auteur ou de ses ayant cause, est illicite et constitue une contrefaçon, aux termes des articles L.335-2 et suivants du Code de la propriété intellectuelle.

Carte du monde

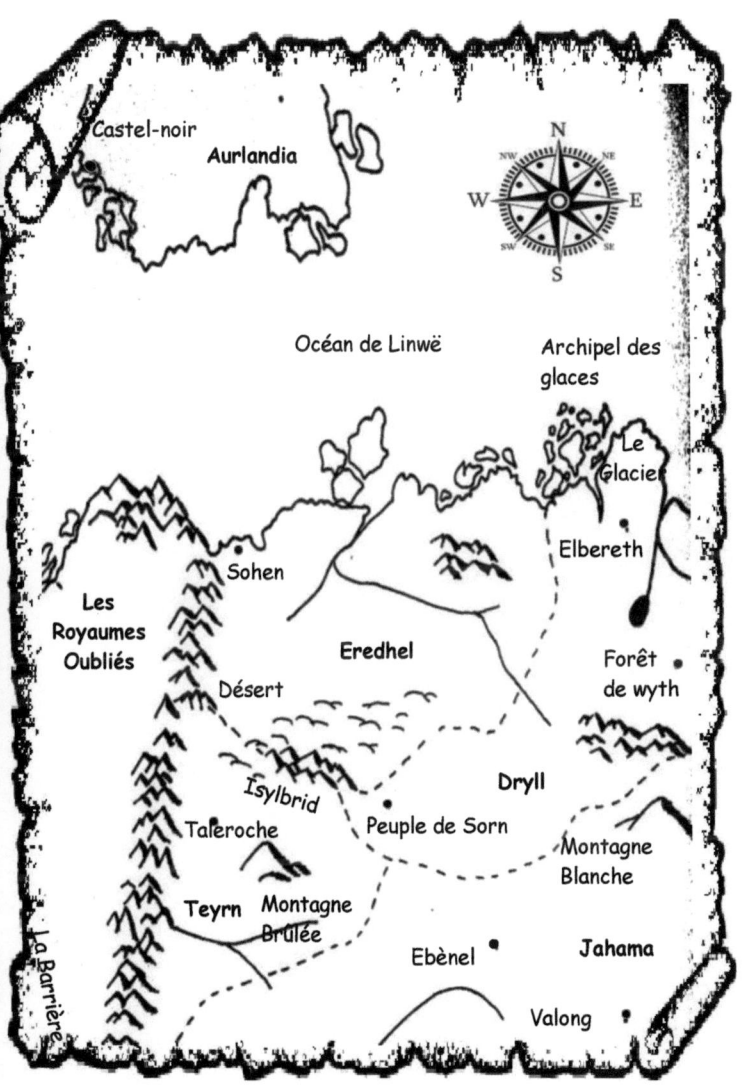

1

Avec la nuit était venu un vent froid d'automne qui apportait avec lui des nuages qui cachaient les pâles éclats de la lune, plongeant les rues de Sohen dans l'obscurité. Seules les torches accrochées au mur repoussaient les ténèbres, mais dans les petites ruelles où il n'était pas recommandé de se rendre le soir, la nuit régnait en maître.

L'homme à capuche qui y progressait ne se souciait nullement du noir, marchant d'un pas assuré sans faire de bruit, sans jamais trébucher ni tâter les murs des mains. Il n'était pas de ceux qui craignaient les ruelles sombres et malfamées, il était de ceux que l'on craignait de rencontrer.

En arrivant à une intersection, Connor soupira, légèrement agacé. Depuis une heure, il fouillait les moindres recoins de la ville à la recherche d'un homme que Darek l'avait chargé de trouver. D'après les sources, c'était un contrebandier, une sale crapule qui faisait courir pas mal de bruits sur la confrérie, et pas seulement à Sohen, mais également dans tout le royaume. Darek en avait assez, plusieurs des membres de la confrérie avaient eu des soucis avec les autorités dans d'autres villes et il avait fallu l'intervention de la reine pour les tirer d'affaire.

L'homme avait été vu aujourd'hui à Sohen et Connor le traquait depuis un moment. Il n'avait pas vraiment eu le choix à vrai dire, Darek lui ayant un peu forcé la main. Le jeune homme avait d'autres projets en tête, tous concernant sa délicieuse femme évidemment, et il avait dû annuler pour courir après un imbécile dans les rues de Sohen en plein milieu de la nuit !

Il ne put s'empêcher de sourire en songeant à Sanya. Elle était sa femme, à présent, et même si plusieurs mois s'étaient écoulés depuis leur mariage, il avait encore du mal à réaliser qu'il était marié à la reine d'Eredhel. Faisant de lui un roi qui plus est ! Lui, né paysan, finissait roi. Il se souvenait encore de la fête, relativement privée, où il avait longuement dansé avec sa femme, riant comme des enfants et se laissant emporter par la joie ; ils avaient bu jusqu'à être saouls. Ils s'étaient ensuite retirés dans leur quartier pour leur nuit de noces sous les sourires complices de leurs amis, et avaient passé une longue nuit d'amour qu'ils n'étaient pas près d'oublier.

Le lendemain, Connor avait fait préparer deux chevaux et avait emmené la reine vers un lieu inconnu. Durant la journée de voyage, sa femme n'avait pas cessé de le bombarder de questions, voulant à tout prix savoir où ils allaient, mais son époux avait gardé le silence, se contentant de sourire.

Quand ils étaient arrivés le soir, la jeune femme avait écarquillé les yeux de stupéfaction. Devant elle se trouvait le plus magnifique paysage qui lui fut donné de voir : une crique, avec une plage de sable blanc au bord de l'océan, proche d'une cascade qui continuait sa course dans plusieurs bassins naturels au milieu d'une forêt luxuriante. L'eau était claire, turquoise même, le fond des bassins tapissé de cristaux et le bruit des vagues non loin était apaisant. Aux anges, Sanya s'était jetée dans les bras de son mari.

- C'est magnifique ! Mais où dormirons-nous ?

- Je n'avais pas prévu de dormir, avait soufflé son amant à son oreille.

Sanya avait souri avant d'embrasser son mari. Puis elle s'était détachée de lui pour s'approcher de la plage. Lui lançant un regard en coin, elle s'était déshabillée, laissant ses vêtements tomber par terre, et s'était avancée dans l'eau.

- Tu viens ? Elle est délicieuse !

Connor ne s'était pas fait attendre ; abandonnant ses vêtements, il avait couru la rejoindre. Il l'avait éclaboussée, provoquant son rire cristallin, puis elle s'était jetée sur lui pour le faire couler. Ils avaient longuement chahuté, se poussant, s'arrosant, Connor soulevait sa femme dans ses bras pour la jeter plus loin et elle répliquait en le faisait basculer dans l'eau.

Ils avaient passé les plus beaux jours de leur vie, seuls tous les deux, coupés du monde. Pour la première fois depuis deux ans, ils profitaient pleinement de ce que la vie leur donnait, sans se poser de questions, sans se justifier. Ils vivaient simplement, au jour le jour, et rien d'autre ne comptait pour eux que d'être unis.

Et quand il avait fallu rentrer, ils s'étaient promis de revenir un jour.

Connor sentit la nostalgie l'envahir. Il aurait tout donné pour être encore là-bas avec Sanya, à profiter de la vie et de son amour. C'est en songeant à ce bonheur simple qu'il se disait de plus en plus souvent que la guerre était plus que pesante.

S'arrachant à sa rêvasserie, Connor reprit ses recherches. Plus vite il trouverait l'homme, plus vite il pourrait retrouver Sanya, en espérant qu'elle ne dorme pas encore.

*

L'homme marchait d'un pas hâtif, jetant des coups d'œil craintifs tout autour de lui, sursautant au moindre éclat de voix ou au moindre bruit. Un chat ayant renversé une planche en bois juste devant lui avait failli lui faire une crise cardiaque et il avait éclaté d'un rire nerveux avant de se reprendre.

Il commençait à regretter amèrement ses agissements, et si ça lui avait semblé être une bonne idée, il se maudissait aujourd'hui d'avoir voulu agir contre la confrérie. Il ne l'aimait pas, il la détestait autant qu'il la craignait, et il n'était pas le seul dans ce cas-là. Beaucoup en ville redoutaient la présence des Maîtres des Ombres, des histoires inquiétantes se racontaient sur eux dans les tavernes. Meurtres, vols. Ces gens-là étaient insaisissables, ils faisaient régner leur loi dans l'ombre. On racontait qu'ils n'étaient pas vraiment humains, qu'ils pouvaient devenir invisibles, apparaître là où ça leur chantait, et il leur suffisait d'un geste de la main pour tuer une personne. Rien ne pouvait leur faire obstacle et rien ne pouvait les vaincre. On murmurait toujours des choses inquiétantes sur eux et ceux qui avaient croisé un Maître des Ombres conserveraient cette vision jusqu'à la fin de leur jour.

Pourquoi diable la reine les tolérait-elle ?! Bien sûr, on racontait des choses aussi sur elle. On racontait qu'elle avait une liaison avec l'un d'eux, et selon certains, son mari, le nouveau roi, était même un Maître des Ombres. Il n'y avait aucune preuve, bien sûr, mais c'est ce qu'on murmurait.

L'homme avait voulu se rebeller, faire comprendre à cette confrérie qu'elle était de trop en ville et que certains ne voulaient plus d'eux. Bien qu'ils soient encore une minorité – car beaucoup vénéraient ces Maîtres des Ombres et ne se sentaient pas menacés par eux – l'homme voulait qu'ils comprennent qu'il était temps pour eux de cesser... d'être ce qu'ils étaient. Ils devaient s'adapter aux communs des mortels, vivre comme eux et ne pas profiter d'un quelconque don.

Ceux souhaitant leur disparition étaient encore trop peu nombreux pour pouvoir imaginer une attaque armée contre la confrérie, aussi l'homme avait tenté une offensive plus subtile.

Offensive qu'il allait probablement payer de sa vie aujourd'hui.

Hâtant le pas, il devait trouver une cachette, un lieu sûr où il pourrait passer la nuit. Et demain, se mêlant à la foule, il quitterait la ville. Celui qui le traquait ne le suivrait pas. Encore fallait-il qu'il tienne la nuit dans les rues de Sohen. Car l'homme qui le traquait était un démon.

Il y eut un bruit étouffé dans son dos et le contrebandier fit volte-face, la main sur le cœur. Il eut le temps de voir une ombre bouger non loin de lui et il retint de justesse un cri d'horreur.

Il l'avait trouvé !

Prenant ses jambes à son cou, l'homme partit en courant, essayant de semer son adversaire dans les ruelles de Sohen. Quelques instants plus tôt, il ne voulait pas se rendre dans les artères plus importantes de la ville, car il pensait être plus facilement repérable, mais à présent, rejoindre les rues principales apparaissait comme son seul salut. Il usa donc de toute son énergie pour courir plus vite.

Derrière lui, il entendait des pas et en se retournant, il découvrit une silhouette massive encapuchonnée qui le poursuivait. Mort de peur, l'homme redoubla d'efforts pour s'enfuir.

Il voyait à présent la rue marchande se dessiner devant lui et l'espoir l'envahit. Le Maître des Ombres ne pourrait pas le tuer en public. Il était sauvé.

Soudain, la mort fondit sur lui.

La silhouette noire fut devant lui et avant que l'homme ne puisse réagir, il trébucha sur le pied tendu en travers de son chemin. Emporté par sa vitesse, il s'écrasa lourdement sur le pavé, s'écorchant les mains, les coudes et les genoux. Une douleur fulgurante se répandit dans son corps et il gémit de douleur en essayant de se relever.

Une main puissante lui saisit l'épaule, le plaquant contre le mur. Tremblant de tous ses membres, l'homme contempla le visage de son poursuivant, à moitié caché sous son capuchon. Ses yeux verts le transperçaient, lui donnant l'impression que rien ne pouvait leur échapper. Et la cicatrice qui barrait son visage lui donna des sueurs froides.

- Pitié..., couina-t-il.

Le Maître des Ombres le contempla longuement. Sa main ne desserra pas son épaule et l'autre semblait prête à saisir l'une des dagues accrochées dans son dos.

- Tu sais pourquoi je suis là.
- Oui... enfin... pardonnez-moi, je vous en supplie...
- Pourquoi as-tu lancé de fausses accusations contre ma confrérie ? Pourquoi voulais-tu nous créer des soucis ?
- Je...
- Qu'espérais-tu y gagner ?
- Rien !
- Alors pourquoi ? insista Connor d'une voix froide. A-t-on déjà fait du mal à des personnes ne l'ayant pas mérité ? Nous ne sommes pas une confrérie d'assassins.
- On raconte des histoires de meurtres...
- Oui, il y en a eu, malheureusement. Peu, néanmoins, et les victimes n'avaient rien de victimes. Des violeurs, des assassins. Maintenant, dis-moi, si ta fille se faisait battre, violer puis tuer par un homme, voudrais-tu la mort de l'assassin ?
- Oui...
- Tout comme les familles ayant subi ce drame, et il est vrai que ma confrérie les a parfois aidés. Et voudrais-tu tuer celui qui a éliminé l'assassin de ta fille ?
- Non...
- Pourtant tu voulais notre perte.

L'homme devint livide.

- Les Maîtres des Ombres ne sont pas des voleurs. Si nous nous sommes déjà infiltrés dans des maisons pour y dérober certaines choses, c'était dans l'unique but de rendre les objets à leur véritable propriétaire, et non pour se remplir les poches. Alors je te le redemande, pourquoi voulais-tu notre perte ?

- Je... certains... craignaient... vous avez un pouvoir...

L'homme s'embrouillait, ne savait pas quoi dire pour se tirer de sa situation.

- Les hommes craignent et méprisent ceux plus puissants qu'eux, grogna Connor. Il est vrai que nous avons des pouvoirs, que nous ne sommes pas comme le commun des mortels. On pourrait dominer. Mais on ne le fait pas, parce que ce n'est pas dans notre mentalité. Nos aptitudes, nous les mettons au service du peuple, nous ne nous en servons pas pour gagner plus de pouvoir. Nous n'avons jamais fait de mal à des innocents, nous n'avons jamais usé de notre force pour obtenir d'eux ce que l'on souhaite. Nous ne causons pas d'ennuis à ceux qui n'en cherchent pas. Alors qu'est-ce qui vous donne le droit de juger si on mérite d'exister ou non ?

L'homme déglutit péniblement. Dans quoi s'était-il embarqué ? Il n'aurait jamais dû provoquer la confrérie. Le Maître des Ombres avait raison.

- La prochaine fois qu'on te dira que nous sommes des monstres et que nous ne devrions pas exister, n'écoute pas bêtement et réfléchis par toi-même. Ne juge pas sans connaître, ou seulement de réputation. L'ignorance est la clé de la servitude. Si tu ne veux pas qu'on te manipule, réfléchis à ce qu'on te dit. Je te laisse la vie, en espérant que tu ne la gâcheras pas et que tu cesseras d'importuner des gens qui ne t'ont rien fait.

- Je le jure !

- Ne jure pas, agis. Les promesses ne sont que des mots, et on peut faire dire n'importe quoi aux mots.

Quand le Maître des Ombres le lâcha, l'homme le contempla un instant, reconnaissant, le cœur battant sourdement. Inclinant la tête, il détala sans demander son reste.

Une fois seul dans la ruelle, Connor sourit. Étrange comme ces années au sein de la confrérie l'avaient changé. L'homme était plutôt bien bâti, sans doute était-il un petit caïd qui aimait faire peur et sortir les poings pour un rien, pourtant il avait failli se faire dessus quand le jeune homme l'avait coincé. À Ebènel, Connor était respecté et on ne venait pas souvent l'embêter, mais jamais il n'avait inspiré une telle crainte. Ils avaient déjà eu affaire à des brutes à qui il avait donné de belles corrections, et ces derniers ne s'étaient plus approchés de lui, mais ils lui jetaient toujours des regards méprisants. À présent, c'était des coups d'œil craintifs qu'on lui jetait.

Hormis les femmes, qui le contemplaient avec plus d'envie, et il ne pouvait pas entrer dans une taverne sans qu'une ou deux ne lui fassent de l'œil, attirant son attention sur son décolleté. Et Connor les ignorait toutes, comme à son habitude, pas intéressé pour un sou.

Il n'y avait qu'une seule femme qui avait su faire fondre son cœur de glace, une seule qui avait su briller à ses yeux. Une seule qui arrivait à attirer son regard sur son décolleté.

Connor sourit de plus belle et d'un pas pressé, prit la direction du château.

2

Connor n'empruntait pour ainsi dire jamais les artères principales de la ville, car il jugeait qu'on avait plus de chance de tomber sur des informations importantes dans les petites ruelles, là où les hommes louches se cachaient pour discuter.

Pourtant aujourd'hui, il aurait mieux fait de prendre la rue principale.

L'Onde l'avertit du danger et il se décala sur le côté une fraction de seconde avant que le carreau ne le touche. Le trait mortel s'écrasa contre le mur d'une maison. Tirant ses dagues, Connor fouilla les environs du regard à la recherche de ses attaquants. Un autre carreau fusa et il l'évita une fois de plus, sentant l'acier frôler son cou. Au troisième, il découvrit enfin le tireur, posté sur le toit d'une maison.

Le Maître des Ombres s'apprêtait à le rejoindre quand trois hommes lui barrèrent la route, armes aux poings. Grands et puissamment bâtis, une grosse barbe rongeant leur visage, ils portaient tous un plastron, des gantelets et des bottes de fer. À leur ceinture pendaient plusieurs sortes d'armes, et ils tenaient à la main soit une masse, une épée longue ou une épée courte. Ils affichaient un rictus mauvais, roulant des muscles. Connor les identifia tout de suite comme des mercenaires et à leur teint hâlé, il en déduit qu'ils ne venaient pas de la région.

- Enfin, on te tient, ricana le premier. Ça fait un moment que mes hommes et moi te traquons. Tu n'es pas facile à coincer. Mais maintenant qu'on te tient, tu vas pouvoir faire tes prières, l'ami. Car tu quitteras cette ruelle les pieds devant !

- Tu préfères quoi, qu'on t'égorge comme un porc, qu'on t'étrangle avec tes tripes, qu'on te charcute, qu'on te mutile ? Les quatre à la fois peut-être ?

Les autres éclatèrent de rire. Calme, Connor ne réagit pas à leurs menaces. Il avait connu pire et préférait garder à l'œil l'arbalétrier. Il fallait plus que ça pour le vaincre.

- Ce qu'on va faire après t'avoir tué, c'est découper ta tête à la porter à la reine Sanya. Ensuite, on s'occupera un peu de ta douce dame. Prendre un peu de plaisir, tu comprends ? Puis on lui coupera la tête aussi.

- Vraiment ? Je serais curieux de vous voir à l'œuvre, répliqua Connor d'une voix sans âme. Si vous tenez à la vie, je vous conseille de déguerpir, et très vite. Cachez-vous bien aussi. Parce que je vais vous traquer et vous tuer jusqu'au dernier.

- Voyez-vous ça ?

Le premier mercenaire claqua des doigts et Connor entendit du bruit derrière lui. Trois autres hommes venaient d'apparaître, le piégeant dans cette ruelle. Sept hommes dans un endroit aussi confiné devenaient dangereux. Le Maître des Ombres ne pouvait pas se permettre de plaisanter, il était réellement en danger.

N'attendant pas que les mercenaires prennent l'avantage, il attaqua. Ses adversaires étaient des hommes d'expériences habitués à manier la lame, ils ne se laissèrent pas abuser par la rapidité du jeune homme, répliquant avec force et précision. Connor ne devait pas laisser tomber sa vigilance une seule seconde, les coups pleuvaient sur lui et de tous les côtés. Les mercenaires savaient que le seul moyen de vaincre un Maître des Ombres était de le coincer, de l'encercler, et d'être nombreux. Trois conditions qu'ils avaient parfaitement respectées.

Plus l'arbalétrier qui tirait des carreaux quand le champ se dégageait.

Connor sentait que la situation lui échappait, il devait faire vite. Se baissant pour éviter un coup d'épée, il frappa un homme à la cuisse, se redressa et parvint à frapper un deuxième au niveau de l'aine. Les deux hommes tombèrent à genoux. Bondissant sur leurs épaules, Connor se propulsa en l'air et parvint à égorger un mercenaire avant qu'il ne puisse réagir.

Un carreau siffla près de lui, mais il l'avait esquivé instinctivement. Faisant jouer ses lames, il parvint à blesser sérieusement deux autres mercenaires, mais aucun ne renonçait malgré la douleur. Ils rivalisaient avec la rapidité de Connor par leur nombre. Et pris dans une telle mêlée, Connor perdait en agilité.

Quand la masse hérissée de pics d'acier d'un des hommes jaillit près de lui, gêné par un autre, le Maître des Ombres ne parvint pas à l'éviter. Elle s'enfonça profondément dans sa cuisse et il poussa un cri de douleur en tombant par terre.

Avant que les hommes ne se jettent sur lui, Connor parvint à rouler sur le côté et se redressa tant bien que mal. Il réussit à percer la garde du tueur le plus proche et enfonça sa lame dans un défaut de sa cuirasse. Mais alors qu'il essayait de retirer sa dague du cadavre, un autre carreau fusa et il n'eut pas le temps de bouger ; il s'enfonça dans son épaule par l'arrière.

Livide, sentant du sang chaud se déverser sur son dos et sur sa cuisse, Connor inspira à fond. Attaquant sans relâche, il égorgea un autre mercenaire et récolta une longue estafilade sur le flanc. Il ne restait plus que trois hommes et l'arbalétrier, mais il se vidait de son sang et de ses forces.

Évitant un coup d'épée, il bondit en arrière, saisit un couteau accroché au niveau de sa poitrine et le lança sur l'arbalétrier. La lame lui transperça le crâne et le corps bascula dans le vide, s'écrasant par terre.

Les trois mercenaires restants échangèrent un regard inquiet. Fou de rage, Connor se jeta sur eux. Il reprenait l'avantage malgré ses blessures, mais les trois survivants ne s'avouaient pas vaincus, poussant des cris de guerre en frappant de toutes leurs forces malgré la douleur de leurs propres blessures. Le jeune homme se baissa, enfonça sa lame dans le bas ventre d'un des hommes, se redressa, para et trancha net l'artère d'un deuxième.

Se retrouvant seul face à un Maître des Ombres, le chef hésita. Et cette hésitation lui coûta la vie. Avec une rapidité inhumaine, Connor s'était approché, avait percé sa défense, et il lui enfonça sa dague dans les côtes. Le chef poussa un râle sourd, voulut frapper, mais le Maître des Ombres n'était plus à ses côtés.

Quand il tomba lourdement par terre, Connor reprit bruyamment son souffle, grimaçant. Une décharge de douleur parcourut son dos et sa cuisse, lui rappelant la profonde blessure et le carreau planté dans son épaule droite. Arrachant un bout de sa chemise, il se fit un garrot. Il laissa le carreau en place malgré la douleur, car le retirer laisserait couler plus de sang et ferait plus de dégât.

Il devait rentrer au château immédiatement.

Claudiquant jusqu'aux cadavres, le jeune homme les fouilla en ignorant la puanteur du sang et finit par trouver quelque chose d'intéressant. Une lettre, soigneusement cachetée. Le sceau de la maison royale de Teyrn. Connor aurait dû s'en douter.

Il déchira le cachet et lut rapidement :

Rendez-vous à Sohen et tuez le « roi » Connor, un Maître des Ombres. Faites-le souffrir si vous le désirez. Vous serez gracieusement payés.

Je vous donnerai une prime si vous parvenez à tuer Sanya. Je sais qu'en plus d'être des mercenaires, vous êtes des assassins de bonne renommée. Violez-la si vous le désirez, mais amenez-moi sa tête.

Sa Majesté le Roi Conrag

Connor conserva soigneusement la lettre. L'envie de se rendre à Teyrn et de tuer cet avorton de roi était grande, mais il ne pouvait pas se le permettre. D'abord, il devait rentrer et prévenir Sanya.

Grimaçant tant sa jambe lui faisait mal, ne supportant pas son poids, Connor s'assit.

Tout d'abord, se reposer.

*

Sanya se tourna de nouveau dans son lit en soupirant. Que faisait donc Connor ? Il lui avait assuré qu'il ne serait pas long, or il prenait du retard. Lui était-il arrivé quelque chose ? Non, c'était impossible. D'après lui, l'homme qu'il devait traquer n'avait rien de dangereux. Mais un imprévu était vite arrivé...

Ou alors, il se faisait désirer. Oui, c'était sûrement ça. Ça devait être ça. Sanya refusait d'imaginer autre chose. Se levant du lit, elle rejoignit la fenêtre en espérant naïvement le voir sur le pont, mais il faisait trop sombre pour ses yeux.

Elle allait se recoucher quand quelqu'un frappa à la porte. Un

sourire aux lèvres, la jeune femme lança à son amant :
- Je ne suis pas sûre de vouloir te recevoir.

Il ouvrit néanmoins la porte. La reine étouffa un cri d'horreur en découvrant l'état de son mari et elle se rua vers lui. Il était couvert de sang, tenant à peine debout, un carreau planté dans l'épaule et la cuisse lacérée.

- Oh ce n'est pas vrai !

Elle l'aida à s'asseoir sur le lit avant de prendre son visage dans ses mains.

- Je vais chercher les guérisseurs, c'est plus prudent, plutôt que ce soit moi qui le fasse.
- Je préférerais Faran.
- Oui, si tu veux.

Se précipitant dans le couloir, elle appela un garde qui ne fut pas long à arriver au pas de course.

- Allez me chercher Faran, dépêchez-vous !

L'homme hocha la tête et obéit promptement. Retournant auprès de son époux, Sanya l'observa d'un œil critique. Le carreau était certes bien planté, mais n'avait rien touché d'important, quant à la blessure à la cuisse, elle était profonde et assez grave, mais Faran parviendrait à la réduire et à remettre les tissus en place. Connor n'en souffrirait pas plus tard, bien qu'il ne fût pas rare que de telles blessures handicapent.

- Que t'est-il arrivé ? Je croyais que ton homme n'était pas dangereux !

Connor ne se formalisa pas de son ton agressif ; sa femme était juste inquiète. Et malheureusement, les nouvelles qu'il avait à lui annoncer ne l'apaiseraient pas.

- Ce n'est pas l'homme que je traquais qui m'a fait ça. Une bande de sept mercenaires m'a attaqué. Et j'ai trouvé ça sur le cadavre du chef.

Il sortit la lettre et la lui tendit. Sanya la lut en silence, fronçant les sourcils au fil de sa lecture.

- Sa Majesté mériterait que j'aille la voir en personne lui couper son attribut le plus précieux ! gronda-t-elle. Au moins son père a-t-il eu le cran de venir jusqu'ici. Si je croise un jour ce sale gamin...
- Il vaudrait peut-être mieux que tu ne le croises pas, justement, répliqua Connor. Il nous hait d'avoir tué son père, et notre mort l'enchanterait. Nul doute qu'il nous enverra d'autres mauvaises

surprises avant d'attaquer.

- Ce lâche n'attaquera que lorsqu'Eroll sera là pour couvrir ses arrières. Ce n'est qu'un gamin, un lâche qui veut jouait au dur, et comme tous ceux de sa trempe, il n'attaquera qu'avec l'aide d'un allié. Seul, il s'écrase. Eroll n'aura aucune difficulté à le manipuler. Son père voulait certes le trahir, mais après avoir pris Sohen. Maintenant, nul doute que Conrag trouvera plus prudent de ne pas le trahir et de continuer à le servir.

- Il attend son heure pour se montrer en personne.

- Oui. Quand Eroll aura fait une plus grande avancée, quand il sera prêt à attaquer Eredhel, c'est là que Teyrn frappera.

Faran entra dans la chambre, coupant court à toute discussion, Il'ika sur ses talons. Tous deux étouffèrent un cri horrifié.

- Connor, que s'est-il passé ?

Lui et la reine entreprirent de le déshabiller, puis, tandis que le jeune homme usait de sa magie pour apaiser la douleur de son frère et réduire sa terrible blessure à la cuisse, le Maître des Ombres lui raconta sa mauvaise aventure. Il sutura ensuite la plaie, puis demanda à Il'ika de lui préparer un cataplasme et un baume cicatrisant pendant qu'il s'occupait du carreau.

Comme il usait de sa magie sans difficulté, Sanya le laissa faire, s'asseyant près de son mari pour lui tenir la main. Elle lui envoya une vague curative qui le soulagea un peu plus.

Les quelques mois supplémentaires d'entraînement avaient permis à Faran de devenir un très bon magicien, et son pouvoir devait être fort, car il apprenait plus vite que la moyenne, et ses limites étaient chaque jour repoussées un peu plus loin. S'il n'était pas encore de la trempe des plus grands magiciens, Faran le deviendrait bientôt, à n'en pas douter. Il parvenait déjà à utiliser des sorts plus complexes et avait compris le principe d'autres sans l'aide de personne. Il étudiait également beaucoup, essayant d'apprendre les composants d'autres sorts afin de mieux les utiliser.

- Ça risque d'être douloureux.

Sanya fut tirée de sa rêvasserie et se rendit compte que Faran s'apprêtait à retirer le carreau de l'épaule de son frère. Blême, Connor hocha simplement la tête. Sa femme le sentit trembler et elle prit ses mains, les serrant très fort dans les siennes. Elle lui caressa la joue, puis posa ses doigts sur ses tempes pour endormir ses sens.

- J'y vais.

N'attendant pas que son frère hoche la tête, Faran retira le carreau d'un geste sec qui arracha un cri de douleur à Connor.

- Voilà, c'est fini.

Il nettoya la plaie avant de la suturer et d'appliquer un cataplasme. Il banda ensuite le tout.

- L'estafilade que tu as aux côtes n'est pas grave. Il suffira juste de la nettoyer et de la panser. Sanya, je te laisse le faire.

La jeune femme hocha la tête en souriant.

- Qu'allez-vous faire ? demanda alors Il'ika. La menace de Conrag ne doit pas être prise à la légère.

- Je le sais que trop bien, hélas nous ne pouvons rien pour le moment, soupira la reine. Il n'y a rien à faire, juste rester vigilant. Je ne peux pas envoyer de troupes à Teyrn, c'est trop risqué avec la menace d'Eroll. Et un Maître des Ombres est déjà mort là-bas, je n'en sacrifierai pas un autre. Si jamais toi ou Faran allez en ville, faites-vous accompagner d'un soldat, ou demandez à Aela de venir. Vous capturer serait un bon moyen de piéger Connor ou moi.

- J'en parlerai à Aela, approuva la fée.

- Je suis d'accord avec toi, enchaîna Faran. Nous ne pouvons rien faire. Il faudra néanmoins en parler aux autres. (Puis il se tourna vers son frère) Repose-toi maintenant, Connor. Et quand je dis repos, j'attends de toi que tu dormes, pas autre chose !

Connor éclata de rire.

- J'ai passé l'âge de me faire rabrouer par mon frère.

- Par ton frère, oui, mais pas par ta femme, lui rappela Sanya. Et en tant qu'épouse et reine, je t'ordonne de rester au lit et de dormir, et demain tu n'auras pas le droit de quitter la pièce.

Le Maître des Ombres capitula. De toute façon, il n'était pas en état de courir les rues. Quand son frère fut parti, il s'allongea en grimaçant sur les oreillers. Sanya nettoya sa dernière plaie comme convenu avant de la panser, puis elle rejoignit son époux sous les draps.

- Je n'aime pas l'idée que des mercenaires de Teyrn puissent revenir ici, souffla la reine.

- Les habitants ne craignent rien, si c'est ce qui te préoccupe. Conrag en a après nous. Hormis nous envoyer quelques mercenaires ou assassins, la situation n'est pas encore assez favorable pour qu'il fasse plus. Tu l'as dit toi-même. Il faudra néanmoins être prudent, et bien surveiller ce qu'on mange.

- C'est vrai.

- On va plutôt s'occuper des problèmes plus urgents. Dryll commence à avoir des soucis, tu m'as dit.

- Dans sa dernière lettre, le roi disait que les troupes envoyées par Eroll s'étaient organisées pour mieux marcher sur son territoire et qu'elles préparaient probablement un siège. Et d'après nos éclaireurs, une bonne partie se dirige par ici. L'armée d'Eroll est immense d'après eux, supérieure à la nôtre.

- Nous avons le soutien de Dryll et Jahama, ne l'oublie pas.

- Tout comme Eroll a celui de Teyrn.

Connor soupira :

- Nous avons déjà eu cette discussion il me semble, et pas qu'une fois. Chaque chose en son temps. Dors maintenant.

Sanya sourit, mais ne répliqua rien. Dormir, ce n'était pas pour tout de suite...

3

Les jours suivants, Connor resta au lit toute la journée, ne le quittant que pour se soulager. Sanya lui apportait à manger, à boire, et tout ce qu'il avait besoin de façon à ce qu'il ne se lève sous aucun prétexte. Faran venait le voir pour changer les bandages et les cataplasmes, s'assurant qu'une infection ne se contractait pas et que la cicatrisation se faisait correctement. Le jeune homme n'aimait pas être au centre de tant d'attention, et il aimait encore moins qu'on lui mâche le travail, qu'on le pomponne comme s'il n'était qu'un enfant, mais Sanya avait été intransigeante, l'obligeant à se soumettre sans protestation.

Aela et Reva étaient venus le voir, autant pour prendre de ses nouvelles que pour avoir des détails supplémentaires sur les agresseurs. Les deux compagnons étaient ensuite partis en ville voir s'ils ne trouvaient pas quelques traces de ces mercenaires, mais après avoir passé deux jours à retourner la ville et interroger chaque habitant, ils étaient rentrés bredouilles. Ou bien les mercenaires étaient venus seuls, ou bien ils avaient su faire preuve de discrétion et leurs alliés restaient introuvables, auquel cas il allait falloir redoubler de prudence.

Darek, s'inquiétant de ne pas revoir son apprenti, était venu au château, furieux, et était entré dans la chambre sans prévenir, sans se faire remarquer. Quelques gardes ne pouvaient rien face à un Maître des Ombres. Il s'attendait à surprendre Connor dans les bras de Sanya, car depuis son mariage, il ne pensait guère à autre chose qu'à elle, et cela commençait à lui taper sur les nerfs. Au lieu de ça, il l'avait trouvé dans un piteux état. L'inquiétude chassant la colère, il avait rejoint Sanya, installée au chevet de son mari endormi.

- Que s'est-il passé ? avait-il soufflé.

Sanya ne lui avait rien caché et Darek s'était rembruni.

- Nous allons faire le nécessaire pour que cela ne se reproduise plus.

Ils avaient ensuite attendu le réveil de Connor pour discuter de toute cette mésaventure. Il voulait tout connaître pour faire passer les détails à la confrérie, qui allait se voir attribuer une nouvelle mission. Un travail n'était jamais mieux fait que par un Maître des Ombres, s'était vanté Darek, et il était hors de question qu'il laisse les choses en l'état. Si d'autres assassins étaient encore là, il finirait par les coincer pour leur poser... quelques questions.

Aujourd'hui, Connor se sentait bien mieux et profitant de l'absence de Sanya, il rejeta les couvertures et passa les jambes hors du lit. La blessure du carreau lui faisait encore mal, mais rien d'insurmontable. En revanche, celle laissée par la masse d'arme était extrêmement douloureuse et malgré les bons de soins de son frère, il avait encore des difficultés à s'appuyer sur sa jambe. Faran lui recommandait la patience, quand les tissus auraient complètement cicatrisé, il pourrait marcher de nouveau comme avant.

Soufflant pour se donner du courage, Connor se leva. Une douleur aiguë se diffusa dans toute sa jambe, il vacilla, mais ne se déroba pas. Il devait tenir bon. Il fit quelques pas dans la chambre en serrant les dents, mais finalement, la douleur le terrassa et il tomba à genoux. S'asseyant par terre, il massa sa jambe.

- Quand apprendras-tu à écouter ce qu'on te dit ?

Le jeune homme releva la tête pour découvrir Darek dans l'encadrement de la porte.

- Si tu continues comme ça, ta blessure ne guérira jamais.

- Je voulais voir où ça en était.

- Eh bien maintenant que tu sais, retourne au lit avant que je ne prévienne Sanya.

Grommelant, Connor se redressa laborieusement. Quand Darek lui proposa son aide, il la refusa, sautant sur son pied valide pour rejoindre le lit et s'y asseoir lourdement.

- Que me vaut l'honneur de ta visite ?

- Je devais te parler de certaines choses.
- Je t'écoute. Comme tu le vois, je n'ai que ça à faire.

Darek sourit.

- Sache d'abord que c'est la première fois que ça arrive, du moins sous mon autorité. Cela fait déjà un moment que je réfléchis, que je cherche à savoir si je dois le faire maintenant ou pas. Ça me parait trop tôt. J'avais peur de me tromper. Mais cet incident avec les mercenaires m'a prouvé que je ne me trompais pas, que le moment était venu.

Connor haussa un sourcil.

- De quoi me parles-tu ?
- Il est temps pour toi de devenir un véritable Maître des Ombres, Connor. Tu es prêt. Kelly et moi n'avons plus rien à t'apporter, tu maîtrises l'Onde, et ce qu'il te reste à apprendre, tu dois l'apprendre seul. Le moment est venu de mettre fin à ton statut de novice et de faire de toi un Maître des Ombres à part entière. Tu seras libre de prendre un apprenti par la suite.

Le jeune homme en resta pantois. Il mit quelques minutes avant de parler.

- Tu es sûr ? Ça ne fait que trois ans et...
- Je sais. Mais tout comme Nahele, tu es quelqu'un d'exceptionnel. Avec toi, rien ne se passe normalement. Tu es prêt Connor.
- Quand aura lieu la cérémonie ?
- Dès que tu seras remis sur pied.

Connor hocha la tête. Il en revenait à peine. Alors qu'il fallait généralement sept ans à une personne douée pour devenir Maître des Ombres, il ne lui en avait fallu que trois. Certains Maîtres des Ombres allaient parfois jusqu'à dix ans, selon Darek. Comme lorsqu'il avait intégré la confrérie, il ne se sentait pas de taille à supporter pareil honneur.

- Je sais très bien à quoi tu penses, lança Darek avec un sourire complice. Sache que je n'ai pas l'habitude de me tromper, et si tu ne me fais pas confiance, alors ais confiance en Kelly. C'est elle la première qui m'a suggéré de te promouvoir. « Je ne sais plus quoi lui apprendre, m'a-t-elle dit, j'ai au contraire l'impression que c'est lui qui doit m'enseigner à mieux utiliser l'Onde. »
- Vous en faites trop. Je ne l'entends que depuis peu.
- Et tu sais l'utiliser mieux que n'importe qui. Prends le cas de

Brascen. Il est dans la confrérie depuis plus longtemps que toi et il se vante d'être un homme puissant, mais face à ces mercenaires, on aurait déjà retrouvé son cadavre. Pas toi. Aucun de nous ne peut prétendre t'égaler, Connor. Il nous a tous fallu faire six ou sept ans de noviciat, dans quelques cas cinq, mais jamais moins !

- J'ai bien failli y laisser ma peau Darek, ne l'oublie pas.

- Et tu es toujours là. Sans l'aide de personne. Tu ne dois pas ta survie à un miracle, mais à tes talents. Maintenant, cesse de chercher à me contredire et cesse de te sous-estimer. Tu es prêt. Repose-toi, quand tu seras sur pied, tu deviendras l'homme que tu aurais toujours dû être.

Darek le laissa seul sur ces mots. Allongé sur ses oreillers, Connor réfléchissait encore à ce qui venait de se passer. Il lui semblait que tout allait trop vite. Il n'y a pas si longtemps, il était encore un garçon de ferme qui croyait simplement avoir quelques bons réflexes. Et aujourd'hui, il se retrouvait véritable Maître des Ombres.

Le jeune homme ferma les yeux, refusant de penser à ce qu'à cela impliquait. La prophétie. Il devait sauver la confrérie. De quoi et comment, il n'en savait rien. Quant à apporter la connaissance, Nahele avait beau lui avoir laissé quelques indices, il n'était pas sûr de savoir en faire un bon usage. « Lorsque le froid s'abattra sur toi pour t'emporter, utilise l'Onde, et la vérité s'ouvrira à toi. » Cela n'avait aucun sens. Et pour ne rien arranger, même les peuples des Royaumes Oubliés, pourtant éloignés des intrigues dans lesquelles il baignait, avaient également des prophéties sur son compte. Sanya avait beau lui dire que tout était lié, qu'il lui suffisait de l'épauler, et qu'une fois les dieux vaincus, tout s'arrangerait pour tout le monde, Connor n'était pas sûr que son destin s'arrêterait là.

Se redressant, le jeune homme eut la soudaine envie de sortir dans les jardins s'aérer les idées. Il savait que Sanya et ses conseillers discutaient dehors, la voir lui ferait penser à autre chose à coup sûr. Il fit appeler un garde, lui demandant d'aller lui chercher des béquilles. L'homme ne répliqua rien et s'exécuta. Si être un Maître des Ombres lui procurait déjà des avantages, être le mari de la reine lui en offrait d'autres. Notamment celui d'être obéi sans discuter. Connor n'aimait pas forcément l'importance qu'il avait prise, se hissant de sa condition de paysan à celui de roi, mais de toute façon, même sans, il était capable d'obtenir ce qu'il désirait.

Le garde revint avec une paire de béquilles dont se servaient les soldats. Les calant sous ses bras, le jeune homme se leva et parvint à gagner la porte. Son épaule lui faisait toujours mal, mais c'était supportable. Quant à sa jambe, tant que les béquilles le soutenaient, ça allait. Il lui fallut un temps fou pour rejoindre les jardins, mais quand il fut dehors, il savoura l'air pur d'automne et le soleil qui réchauffait sa peau. Qu'il était agréable de ne pas avoir cette sensation d'être à l'agonie.

S'aventurant dans les jardins, il chercha Sanya et ses conseillers. Il tomba alors sur Il'ika.

- Que fais-tu ici ? lui demanda-t-il, la faisant sursauter.
- Quand cesseras-tu de me faire peur de la sorte ? tempêta-t-elle. Même avec tes blessures, tu trouves le moyen de me surprendre.
- Alors, imagine un instant le calvaire de Sanya, plaisanta le jeune homme.
- Oh, je l'imagine. Et je ne sais pas comment elle se retint de te donner des paires de gifles !

Incapable de conserver son sérieux, l'ancienne fée éclata de rire.

- Je vois que tu vas mieux, lança-t-elle en désignant les béquilles.
- Je n'en pouvais plus de rester alité.
- Dans ce cas, marchons. Tu tombes bien, je m'ennuyais.

Les deux amis se baladèrent donc un moment en silence. En contemplant la jeune femme, Connor eut du mal à se dire que quelque temps plus tôt, elle était une fée. Elle était maintenant une très belle femme, menue avec des courbes gracieuses et une superbe crinière couleur de jais. Dire qu'elle était si minuscule au point de tenir allongée dans la main de Connor. Bon, on ne pouvait pas dire qu'elle était grande à présent.

Malgré ça, en voyant son regard triste, le jeune homme sut que sa transformation devait parfois lui peser. Elle n'avait plus tous ses pouvoirs, elle avait perdu ses sens si particuliers, elle devait se sentir aveugle et sourde au monde qui l'entourait. Ses capacités magiques ne lui permettaient plus d'assouvir sa curiosité propre à ceux de son espèce et qu'aucun humain ne pourrait jamais comprendre. Le jeune homme n'aurait pas été surpris qu'elle lui confie souvent pleurer. Qu'il devait être dur de se défaire de son ancienne existence, de ne plus être vraiment ce que l'on était.

Il'ika se réconfortait en sachant qu'elle avait fait ce sacrifice pour quelque chose qui en valait la peine.

- Je n'ai pas grand-chose à faire, confia Il'ika. Je me sens parfois inutile, tu sais. Faran est conseiller de la reine, il a toujours quelque chose à faire, moi la politique me dépasse alors je ne peux pas l'aider. Je m'entends bien avec Tamara, mais étant elle aussi conseillère, je ne la vois pas souvent. Quant à Sanya, elle n'a pas beaucoup de temps libre, et je comprends qu'elle veuille le passer avec toi. Je vagabonde parfois, mais sans mes sens magiques, son mon pouvoir, ce n'est plus pareil…

- Tu sais, pour être utile à quelqu'un, il ne s'agit pas de faire des choses, débattre, agir, brandir une épée ou autre. Il s'agit parfois simplement d'être là, de soutenir, d'épauler, de rassurer et d'aimer. Faran en a besoin. Sans toi, je ne suis pas sûr qu'il soit aussi efficace.

- Certes, mais je m'ennuie Connor. C'est peut-être idiot, mais quand je me retrouve seule comme ça, je me dis que mon existence est fade. J'avais tant à faire avant, à découvrir, à observer. Sans mes pouvoirs, je suis difficilement rassasiée…

- Regrettes-tu ce que tu as fait ?

- Bien sûr que non ! C'est juste que j'aimerais avoir un but. Un rôle. Avant je m'en fichais, pour tout dire, j'étais contente que personne ne compte sur moi, ça me laissait le temps de faire ce que bon me semblait, et on me fichait la paix. Aujourd'hui, j'aimerais avoir une mission, un rôle. Peut-être est-ce dû à ma transformation, mon corps n'a peut-être pas été le seul à changer.

- Si tu parlais avec Faran ? Je suis sûr qu'il a quelque chose qu'il aimerait faire, mais qu'il n'a pas le temps.

- Il est obnubilé par la magie en ce moment.

- Justement ! Peut-être aurait-il besoin de quelque chose. Je te rappelle que tu étais magicienne. Tu en connaissais un rayon.

- Et ?

- Eh bien je ne sais pas moi, peut-être aimerait-il que tu réfléchisses à un problème, quelque chose dans ce style. La magie est complexe d'après ce que Sanya m'a dit, ça devrait te tenir occupée un moment. Même si tu ne peux plus pratiquer autant qu'avant, il te reste la connaissance théorique.

Il'ika réfléchit longuement en silence et Connor vit à ses yeux qu'une idée germait dans son esprit. Son regard s'illumina et soudain, il se demanda s'il ne l'avait pas poussé un peu trop loin.

- Tu as raison ! Je sais quoi faire. Merci Connor.

Elle partit en courant, le plantant là sans aucune explication. Le jeune homme fronça les sourcils. Il n'aimait pas ça. Ce qu'il avait vu dans les yeux d'Ili'ka le dépassait. La jeune femme ne s'apprêtait pas à étudier une simple formule, elle préparait autre chose. De plus grand. Et Connor n'était pas sûr d'apprécier. Peut-être était-ce à cause de l'Onde, ennemie de la magie.

Enfin, peut-être se faisait-il des idées. Il'ika s'ennuyait tellement qu'une simple activité pouvait la remplir d'une telle joie. Néanmoins, il en doutait.

Refusant de s'inquiéter inutilement, après tout, Il'ika était une amie d'enfance, il reprit son chemin pour trouver Sanya. Il ne tarda pas à la trouver en pleine discussion avec ses conseillers et quelques généraux, dont Breris. Parmi tout ce beau monde, la reine était plus belle que d'ordinaire, rayonnant par sa beauté, sa noblesse et sa puissance. Le jeune homme se laissa aller à quelques rêveries, mais à voir leur visage sérieux, il sut qu'ils avaient reçu de mauvaises nouvelles.

Il vint aussitôt à leur rencontre. Quand elle le vit, sa femme lui lança d'abord un regard sévère, agacée qu'il ne l'écoute jamais, avant de se radoucir et de l'accueillir à ses côtés. Faran lui jeta également un regard réprobateur qui ne dura pas ; il était bien trop absorbé par sa conversation.

- Comment cela pourrait-il être possible ?! s'énerva l'un des généraux. Je n'ai jamais rien entendu de tel hormis dans les histoires de bonnes femmes.

- Et à votre avis d'où viennent ces histoires ? répliqua la reine. Il y a toujours une part de vérité dans chaque légende.

- Tout de même ! Mon avis que le roi en fait un peu trop. Qu'il ait peur est une chose que je comprends parfaitement vu sa situation, qu'il soit dépassé, admettons, mais de là à inventer des histoires sordides pour couvrir son manque de vigilance...

- Général, que vous n'aimez pas la magie est une chose, ne la niez pas pour autant. Il se passe des choses à Dryll, et je suis certaine que cela ne repose pas sur un manque de vigilance. Eroll est tout à fait capable de telles manigances.

Ainsi sermonné, le général ne grommela qu'un « Majesté », gardant les yeux rivés sur ses pieds.

- Au risque de vous embêter en m'incrustant, j'aimerais connaître ce qui se passe. Je suis blessé, mais pas au point de ne plus rien comprendre.

Sanya baissa la tête pour sourire. Son mari n'aimait pas être laissé de côté, cela lui rappelait trop que par ses origines, il n'avait rien à faire là.

- Nous venons de recevoir une lettre du roi Aldaron, lui apprit la reine. Il rencontre pas mal de difficultés dans son royaume, et au sein même de son château. L'armée d'Eroll approche, et d'après les espions et les éclaireurs, elle prépare le siège de la cité d'Elbereth. Eroll passe à l'offensive, il s'apprête à faire tomber Dryll. D'après les dernières nouvelles, les troupes venues de Jahama sont en route, mais le problème est que visiblement, une part importante de l'armée d'Eroll se dirige vers Sohen, probablement pour y faire le siège en même temps. Je ne peux donc pas envoyer de renfort. De plus, Aldaron m'a certifié avoir suffisamment d'hommes.

- Pourquoi attaquer deux fronts en même temps ? s'étonna Connor.

- L'armée d'Eroll est trois fois supérieure à la nôtre, peut-être même plus, lui apprit Breris. Il peut la séparer en plusieurs parties, que chaque petite armée restera supérieure aux nôtres qui sont complètes. Avec tant d'hommes prêts à mourir pour lui, Eroll peut se permettre de frapper sur plusieurs fronts, ce qui n'est malheureusement pas notre cas. Envoyer des renforts à Dryll est risqué vu ce qui arrive sur nous, sans oublier que Teyrn frappera probablement en même temps que l'empire. Nous serons pris entre deux armées, et nous aurons besoin de tous nos hommes pour tenir le siège. Si Eroll frappe sur plusieurs fronts, c'est pour nous couper de nos alliés, nous empêcher d'agir ensemble. Il nous isole pour mieux nous abattre.

- Le problème est que Dryll a besoin d'aide, reprit Sanya. Le roi parle d'infiltration et de morts étranges dans son château. Il ne s'étend pas sur le sujet, mais parle de phénomènes magiques qui pourraient ruiner sa défense et lui faire perdre la cité. Il demande mon aide, il veut que je vienne à Elbereth enquêter sur le sujet. Pour une précision, il fait partie de ceux qui savent que je suis une magicienne.

Connor réfléchit à la situation.

- Es-tu sûre au moins que la lettre vienne bien du roi ? Eroll aurait des intérêts à te faire sortir du château. En t'attirant hors de Sohen, il te tombe dessus, et ta mort affaiblirait le royaume.

- Je suis certaine que la lettre vienne bien de lui. Lors de la fête des légendes, après mon enlèvement, le roi et moi avons mis au point un code, nous permettant d'être sûrs que les informations transmises venaient bien de nous.

- Donc tu es sûre ? Vraiment sûre ?

Connor ne désirait pour rien au monde voir se dame se faire prendre dans un nouveau piège. Il ne le supporterait pas. Et il doutait que Sanya retrouve la raison cette fois-ci. La jeune femme sentit ses craintes et posa une main apaisante sur son bras.

- Sûre et certaine. C'est bien Aldaron qui a transmis ce message. Le pigeon est arrivé ce matin. Et si ça peut te rassurer, sache que ces pigeons ont été dressés par les Maîtres des Ombres. Personne n'aurait pu les intercepter.

Le jeune homme hocha la tête. Sanya avait réussi à le convaincre.

- Que pouvons-nous faire alors ?
- Nous étions en train d'en discuter. Si Dryll tombe, Eredhel sera coincé entre Teyrn et Dryll, et Eroll pourra faire accoster toutes ses troupes sur les plages du royaume. Nous serons submergés. Nous ne pouvons pas nous permettre de laisser tomber le royaume. Je vais donc me rendre là-bas et voir ce que je peux faire. Si je mets un terme à ces manigances, Elbereth pourra tenir le siège et mettre en déroute l'armée. Maintenant, il nous reste à savoir comment affaiblir l'armée. J'avais pensé à plusieurs embuscades, pour freiner l'avancée ennemie, voir la neutraliser. Mais je ne veux pas prendre de risques inutiles.

- Majesté, je ne suis pas certain que partir maintenant alors que les batailles décisives s'annoncent soit une bonne idée, confia Damian. De plus la route est longue jusqu'à Dryll, l'hiver arrive et vous savez qu'il est virulent là-bas.

- Je ferai les stratégies de guerre avec vous, mais j'ai toute confiance en vous et vous n'avez pas besoin de moi pour gérer les batailles à venir. Damian me remplacera au pouvoir. Et Aela sera chef des armées en mon absence, toute décision militaire devra passer par elle. Je ferai passer mes instructions plus tard.

- Alors c'est décidé, vous partez ? demanda Breris.
- Je n'ai guère le choix. Aldaron a besoin de mon aide. Je suis la seule à avoir les connaissances pour l'aider. Perdre Dryll, c'est perdre Eredhel par la suite, nous n'avons pas le choix. Et puis, Conrag veut ma mort, je serai peut-être plus en sécurité hors

d'Eredhel.

— Qui vous accompagnera ?

— Connor m'accompagnera. Il vaut à lui seul plusieurs gardes. De plus, nous n'attirons pas l'attention, ce qui est préférable. Nous serons aussi discrets qu'il est possible de l'être. J'avais également pensé à vous, général Breris. Vous m'avez déjà accompagné dans les Royaumes Oubliés, et j'ai toute confiance en vous.

— Bien sûr Majesté.

Le regard qu'il coula vers Tamara n'échappa pas à la reine. Elle savait que les deux étaient proches, mais depuis quelques temps, il lui semblait qu'ils étaient plus... intimement liés. Eroll voulant probablement la mort de la jeune femme, la reine comprenait que le général ne souhaitait pas abandonner sa dame alors qu'un siège se préparait. Sanya soupira intérieurement. Beaucoup critiqueraient son choix de faire passer les sentiments avant le devoir, mais elle permettrait à Breris de restait ici. Oui, c'était mieux ainsi. Elle ne voulait pas de séparation sur la conscience, elle qui aurait volontiers étranglé quiconque l'aurait séparé de Connor.

— Après réflexion, je préfère que vous restiez ici général. Cela me rassure de savoir mon château entre vos mains.

L'homme hocha la tête, la remerciant d'un sourire. Il savait sa reine observatrice, mais pas à ce point.

— Majesté, votre mari n'est pas en état de vous escorter, répliqua l'un des conseillers. Et vous ne pouvez pas partir avec un seul garde !

— Dans quelques jours il n'y paraîtra plus rien, affirma le jeune homme, un brin agacé. Sachez cependant que même ainsi, cela ne m'empêchera pas de trouer la peau à quiconque importunera la reine.

Le conseiller blêmit comme si la menace lui était destinée, et le jeune homme se demanda si ce n'était pas le cas.

— De plus, comme l'a dit la reine, à deux, nous serons beaucoup plus discrets et plus rapides. Personne ne nous verra et nous pourrons filer sans élever le moindre soupçon. Un groupe d'hommes attirera plus l'attention que nous. Car contrairement à vous, je sais me rendre invisible. Un Maître des Ombres pourrait traverser une armée entière sans se faire voir, ne l'oubliez pas, ce qui n'est pas le cas des soldats. Je saurai faire disparaître la reine.

Il observa tour à tour tous les conseillers et généraux présents, cherchant une éventuelle protestation dans leur regard. Personne n'osa le contredire. D'ailleurs, ils ne le pouvaient pas. Connor avait raison, il pouvait faire voyager la reine, la dissimulant à tous les regards, mais il ne pouvait pas faire de même avec toute une troupe. Elle attirerait trop l'attention. Difficile à admettre, mais la reine était plus en sécurité avec lui. Et puis Kalena jouerait les éclaireuses, ils ne risquaient rien.

- Bon, je vais me retirer un moment, j'ai à faire, lança Sanya pour éviter une autre intervention. Je vous propose de se retrouver ce soir pour discuter de tout ça à tête reposée.

Ses hommes hochèrent la tête avant de disposer. Tamara s'approcha alors, prenant les mains de la reine de la sienne.

- Merci. Pour Breris.
- Je sais ce que c'est d'être loin de ceux qu'on aime quand le danger rôde. Ne vous bridez pas et profitez. Je vous offre ces moments, tant que le siège n'a pas lieu, je vous conseille d'en profiter. Ne me faites pas regretter mon choix.

La reine sourit devant les joues rougissantes de son amie et la laissa s'en aller au bras du général. Faran vint ensuite les trouver. Pour éviter quelques remontrances de son aîné, Connor s'empressa de lui dire :

- Il'ika te cherchait. Je crois qu'elle a besoin de te parler, elle se sentait seule.

L'effet fut immédiat, car le magicien partit en courant sans rien ajouter. Se tournant ensuite vers Connor, Sanya feignit d'être en colère.

- Ne t'avais-je pas dit de rester couché et de te reposer ? Tu es incorrigible, pire qu'un gamin, je ne sais pas ce que...

Le jeune homme s'était approché et l'interrompit d'un baiser. La reine voulut protester, mais sa voix mourut contre les lèvres de son mari et elle se laissa embrasser.

- Tu n'es qu'un enjôleur..., soupira-t-elle avec un sourire.
- C'est toi qui me changes aussi.
- Il faudrait donc que je cesse de te fréquenter.

Se calant sur une de ses béquilles, Connor saisit la jeune femme par la taille et l'attira contre lui pour l'embrasser de nouveau.

- Tu ne tiendrais pas...
- Qui sait...

Mais la façon dont elle lui rendait ses baisers démentait ses propos.

- Il faut que je te parle, murmura Connor.

- Quelque chose ne va pas ?

- Non, tout va bien. C'est juste que Darek est venu me voir, tout à l'heure. Il veut faire de moi un véritable Maître des Ombres. Il dit que ma formation était terminée, qu'il n'a plus rien à m'apprendre.

- C'est formidable !

- Sanya, j'ai l'impression que ça va trop vite.

- Oh ! tu es pénible à la fin. Combien de fois t'ai-je dit que Darek et Kelly savent ce qu'ils font ? Je me rappelle que lorsque nous nous sommes rencontrés, tu n'arrêtais pas de me dire que tu n'étais pas un Maître des Ombres, que je me trompais de personne. Et finalement, qui avait raison ? Accepte une bonne fois pour toutes que tu es exceptionnel, le descendant de Nahele, et que par conséquent, tu apprends beaucoup plus vite. Aie confiance en toi ! Tu sens l'Onde, tu l'entends, tu es parfaitement capable de la comprendre, tu peux parler aux animaux, tu es capable de vaincre n'importe quoi, tu peux filer n'importe qui, les ombres n'ont pas de secrets pour toi, tu peux t'infiltrer absolument n'importe où ! Tu donnes des crises cardiaques à tout le monde au château en surgissant de nulle part, et je dois dire que tu es même pire que Darek pour ça. Et enfin, petite précision, rappelle-moi qui a tué Reyw ?

Connor se contenta de sourire.

- Aussi vantarde et sûre d'elle que soit Fal, elle sait reconnaître un homme de valeur, même si elle ne l'avouera jamais. Et je peux te garantir qu'elle ne s'est jamais trompée sur le compte de quelqu'un. Enfin, pas dans le domaine du combat. Elle a vu en toi un homme plus puissant que les autres, alors fais-nous confiance, à la fin. Tu es prêt. Darek et Kelly n'ont plus rien à t'apprendre, tu es capable de tout.

- J'ai l'impression de me faire sermonner par ma mère.

- Le rôle d'une femme n'est souvent pas si différent de celui d'une mère, vu qu'il faut toujours qu'on s'occupe de vous.

- Dis donc toi !

Sanya éclata de rire !

- Je plaisante mon amour ! Enfin, peut-être pas... bref, tout ça pour dire que tu devrais être honoré au lieu de chercher là où Darek aurait coincé.

- Oui maman.

- Bien. Quand aura lieu la cérémonie ?

- Dès que je serai remis de mes blessures.

- Parfait. Ça y est, je peux définitivement dire que mon mari est un Maître des Ombres. Tu me montreras ton tatouage. Je n'ai jamais osé le demander à Kelly, j'avais peur qu'elle refuse.
- Je pourrais refuser aussi, plaisanta Connor.
- Vu que tu n'aimes pas dormir avec des chemises, je suppose que ça te passera bien vite, le taquina-t-elle.

Pour toutes réponses, le jeune homme l'embrassa fougueusement en souriant.

Lorsqu'elle sentit les mains de son époux s'égarer, Sanya le rappela à l'ordre.

- Tu t'oublies, Connor.
- Tu ne voulais pas remonter dans ta chambre ?
- Je te vois venir ! C'est non. Tu es blessé, tu dois te reposer, pas rouler sous les draps.
- S'il n'y avait pas eu ces fichus mercenaires...
- Mais il y a eu ces fichus mercenaires. Tu vas pouvoir survivre ?
- Seulement si tu veux bien t'occuper de moi.
- Ça, je peux te le promettre.

4

L'aiguille entra dans sa chair, le faisant grimacer, et Connor se força à penser à autre chose.
- Détends-toi, tu risques de me faire tout rater, le réprimanda Lylia.

Le jeune homme s'excusa, relâchant ses muscles. Cela faisait mal, mais après tout, ce n'était pas pire que l'horrible douleur qui remontait dans sa jambe quand il était blessé. Il lui avait fallu deux semaines pour que ses plaies guérissent complètement, et aujourd'hui, il ne conservait qu'une fine cicatrice blanche sur la cuisse. Il pouvait marcher sans aucun souci et il le devait à son frère.

Durant ses deux semaines où il n'avait pas pu faire grand-chose, Sanya, elle, n'avait pas chômé. Enchaînant les réunions, elle n'avait fait que réfléchir au problème de Dryll. Jahama envoyant des hommes, ils pouvaient espérer tenir le siège et faire reculer l'armée d'Eroll sans l'aide de son armée, une fois qu'elle aurait percé le mystère des infiltrations. Ainsi, elle disposerait de toute son armée pour protéger Sohen. De plus, Sanya avait chargé Aela de préparer plusieurs embuscades, et pendant son absence, elle avait pour but de freiner les troupes en marche qui venaient droit sur Sohen. Elle avait également la responsabilité de l'armée, et aucune décision militaire ne serait prise sans son aval. Et en son absence, Damian gérerait le pays. Elle était également déjà en train de rameuter petit à petit tous ses bataillons vers Sohen pour se préparer au siège qui ne serait tarder. La route risquait cependant d'être longue, car elle avait dû envoyer ses hommes sur plusieurs fronts relativement loin pour lutter contre l'empereur.

Quant à la confrérie, elle se préparait au combat. Jouant les espions et les éclaireurs, tous avaient quelque chose à faire.

Ils étaient néanmoins tous rentrés de mission pour assister à la nomination de Connor au rang de Maître des Ombres. N'ayant jamais connu Nahele, il était hors de question qu'ils ratent l'élévation de son descendant, le plus grand Maître des Ombres.

- Tu as l'air tendu, lança Lylia. Tu as peur que je te loupe ou c'est la cérémonie qui te met dans cet état ?
- La cérémonie. Je te fais confiance.
- De toute façon, je suis la seule capable de dessiner avec ce machin, alors même si ce n'était pas le cas, tu n'aurais pas le choix ! le taquina la jeune femme.

Avant d'être recrutée par la confrérie, Lylia vivait de vols et fréquentait toutes sortes d'individus, pas forcément les plus recommandables. Elle avait donc pu se familiariser avec l'art du tatouage et c'était révélé une bonne dessinatrice. Darek y avait vu sa chance en la recrutant, car les Maîtres des Ombres ne seraient plus obligés de passer des rendez-vous discrets avec des tatoueurs.

- Le noir rend bien sur ta peau, commenta Lylia. On dirait que c'est naturel. J'en ai vu certains avec une peau trop blanche, cela faisait un peu tache, un peu trop tape à l'œil. Et d'autres sur qui ça ne rendait pas du tout. Tu sais, j'aurais adoré tatouer Nahele. Mais on va dire qu'avec toi, cela revient au même.
- Nahele ? Rien que ça ?
- Il est fascinant, tu ne trouves pas ? Découvrir l'Onde, apprendre à l'utiliser à la perfection, sans l'aide de personne. Et je suis sûre qu'il en sait beaucoup plus que nous sur les Maîtres des Ombres. Et il a quand même fondé la confrérie ! C'était un grand homme. Et d'après la statue que l'on a de lui, ce devait être un très bel homme, ajouta la jeune femme avec un clin d'œil complice.
- Tant que nous sommes sur le sujet, tu savais que Brascen te trouve tout à fait à son goût ?
- Comment peux-tu savoir ça ?
- J'ai mes sources.

Lylia sembla gênée.

- Eh bien, je n'avais jamais remarqué. Je l'apprécie bien, et en tant que formatrice, j'aime passer du temps avec lui, mais je ne pensais pas qu'il me voyait autrement.

- Et pourtant.
- Je ne sais pas trop quoi dire. Il faudra que je réfléchisse.
- Je ne te dis pas de faire quoi que ce soit, je voulais juste de le dire, c'est tout.
- C'est Mia qui te l'a dit, je suppose ?
- Cette gamine a des oreilles et des yeux partout, s'amusa Connor. Crois-moi, elle a des informations à revendre, plus qu'on ne pourrait le croire. Elle sera redoutable.
- Oh oui !

Connor et Lylia restèrent un moment silencieux.

- As-tu revu Ralof ces derniers temps ? demanda enfin le jeune homme.
- Oui, Kelly l'amène souvent. Il grandit le petit bout ! Il a de l'énergie à revendre, et il adore embêter sa mère. Darek est très fier de lui. D'ailleurs, il doit bien être là, tu le verras après la cérémonie.

Il fallut encore un long moment à Lylia pour terminer le tatouage, et quand ce fut chose faite, elle se recula pour admirer son œuvre.

- Ah ! Je l'ai bien réussi celui-là ! Parfait. Il y a une glace là-bas si tu veux voir. Ne t'inquiète pas pour les rougeurs, c'est normal. Je mettrai un bandage, et dans quelques jours, ce sera bon.

Connor se leva et alla observer le tatouage qui faisait de lui un Maître des Ombres. Lylia n'avait pas menti, sur sa peau mate, le noir rendait vraiment bien. Les lignes et les symboles le fascinaient toujours autant. Il revint ensuite vers la Maîtresse des Ombres qui lui mit quelques bandages pour protéger sa peau endolorie.

- Allez, rhabille-toi et rejoins-nous dans la salle principale.

Connor obéit, enfilant sa chemise, son haut de cuir puis ses épaulières. Le moment était venu. Le ventre un peu noué, il prit la direction de la salle principale où toute la confrérie l'attendait.

Quand il apparut, tous les Maîtres des Ombres réunis pour l'accueillir redressèrent la tête et le torse, tirant leurs dagues d'Idrill pour faire une haie d'honneur. En son centre, Darek et Kelly l'attendaient.

Marchant lentement jusqu'à eux, Connor avait l'impression d'être dans un rêve. Tous lui souriaient, inclinant la tête sur son passage. Dans un coin de la pièce en compagnie de Kyle, Mia et

Brascen, Sanya ne le lâchait pas du regard. Étant celle qui avait réussi à trouver le treizième membre de la confrérie, l'homme censé les sauver, Darek avait trouvé juste et normal qu'elle assiste à la cérémonie. Elle tenait dans ses bras le petit Ralof qui se dévissait le cou pour observer ce qui se passait.

- Connor, lança Darek d'une voix puissante quand le jeune homme fut devant lui. L'Onde qui te parcourt n'a plus de secrets pour toi. Tu es devenu une ombre, insaisissable. Tu as tout appris de nous, Kelly et moi n'avons plus rien à t'enseigner. Aujourd'hui se termine ton apprentissage, aujourd'hui commence ta nouvelle vie. Car tu es un Maître des Ombres, puisses-tu vivre longtemps parmi les ombres, et que celles-ci te protègent toujours !

- Que les ombres te protègent et te servent ! crièrent les autres.

Kelly sourit et tendit au jeune homme un paquet qu'elle tenait dans ses bras. Connor le déballa avec des gestes lents, et resta stupéfait devant la beauté des lames qu'il tenait. Elles étaient plus belles que toutes les autres, plus finement sculptées, plus brillantes. Le jeune homme les avait déjà vus... Il jeta un regard surpris à ses formateurs.

- Les dagues de Nahele te reviennent de droit, Connor. Tu es son descendant, la même Onde pulse en toi. Tu es le plus puissant, comme ce fut le cas de Nahele. Fais-en bon usage, et puisse la sagesse de Nahele te guider !

Connor empoigna le pommeau des lames, ne parvenant pas à réaliser que le plus grand Maître des Ombres les avait tenus avant lui. C'était un véritable honneur.

Tous les Maîtres des Ombres s'inclinèrent devant lui, lui sourirent, et vinrent lui donner une tape amicale sur l'épaule.

- Te voilà notre égal maintenant ! plaisanta Jon. Plus besoin de rester consigné ici pendant que les autres partent se battre, hein ?

Il faisait référence à l'attaque de Bourgfier, et Connor ne put s'empêcher de sourire. Tous vinrent lui dire quelques mots, même Brascen qui pourtant ne lui adressait jamais la parole. Kyle ne cacha pas son enthousiasme, et Mia lui sauta carrément dans les bras pour l'embrasser sur la joue.

- Ça y est, tu entres dans la cour des grands ! Moi qui pensais y arriver avant toi.

- Tu seras la prochaine, ça ne fait aucun doute.

- Ah ça oui ! Tu as eu ton tatouage ? Tu me le montres ?

- Plus tard, je ne vais pas me déshabiller devant tout le monde.
- Bah, tu es un homme, ça n'a pas d'importance.

Connor lui ébouriffa les cheveux. Il était manifeste que Mia était amoureuse de lui, et ça le gênait. Il était bien plus vieux qu'elle, et s'il devait se retrouver torse nu devant elle, il ne voulait pas qu'elle le voie comme un encouragement.

- On verra ça plus tard.

Darek et Kelly le rejoignirent et la jeune femme le serra dans ses bras. Connor lui rendit son étreinte avec un grand sourire.

- Et voilà, tu es véritablement des nôtres maintenant.
- Je n'aurai plus vraiment d'autorité sur toi, plaisanta Darek.
- Comme si tu en avais eu ! répliqua Kelly.

Sanya vint à leur rencontre, Ralof se tortillant dans ses bras en criant :

- Connor ! Connor !

Il tendit les bras en direction du jeune homme. Ce dernier le récupéra, et le bambin s'écria :

- Tu vas m'apprendre maintenant !
- Tu es encore trop petit pour ça.
- Non ! Je suis grand maintenant, maman n'arrive pas à me trouver quand je me cache.

Sa mère leva les yeux au ciel.

Connor déposa le garçon par terre et celui-ci s'empressa de courir à la rencontre des autres Maîtres des Ombres sous l'œil attentif de son père.

- J'ai du mal à croire que l'homme que j'ai trouvé soit déjà un Maître des Ombres, souffla Sanya. J'ai l'impression que c'était hier encore que tu me disais que je me trompais.
- Et dire qu'il y a trois ans, je te testais, ajouta Darek. Le temps file.
- Allons, on dirait deux petits vieux discutant du bon vieux temps comme si c'était il y a des années, pouffa Kelly.

Connor ne put qu'être d'accord, ce qui provoqua les rires de ses compagnons.

- Majesté, vous allez donc partir pour Dryll ? demanda Darek, redevenu sérieux.
- Oui, je n'ai guère d'autre solution. Dryll ne doit pas tomber, et si je peux aider le roi à tenir le coup, je le ferais. Je laisserai des consignes, et j'ai toute confiance en ceux qui géreront le royaume à

ma place.

- Je vous aurais bien proposé une escorte, mais j'ai comme le pressentiment que Connor ne vous lâchera pas d'une semelle. Il vaut d'eux comme nous.

- De toute façon, je préfère vous savoir ici, prêt à agir pour aider mon royaume.

- Très bien. Nous ferons selon vos souhaits. En attendant, venez avec nous, nous allons fêter la promotion de notre cher Connor !

5

Il'ika rayonnait de joie d'avoir enfin trouvé un but. Quelque chose qui l'occupait toute la journée et l'excitait. Elle en avait longuement parlé avec Faran, car ils devaient se montrer prudents et ne pas agir trop rapidement s'ils voulaient une chance que ça fonctionne. Ils devaient prendre leur temps, bien étudier les candidats, et surtout, faire appliquer une série de règles cruciales s'ils voulaient que tout aille bien.

Faran s'était d'abord montré sceptique, inquiet, puis l'enthousiasme et l'envie d'offrir une seconde chance l'avaient vite rattrapé. Il avait accepté la proposition d'Il'ika.

- Ce serait une chance, pour eux comme pour nous. Imagine ce qu'on pourrait faire si on créait de nouveau l'Ordre des magiciens ! La guerre pourrait être remportée.

Exaltés, les deux amants n'avaient pas perdu de temps. Ils devaient en revanche faire preuve de prudence et progresser par étape, car la population n'était sans doute pas encore prête à voir de nouveau surgir l'Ordre des magiciens. Quant aux Maîtres des Ombres, Faran se sentait coupable de leur cacher ses plans, mais il ne voulait pas leur en parler pour le moment.

Depuis des jours, tandis que Sanya préparait son voyage et que les conseillers et les stratèges se réunissaient pour parler de la guerre et de l'économie qui faisait faillite, Il'ika consacrait tout son temps à chercher de jeunes magiciens. Faran n'avait pas beaucoup de temps, la situation du royaume était catastrophique. Les ressources manquaient cruellement, la famine surgissait de nouveau dans les villages les plus pauvres, et l'armée avait du mal à se nourrir. Les marchands se faisaient piller de plus en plus souvent, Eroll était parvenu à bloquer de nombreux commerces, et les conséquences se faisaient durement sentir.

Débusquer des magiciens n'était pas chose aisée. Il n'y avait que deux moyens pour l'instant de repérer un potentiel magique parmi toute la population de Sohen. Le premier consistait à sonder les environs de son esprit. Grâce à l'enseignement de Sanya, Faran avait appris que le potentiel magique était enfermé au plus profond d'un magicien. Tant que celui-ci ne s'était pas manifesté, il était impossible de le voir. Mais une fois qu'un mage accédait à sa magie et que celle-ci se déversait en lui, tout son être était alors irrémédiablement changé. Et cette signature magique, pour peu que l'on sache à quoi elle ressemble, pouvait être détectée par n'importe quel magicien. Faran et Il'ika consacraient donc une partie de leur temps à sonder la ville à la recherche de toute trace de magie.

Comme leur propre pouvoir n'était pas suffisamment développé, et qu'il y avait le risque que Sanya sente une activité magique anormale entre ses propres murs, le couple avait décidé de faire ça directement en ville.

L'autre moyen, plus fastidieux, mais parfois tout aussi efficace, était le bouche-à-oreille, les ragots. Quand quelqu'un faisait quelque chose « d'anormal », les gens s'empressaient toujours de parler à ce sujet. Et dans ce domaine, Il'ika était excellente. Trouver et écouter les commérages était chose très naturelle pour elle.

Ce jour-là, Il'ika pensait avoir découvert un autre magicien. Il pourrait faire la troisième recrue. Elle avait déjà trouvé une femme et un homme, avait discuté avec eux, et intéressés, ceux-ci avaient accepté de suivre le mouvement. Il'ika et Faran étaient déjà allés les voir, d'une part pour leur exposer les règles de l'Ordre, puis pour commencer les leçons sans tarder. Quand ils seraient assez nombreux pour prétendre former un Ordre, Faran en parlerait à Sanya, en espérant qu'elle leur accorde une salle dans le château.

Le jeune homme se révélait être un bon professeur, et pour cause, il avait quand même suivi les enseignements d'une déesse. Les deux nouvelles recrues progressaient vite, et Faran ne doutait pas que dans quelques mois, l'Ordre pourrait se révéler être un atout de taille pour lutter contre les sorciers d'Eroll. Il était donc prêt à prendre le risque de reformer l'Ordre, prêt à subir le mépris de certaines personnes si ça pouvait sauver les peuples. Bientôt, quand les recrues seraient suffisamment expérimentées, ils pourraient réellement se faire appeler l'Ordre des magiciens.

Il'ika cheminait donc en ville depuis une demi-heure pour trouver l'homme qu'elle cherchait. Des ragots lui avaient appris qu'il habitait dans le coin, et faisait des choses « étranges » et ne se mélangeait jamais aux gens. Il restait seul, parlant que très rarement. Mais on disait voir et entendre des choses étranges chez lui.

L'ancienne fée parvint finalement à trouver le foyer de sa cible, et inspirant à fond pour se donner un peu de contenance, elle frappa à la porte.

-C'est qui ? lui lança une voix à l'extérieur.

- Une amie. Je voudrais m'entretenir avec vous de certaines choses.

- Quelles choses ?

- Des faits étranges dont vous êtes à l'œuvre.

- Foutez le camp ! Je n'ai rien fait de mal ! Ce sont des commérages, inventés par des gens stupides qui ne supportent pas que je ne veuille pas de leur compagnie.

Il'ika eut un sourire compatissant.

- Je suis comme vous.

- Non, je n'y crois pas. Vous voulez me faire arrêter et tuer ! Je suis normal !

- Ouvrez et je vous prouverai que je suis comme vous.

La curiosité, sans doute, poussa le jeune homme à entrebâiller sa porte. Il'ika fut surprise de son âge, même pas vingt ans. Un pauvre gamin orphelin qui vivait probablement des quelques tours qu'il savait faire sans pour autant trahir ses pouvoirs.

- Alors ? s'impatienta-t-il.

Il'ika tendit la main, effleura sa joue. Le jeune homme resta tétanisé en sentant un long picotement se répandre dans son corps, puis il sentit une magie curative le parcourir, guérissant des plaies que la jeune femme n'aurait pas dû voir. Époustouflé, il souleva sa tunique pour constater qu'aucune coupure n'avait survécu au traitement.

- Entrez.

Il invita Il'ika dans son salon, la fit asseoir sur un fauteuil et lui servit une tasse de thé.

– Tu vois, tout comme toi je suis magicienne, dit la jeune femme. Tu n'as rien à craindre de moi.

– Que me voulez-vous ?

– Te proposer un nouvel avenir, une chance pour toi d'apprendre à maîtriser ton pouvoir.

– Comment ça ?

– Mon mari et moi cherchons nos semblables, des magiciens, afin de travailler avec eux et de réapprendre ce qui a été longtemps perdu. Nous voulons offrir une deuxième chance à ceux qui ne peuvent pas être eux-mêmes.

– Vous... vous refondez l'Ordre des magiciens ?

– Pour le moment, nous nous contentons de recruter des magiciens, pour leur apprendre la magie. Mais effectivement, nous voudrions reformer l'Ordre des magiciens, afin de servir la reine pendant la guerre.

Le garçon semblait aussi mal à l'aise qu'excité.

– C'est interdit... et les gens... les gens prendraient peur, ne l'accepteraient pas.

– Nous serons différents de nos ancêtres. Ce que nous voulons, c'est apprendre aux magiciens à utiliser leurs facultés. En aucun cas, ils ne devront s'en servir à des fins funestes ou égoïstes ou ils en répondront devant nous. L'Ordre n'exercera pas la tyrannie d'antan. Et avec l'aval de la reine, je suis sûre que le peuple apprendra à nous accepter.

– Et... (le garçon hésita.) Les Maîtres des Ombres ? On dit qu'ils haïssent les magiciens.

– Ils se trouvent que nous connaissons bien la confrérie. Nous passerons un pacte. Ne t'inquiète pas de ça. La question que tu dois te poser est celle-ci : veux-tu te joindre à nous, apprendre à te servir de ton pouvoir et à combattre pour la reine Sanya ?

– Ça ne risque vraiment rien ? Personne ne viendra nous arrêter ou nous tuer ?

– Personne, nous gérons la situation.

Le jeune homme réfléchit.

– En ce cas, c'est entendu ! Si vous saviez combien de fois j'ai rêvé de changer ma vie !

– Comment te nommes-tu ?

– Illiam.

- Eh bien, bienvenue parmi nous, Illiam. Retrouve-moi demain devant l'auberge de *La Licorne dorée*. Tu y rencontreras ton nouveau maître et chef, mon mari, Faran.
- J'y serai.

Il'ika sourit, joyeuse. Cela se présentait bien.

Les choses se présentaient effectivement bien. Illiam était venu au rendez-vous et avait fait la connaissance des autres avec une réelle affection pour ses membres. Felyn, la toute première à avoir rejoint, l'avait aussitôt pris sous son aile. Il avait l'âge de son fils mort quelque temps plus tôt, et elle était décidée à prendre soin de ce jeune homme-là. Son caractère ombrageux et téméraire avait d'abord inquiété le jeune Illiam, mais il avait rapidement pris en affection la femme. En revanche, Torlf, qui avait rejoint peu de temps avant lui, restait en retrait, ne leur adressant que rarement la parole.

Faran avait commencé par exposer les règles de ce nouvel Ordre, stipulant qu'elles devaient être appliquées à la lettre en toutes circonstances. Aucun écart ne serait toléré, car le jeune homme ne voulait pas voir son Ordre tomber de nouveau en disgrâce et il ne souhaitait pas déclencher de nouvelles guerres avec les Maîtres les Ombres, ni avec le commun des mortels.

Quand Illiam eut signé et juré avec son sang qu'il s'engageait à respecter l'honneur des magiciens, à apprendre l'art de la magie pour aider sans rien exiger en retour, et à ne jamais se servir de ses pouvoirs pour asseoir son autorité, Faran commença à l'instruire. Le garçon faisait preuve d'un grand enthousiasme et d'une soif d'apprendre qui faisait plaisir. Il connaissait déjà quelques bases pour les avoir souvent expérimentées, ce qui lui facilita la tâche.

Faran ne pouvait pas prétendre être un grand magicien, après tout, il n'usait de magie que depuis presque un an, mais son tuteur avait été une déesse, et son enseignement était donc plus qu'instructif. Il'ika se joignit à lui, et sans jamais divulguer sa véritable identité et sans jamais trahir les secrets de son peuple, l'ancienne fée leur apprenait tout ce qui lui était permis de divulguer.

Les progrès des jeunes recrues étaient excellents, ils apprenaient vite et bien. Faran se concentrait surtout sur les sorts pouvant servir à l'offensive, car le but premier de l'Ordre était d'épauler Sanya dans sa guerre. Et il ne doutait pas que même s'ils étaient tous que des débutants, bientôt, ils pourraient se battre et offrir un appui solide à la reine. Des magiciens novices, mais maîtrisant quelques sorts, c'était toujours mieux que rien du tout pour lutter contre les mages d'Eroll.

D'ailleurs, sans rien lui dévoiler pour le moment, Faran continuait d'apprendre auprès de la déesse déchue, qui avait réussi à trouver du temps à lui consacrer avant son départ. Elle lui apprenait tout ce qu'elle pouvait sur la magie de guerre, comme elle aimait l'appeler. Faran se devait de maîtriser le plus de sorts pouvant aider dans une bataille. Déjà, il pouvait invoquer la foudre et déchaîner les flammes, dévier des projectiles et former des boucliers magiques, créer des illusions et faire apparaître des armes et des flèches qui fusaient là où son esprit le voulait. Évidemment, ce n'était pas d'une grande puissance par rapport à ce qu'un mage formé depuis des années pouvait accomplir, mais c'était mieux que rien, et même faiblement puissant, un soldat ne pourrait rien faire contre ça.

Ce jour-là, alors qu'il se reposait après avoir matérialisé une lance qui avait traversé le torse d'un mannequin, Sanya vint s'asseoir près de lui et le contempla avec gravité.

- Ton frère va nous rejoindre avec Il'ika. Nous devons parler.

Faran déglutit. Sanya avait-elle déjà tout découvert ? Si oui, que ferait-elle ?

Connor ne tarda pas à rentrer dans la pièce avec Il'ika, la mine aussi sombre que celle de sa femme, et quand il s'assit près d'elle, son frère sut d'instinct qu'il était partagé entre des sentiments contradictoires. Fureur, inquiétude et fierté. Sanya quant à elle semblait plus résignée. L'ancienne fée vint rejoindre son compagnon. Elle seule semblait confiante et enjouée.

- Vous savez sans doute déjà pourquoi nous sommes là tous les quatre, soupira la reine. Faran, je te pensais plus malin pour savoir que tu ne pouvais pas me cacher des faits magiques…

- J'allais vous expliquer, se justifia Faran.

- Quand ça ? répliqua sèchement son frère. Quand tes petits camarades s'en seraient pris à ma confrérie ?

Sanya posa une main apaisante sur celle de son époux et se tourna vers Faran.

- Ton frère a raison. Vous auriez dû nous en parler dès le début.

Il'ika vola aussitôt à la rescousse de son ami :

- Nous allions vous en parler, dès que les choses seraient plus concrètes. Il n'y a pas lieu d'avoir peur, nous maîtrisons la situation.
- Vous ne maîtrisez rien du tout ! gronda Connor.

Sa femme le fusilla du regard ce qui eut pour effet de le calmer.
- Il'ika, Faran, ce n'est pas un jeu.
- Nous ne jouons pas, rétorqua Faran. Connor, j'admire l'homme que tu es devenu, mais toi aussi tu sembles oublier que je suis devenu brillant dans mon domaine.
- Mais tu t'improvises maître magicien alors que tu n'as découvert ton don que depuis peu. Sanya te forme depuis presque un an. Un magicien accompli se voit généralement formé pendant une dizaine d'années. Tu n'es qu'un novice, et tu veux déjà diriger des gens, leur apprendre la magie alors que toi-même n'en connais qu'une infime partie ? Sérieusement ?
- Tu n'es peut-être pas le seul à avoir des facilités.
- Moi je ne recrute pas des Maîtres des Ombres par-ci par-là pour tout leur apprendre. Je n'ai pas pris la tête de la confrérie après seulement un an de formation. As-tu seulement réfléchi aux conséquences de ce que tu fais ?
- Les magiciens ont droit à une seconde chance !
- Certes, je suis entièrement pour, mais de là à reformer leur Ordre ? Ce qui a causé leur perte ? Tu joues avec le feu Faran. Et tu vas t'y brûler. Tu n'es pas encore un grand magicien. Tu ne peux pas encore gérer tout ça, tu n'en as pas encore la carrure. Tu ne peux pas les contrôler. Et je ne suis pas sûr que le monde soit prêt. Je ne crois pas que la confrérie acceptera.
- Si tu plaides en ma faveur, si.
- Pourquoi le ferais-je ?

Faran se sentit abattu. Son propre frère doutait de lui, ne lui faisait pas confiance. Mais comment lui en vouloir ? C'était à lui de lui prouver qu'il était capable de diriger son œuvre.
- Connor, Sanya, l'Ordre pourrait être un atout de taille dans cette guerre !
- Nous pouvons leur enseigner suffisamment pour qu'ils combattent pour nous, affirma Il'ika. Nous avons établi des règles pour garantir les bonnes intentions de l'Ordre. Nous ne ferons pas les mêmes erreurs que les autres magiciens.

Sanya soupira et se massa les tempes.
- Écoutez tous les deux, je suis pour offrir une deuxième chance

aux magiciens, n'en doutez pas. Mais Connor a raison. Avec la guerre, former l'Ordre des magiciens pourrait se révéler plus dangereux qu'utile. Eroll a de puissants sorciers à sa cour. Sorciers qui seraient se montrer plus talentueux qu'eux et pourraient très bien retourner vos recrues contre vous. Il faut rétablir la culture de la magie, mais pas reconstruire l'Ordre. Et surtout pas pendant la guerre.

- La confrérie des Maîtres des Ombres a longtemps régné en tyran du temps d'Elwin, pourtant le peuple a accepté de nouveau qu'elle se forme, se justifia Faran en jetant un regard insistant à son frère. Toi-même me l'a dit.

- Comme je t'ai dit que certaines personnes nous détestent encore ? Comme certaines personnes, surtout en ce moment, cherchent à monter les gens contre nous pour nous chasser ? Comme certaines personnes essayent même tant bien que mal de nous tuer ? Mia a failli y rester, pas plus tard que la semaine dernière ! La confrérie n'est pas encore acceptée de tous. Alors, imagine l'état des gens quand ils apprendront qu'une deuxième organisation potentiellement dangereuse pour eux ressurgit !

- Je sais que ce sera dur, Connor. Mais les magiciens ont droit à une deuxième chance, au même titre que les Maîtres des Ombres. Nous ne pouvons pas rester ignorés, alors que vous avez le droit d'exister, juste sous prétexte que vous êtes revenus les premiers ! Les gens ne nous accepteront jamais totalement, ils n'acceptent pas ce qui est plus puissant qu'eux. Alors si on doit attendre qu'ils soient prêts, jamais nous ne pourrons exercer notre talent. Vous avez choisi de revenir. Nous avons les mêmes droits que vous. Et Sanya, si les choses tournaient mal, tu pourrais tout arranger une fois déesse.

- As-tu pensé à ce qui se passerait si je ne retrouve pas mon pouvoir et que ton Ordre tourne mal ? As-tu envie de mêler les Maîtres des Ombres dans un autre conflit ? Voudrais-tu voir ton frère mourir de la main de tes recrues ?

- Bien sûr que non ! Bon sang, vous réagissez comme si j'avais échoué, mais ce n'est pas le cas. Je peux entraîner ces gens, leur donner une seconde chance et former un Ordre bon qui pourrait aider le peuple et l'armée dans cette guerre comme après. J'en ai la conviction. À un moment, si on veut que les choses changent, il faut bousculer un peu le peuple, il n'y a pas d'autres moyens. Ou on restera à jamais enfermé dans cette mentalité de rejeter quiconque est différent.

— C'est la seule chose que nous pouvons faire pour vous, que je peux faire pour vous, l'appuya Il'ika. Notre contribution à la guerre. Donnez-nous une chance. Vous ne le regretterez pas. Faran est un bon chef qui saura faire respecter les règles de l'Ordre. Ayez confiance en lui. Connor, ais confiance en ton frère. Lui t'a toujours fait confiance, même quand tu commettais des erreurs. Sois un frère à ton tour.

Sanya baissa la tête pour réfléchir puis se tourna vers le Maître des Ombres, pensive. Ce dernier réfléchissait, partagé entre sa loyauté pour sa confrérie et son amour pour son frère.

— Si la requête était venue de Sanya, tu te serais battu bec et ongles pour elle, ajouta Faran.

— Sanya est une magicienne de talent. Une déesse. En matière de magie, je lui fais davantage confiance...

— Et elle m'a appris. La question est celle-ci, Connor : as-tu autant confiance en ton frère qu'en ta femme ? Quant à toi, Sanya, tu auras toujours la main mise sur l'Ordre. Tu pourras le contrôler. Je peux t'en nommer le chef et je serai ton représentant. Est-ce que cet accord vous irez à tous les deux ? Si Sanya garde le contrôle de l'Ordre, pourrais-je le diriger ?

Les deux époux échangèrent un long regard. Il ne leur en fallait pas plus pour se comprendre.

— J'accepte que tu reformes l'Ordre des magiciens et je plaiderai en ta faveur auprès de Darek, soupira Connor. Je te fais confiance pour réussir même si je continue de penser que tu joues avec le feu.

— Quant à moi je te laisse être le chef de cet Ordre et de t'en occuper, ajouta la reine, mais j'exige de connaître tous tes plans, j'exige d'avoir le contrôle de cet Ordre. Si les choses ne me plaisent pas, je veux pouvoir le dissoudre à mon bon plaisir. Vous serez tous sous mon autorité.

— Tu es notre reine, nous serons toujours sous ton autorité, affirma Faran.

Il se leva et les serra tous les deux contre lui.

— Merci à vous. Je vous promets que vous ne regretterez pas votre choix.

— Puisses-tu avoir raison..., soupira la reine, résignée.

Quand Faran et Il'ika eurent disparu, Sanya se tourna vers Connor dont la mine était sombre.

- Pourquoi ai-je la désagréable impression de commettre une erreur ? soupira-t-elle.
- J'ai l'impression d'avoir accepté une immense bêtise juste par amour pour mon frère. Je crains le pire.
- J'espère que ce n'est qu'une impression et que l'on peut lui faire confiance.

Sanya se blottit dans les bras de son mari.

- Moi aussi, gémit-il, car je redoute ce qui arriverait si la confrérie devait entrer en guerre contre l'Ordre...

6

Connor réfléchissait toujours à la manière dont il pourrait annoncer la nouvelle à Darek. La reconstitution de l'Ordre allait l'inquiéter autant que l'enrager, et il ne pouvait pas prévoir quelle serait sa décision.

La route qui lui paraissait longue lorsqu'il était pressé lui sembla être aujourd'hui très courte, ne lui laissant que peu de temps pour penser à ses futures paroles. Cela faisait plusieurs soirs qu'il discutait avec Sanya, cherchant le moyen d'informer Darek et de plaider en faveur de son frère. Il ne cessait de s'inquiéter.

Lorsqu'il déboucha dans les longs couloirs souterrains menant à la confrérie, le silence l'accueillit en augmentant son malaise. Le moment était venu. Il se rendit dans la salle d'entraînement en premier, mais ne trouva nulle part Darek. Ce fut Mia qui l'informa qu'il était parti depuis un moment, mais que Kelly l'attendait.

- Où ?
- Elle m'a dit que si tu passais, elle t'attendrait vers la salle Obscure. Je ne sais pas ce qu'elle trafique, mais ça semble important. Tu ne devrais pas trop traîner.

Connor partit donc immédiatement chercher Kelly. Il trouva la jeune femme seule, accroupie dans le couloir qui menait à la salle Obscure, étudiant avec attention des fresques sur les murs, le livre de Nahele dans les mains.

- Ah ! Connor, je t'attendais. Il faut que je te parle !

- As-tu découvert des choses ?
- Je crois. Regarde.

L'entraînant le long du couloir, elle lui montra plusieurs symboles.

- D'après ce que dit le livre, ces symboles seraient un antique langage utilisé par les Anciennes civilisations. Et ceux-là (elle désigna ceux qui revenaient le plus fréquemment) pourraient se traduire par « temple », d'après le livre.
- Un temple ? s'étonna Connor.
- J'en ai l'impression. J'ai beaucoup étudié les fresques, cherchant à les comprendre. Ma traduction est grossière, loin d'être parfaite, d'autant plus que le livre semble cacher de nombreux codes. Mais d'après ce que j'ai pu comprendre, notre repère serait les ruines d'un ancien temple, bâti par les Premiers hommes.

Avant que Connor n'ait pu faire preuve de réflexion, Kelly l'entraîna ailleurs et lui désigna un dessin.

- Ce symbole, ou ce dessin, apparaît très souvent, et il semble être au cœur de toute cette fresque, de cette histoire. J'ai l'impression que celui ou celle qui a rédigé ces textes était obnubilé par ça. Comme si tout le temple lui était dédié. Et pour cause. (Elle l'emmena ailleurs.) Je n'ai pas réussi à traduire, pour moi ce symbole veut dire « Elle ». Et je n'en suis pas sûre, mais je crois que le temple fut bâti en mémoire de cette Elle.
- En mémoire ? Elle a été détruite ou quelque chose comme ça ? Par quoi ?
- Par ça.

Kelly lui désigna un immense dessin, abstrait et difficile à interpréter, mais Connor y voyait comme un chaos.

- L'Apocalypse, lui apprit la Maîtresse des Ombres. Enfin, c'est le terme correspondant le plus proche que j'ai trouvé.
- Je n'ai jamais rien entendu de tel.
- Peut-être parle-t-il de l'extermination des Anciennes civilisations.
- Et que serait ce Elle, alors ?
- Aucune idée. Je ne sais pas ce que ces gens vénéraient, ni comment cela semble avoir été détruit. Mais je pense que les Maîtres des Ombres sont liés à ce temple. Qu'ils sont liés aux Anciennes civilisations. Peut-être en sommes-nous les descendants.
- Cela collerait avec l'impression que j'ai faite à Reva. Il était

persuadé que je venais des Royaumes Oubliés.

Kelly réfléchit un moment, mais aucun élément ne lui vint à l'esprit. Rien n'était certain pour le moment, elle ne pouvait faire que des spéculations.

- On ne sait toujours pas d'où vient notre pouvoir, soupira-t-elle, ni pourquoi nous l'avons. Peut-être sommes-nous les descendants des Anciennes civilisations, mais cela n'explique pas pourquoi seule une poignée d'entre nous possède ce don.

- Nahele a découvert ce secret et dans sa lettre, il me fait comprendre que je le découvrirai aussi. Il faut être patient Kelly.

- Le problème est que toi comme moi ne pouvons pas prétendre avoir cette qualité, ironisa la jeune femme.

Connor eut un large sourire.

- Non, en effet. Mais crois-moi, un jour je saurai. Et tu seras la première de la confrérie à connaître la vérité.

- Pas Darek ?

- Rien que pour l'embêter, je te le dirai en premier.

Ils discutèrent encore un long moment, Kelly lui montrant les symboles qu'elle avait réussi à décrypter et leur signification possible. Un seul dessin pouvait signifier tout un concept tandis qu'un autre ne signifiait pas grand-chose. Le livre de Kelly ne permettait pas de tout décrypter, mais cela lui permit de comprendre que dans tout le couloir, il était question de cette Elle et de l'Apocalypse. Un travail long et acharné avait permis d'aboutir à ce résultat, car la tâche n'avait pas été délicate, Kelly avoua même avoir perdu le sommeil pendant quelque temps à force de cogiter au moyen de traduire les symboles.

- Bon, je suppose que tu n'étais pas là pour voir mes progrès. Qu'as-tu de si important à faire ici ? Sanya s'apprête à partir pour Dryll, tu devrais être auprès d'elle pour tout préparer.

- Je sais, mais je devais m'entretenir avec Darek avant de partir.

- Il a une mission importante. Il ne rentrera que ce soir. Je peux lui transmettre ton message si tu veux.

Le visage de Connor s'illumina.

- Ce serait beaucoup plus simple ! Ce que j'ai à dire n'est pas facile, et je préfère t'en parler à toi d'abord.

- Ça m'a l'air important. Et grave.

- Je ne sais pas quoi en penser. Tu n'aurais pas un endroit tranquille pour parler ? Je ne tiens pas à ce que ça s'ébruite et tu connais Mia. Je la soupçonne toujours de m'espionner.

Kelly hocha la tête et l'entraîna à sa suite. Ils parcoururent quelques couloirs avant qu'elle ne le fasse entrer dans un petit bureau.

- C'est à Darek, c'est ici qu'il se consacre aux affaires de la confrérie. Personne ne nous entendra.

Connor se tordit les mains, ne sachant par où commencer.

- Tu sais sûrement que Faran s'est avéré être un magicien ?
- Bien sûr que je le sais.
- Il est devenu plus fort, et je dois bien admettre qu'il est fait pour la magie. Il la pratique de mieux en mieux, il devient un peu plus puissant chaque jour et je ne doute pas qu'il devienne un grand magicien.
- Ton frère est bon. Où est le problème ?
- Eh bien... j'ai croisé Il'ika, sa compagne, qui m'a avoué s'ennuyer affreusement, qu'elle ne savait pas quoi faire pour occuper ses journées et cela la déprimait. Alors je lui ai dit de faire quelque chose qui l'accaparerait, quelque chose de prenant. Je n'imaginais pas ce qu'elle ferait.
- Quoi donc ?
- Elle et Faran ont entrepris de reformer l'Ordre des magiciens.

Kelly ouvrit la bouche et resta sans voix. Elle devint livide et un tic anima sa lèvre inférieure.

- Ils ont recruté quelques magiciens de Sohen et ont commencé à les entraîner. Faran a instauré des règles strictes et il espère fonder un Ordre meilleur que l'ancien, un Ordre qui ferait le bien et qui pourrait aider Sanya dans la guerre.
- Le premier Ordre partait lui aussi d'une bonne intention, ça ne l'a pas empêché de mal tourner, répliqua Kelly.
- Je l'ai prévenu qu'il jouait avec le feu et qu'il ne pouvait pas le contrôler, mais il persiste à croire qu'il peut le faire, que cela permettrait à Sanya de gagner ! Elle et moi avons tenté de lui parler, de le mettre en garde et de lui faire renoncer. Mais il ne veut rien entendre, il est persuadé d'y arriver. Je n'étais pas d'accord, principalement à cause de la confrérie, mais il m'a tellement supplié de lui faire confiance, en ajoutant que si ça avait été l'œuvre de Sanya, j'aurai accepté, que j'ai fini par lui laisser une chance. Kelly, Sanya et moi sommes sceptiques, mais il a peut-être raison, l'Ordre pourrait nous aider à vaincre Eroll.

- Si Eroll ne s'en sert pas contre nous. Faran est jeune, je ne suis pas sûre qu'il puisse supporter une charge si lourde sur ses épaules en temps de guerre. Et avec tout le respect que je lui dois, il n'est encore qu'un novice. Il ne peut pas contrôler des mages sans être un maître dans la matière.

- Ce sont aussi mes arguments, mais il est mon frère. Je ne peux pas lui refuser d'essayer. Il n'a eu de cesse de dire que la confrérie avait eu sa chance, que les magiciens avaient donc droit à la même chose.

- Je comprends ton tracas, et je ne te blâme pas de lui avoir laissé une chance. Après tout, Faran sait ce qu'il fait, et s'il ne perd pas de vue son objectif et s'il sait faire preuve de fermeté, peut-être que cela fonctionnera. Maintenant, il reste la confrérie. Tous n'accepteront pas le retour des magiciens, et dans le lot, je ne te parle même pas de Darek...

- Faran voudrait instaurer un pacte, une sorte d'alliance entre eux et nous, ce qui maintiendrait une certaine paix. Si tout le monde y met du sien, ça pourrait marcher. Si les Maîtres des Ombres peuvent avoir leur mot à dire quant aux nouvelles recrues, cela pourrait fonctionner.

- C'est une idée à approfondir. Faran et Darek devront parler, discuter de cet accord. Mais j'ai peur que ça cause aussi la ruine de l'Ordre. Certains magiciens haïssent les Maîtres des Ombres, ils n'accepteront pas qu'on ait un contrôle sur eux. Ils se sentiront dominés. À la longue, cela risque d'exploser. Il faudra bien voir les accords, agir avec la plus grande intelligence.

- Si nous surveillons dans l'ombre, cela pourrait le faire. Après tout, c'est notre métier.

- Peut-être, oui. Il est vrai qu'avoir des magiciens à notre cause nous dépannerait contre ceux d'Eroll. Mais que Faran prenne garde à l'empereur et qu'il surveille attentivement ses recrues. La trahison est vite survenue. Surtout par les temps qui courent.

- Sanya et moi lui en avons déjà parlé. L'Ordre sera sous autorité directe de la reine, elle aura tous les droits sur eux. Cela sera beaucoup plus strict que pour la confrérie. Nous sommes à son service, certes, mais elle nous laisse mener nos affaires internes et externes comme bon nous semble. Pour l'Ordre, elle compte tout contrôler, les règles, fondements, enseignements, recrues.

- C'est une bonne chose. Sanya est la mieux placée pour

surveiller cet Ordre, même si elle a déjà assez à gérer la pauvre, lui ajouter ça sur les épaules, ce n'est pas l'idéal. Mais bon, si Faran fait preuve de fermeté et ne se laisse pas marcher sur les pieds ni submerger, si la reine surveille attentivement tout ce qui se passe et si les Maîtres des Ombres peuvent jeter un coup d'œil dans l'ombre, ça pourrait marcher. Une arme utile contre Eroll. Et les magiciens ont droit à une seconde chance. J'en parlerai avec mon mari avant, je plaiderai en la faveur de ton frère pour les accords, mais je ne te garantis rien. Si Darek refuse, sois sûr que l'Ordre ne verra pas le jour, quoi qu'en dise ton frère.

- Merci de tout cœur Kelly.
- Je vous dois bien ça, à Sanya et toi. Surtout, dis bien à ton frère qu'il doit rester vigilant et qu'il ne saute pas d'étapes. Qu'il s'assure d'abord de la sincérité et de la loyauté de ses recrues avant de chercher à tout prix à en trouver d'autres. Il est plus facile de surveiller quelques membres que des dizaines de personnes, et les chances de trahisons seront moindres. Qu'il leur parle également de nous, qu'il voit les réactions de chacun. Si déjà certains se méfient de nous, je te garantis que l'Ordre s'écroulera, et ça nous fera mal à tous.
- Je le préviendrai. Je persiste à croire qu'il joue avec le feu... qu'il ne devrait pas se lancer dans cette entreprise.
- C'est très risqué en effet. Mais peut-être que ça vaut le coup. Des magiciens à notre cause seraient bénéfiques, tu ne crois pas ?
- Peut-être.
- Pendant votre absence, je m'engage moi-même à surveiller l'Ordre. Si les choses ne me plaisent pas, Darek et moi prendrons les choses en main, je te le promets.
- Merci Kelly. Veille sur mon frère.
- Je veillerai sur lui, n'aie crainte.

Elle le serra dans ses bras de manière rassurante.

- Tu devrais rentrer. Je suis sûre que tu as beaucoup à faire.
- Oui. Aela et Damian seront à la tête du royaume pendant notre absence. Ils sont au courant de la situation. Aela est du même avis que moi, tu pourras compter sur elle.
- Elle sera une bonne alliée. Ne te préoccupe pas de ça pour le moment. Darek et moi étudierons nous-même l'Ordre, et si le projet est viable, peut-être donnerons-nous notre accord. Sinon nous étoufferons le mal dans l'œuf. On s'occupe de tout. Sois tranquille

et rejoins ta femme.

Connor hocha la tête et après avoir serré à son tour Kelly dans ses bras, il quitta le repère des Maîtres des Ombres. Il flâna un moment dans les dédales souterrains, profitant du calme et de l'obscurité, avant de sortir dans les rues. Il connaissait à présent la ville comme sa poche, en surface comme en profondeur, aussi la quitta-t-il rapidement en évitant le monde par quelques passages connus seulement de la confrérie. En cas de guerre, ces passages se révéleraient utiles, mais pour l'heure, ils servaient surtout aux Maîtres des Ombres à disparaître sans être vus. Ils pouvaient ainsi surgir de n'importe où avant de disparaître dans la seconde qui suivait. Utile quand on était poursuivi, ou quand on poursuivait quelqu'un.

S'éloignant de la ville, Connor gagna la forêt pour y appeler Kalena. La louve ne tarda pas à répondre à son appel et déboula devant lui en remuant joyeusement la queue. Cela faisait un moment que le jeune homme ne l'avait pas vu, et il la trouva encore plus belle. Son pelage était doux et soyeux, son regard exprimé chaque jour un peu plus d'intelligence. Leurs deux âmes étaient liées par l'Onde, aussi Connor pouvait la comprendre d'un simple regard, et la louve n'avait pas non plus besoin de mot pour comprendre son ami.

Pourtant le jeune homme ne put s'empêcher de lui parler.

- Alors ma belle Kalena, comment vas-tu ?

La louve glapit doucement.

- Non, Sanya n'est pas avec moi. Mais bientôt tu la verras. Nous partons pour Dryll, et tu viens avec nous.

Kalena secoua la queue et lécha le visage de son ami. Puis, captant l'inquiétude de celui-ci, elle inclina la tête.

- Je vais bien. Je suis juste inquiet pour mon frère. Mais ne t'en fais pas pour ça. Je t'appellerai dans quelques jours pour le départ, alors ne traîne pas. Sanya a hâte de te voir.

Poussant un aboiement joyeux, Kalena réclama sa part de caresse.

Elle redressa soudainement la tête, en alerte, et bondit dans les bosquets. Connor fit volte-face, les mains sur le pommeau de ses dagues... et découvrit Sanya qui, couchée par terre, essayait tant bien que mal de se défaire de la louve. Cette dernière lui lavait le visage à coup de langue râpeuse, ce qui fit éclater de rire la reine.

- Kalena, ça suffit, lança Connor.

Quand la louve se fut écartée, il s'approcha de sa femme et l'aida à se lever.

- Où est ton escorte ?
- C'est toi mon escorte.
- Sauf que je n'étais pas près de toi pour te protéger. Sanya, mais qu'est-ce qui t'a pris de...

Sa femme le fit taire en plaquant ses lèvres contre les siennes.

- Il y a trois ans, tu n'aurais jamais osé me dire une telle chose. Tu oublies trop souvent que c'est moi qui t'ai appris à te battre et que je sais parfaitement me servir de ma lame, Connor. D'ailleurs, n'oublie pas que je t'ai souvent sauvé la vie, et que malgré ton don, je suis l'une des rares à pouvoir te résister.

Connor hocha la tête malgré lui. Il détestait l'idée de savoir Sanya seule à la merci de tous, pourtant il devait lui faire davantage confiance. Il était vrai qu'il y avait encore peu, de telles répliques ne lui seraient jamais venues à l'esprit, pour la bonne et simple raison que c'était Sanya qui s'occupait de sa protection. La reine était en mesure de se défendre.

- Comment m'as-tu trouvé ? demanda-t-il.
- Je t'attendais à la sortie du repaire, un peu plus loin. J'ai décidé de te suivre. Tu me manquais, j'avais envie de te voir.

Connor la serra contre lui.

- Tu me vois tous les soirs.
- Tu parles, tu as passé ta nuit à aller et venir entre la chambre et les couloirs. Je ne peux pas profiter un peu de ta présence, quand tu es là, tu es absent.
- Je suis inquiet pour mon frère.
- Je le suis tout autant, mais il faut lui donner sa chance tout en surveillant ce qu'il fait. Cesse de t'inquiéter de la sorte, tout le monde garde l'œil sur lui. Maintenant, arrête de penser à ça. Pour une fois que je t'ai pour moi toute seule, je ne veux pas gâcher ce moment.
- Que veux-tu faire ?
- Qu'on se promène, toi et moi. Seuls, longtemps.

Kalena aboya pour manifester sa présence. Sanya lui caressa la tête.

- Et toi aussi, ma douce. Bien sûr. (Elle plongea alors un regard suppliant dans celui de son mari.) Alors, tu veux bien ?
- Tout ce que tu voudras.

Sa femme eut un sourire énigmatique.
- Méfie-toi de ce que je veux.
- Au contraire, répliqua-t-il en l'attirant à lui pour l'embrasser.

Ils partirent ensuite se balader dans la forêt main dans la main, profitant du calme et de la solitude pour s'offrir un moment de détente et respirer un peu, Kalena courant au-devant eux. C'était dans ces rares moments qu'ils pouvaient se comporter comme un couple normal, et ils tenaient à en profiter. Bientôt, ils partiraient pour Dryll, et une fois là-bas, ils n'auraient guère de temps pour eux.

Sentant que Sanya se pressait contre lui, Connor se rendit compte que depuis l'aveu de son frère, il l'avait délaissée. Il ne devait plus être de plaisante compagnie, car il courait toujours à droite à gauche, passait son temps à réfléchir et ne parlait guère. Cela faisait un moment qu'il n'avait pas pris le temps de s'occuper de sa femme alors que les problèmes pesaient sur ses épaules. La détresse de Dryll, l'armée d'Eroll en marche pour Sohen et les mercenaires de Conrag venus la tuer. Le jeune homme se promit de passer plus de temps avec elle et de l'aider à faire face.

- Je te trouve bien pensif, lança-t-elle.
- Je me disais que je n'étais pas de bonne de compagnie. Cela fait plusieurs jours que je ne te parle presque plus et que je m'en vais à droite à gauche.
- Tu es inquiet pour ton frère Connor, crois-tu réellement que j'allais t'en faire le reproche ? Tu as toi aussi des problèmes à faire face, tu n'as pas à te justifier ou t'excuser.
- Peut-être, mais tu en as tout autant et je n'ai pas été là pour toi. Tu essayes toujours de me parler de mon frère, de me réconforter, mais je ne t'écoutais pas, et moi je n'ai rien fait pour t'aider.

Sanya lui donna une tape dans les côtes.
- Idiot. Tu m'exaspères. Tu avais des soucis avec ton frère, et c'est parfaitement normal de t'occuper plus de lui que de moi alors que je vais bien !
- Tu es ma femme, je dois t'épauler.
- Parce que tu crois ne pas le faire ? Tu crois que tu ne m'épaules pas ? Connor, tu as besoin de repos, à mon avis.

Elle eut un sourire ironique.
- Pour le moment, je supporte la pression, je gère les affaires et je ne suis pas submergée. Tu n'as donc pas besoin de t'inquiéter pour moi. Si les choses m'avaient accablée, tu l'aurais senti et tu te serais

occupé de moi, vrai ?
- Oui.
- Alors voilà, cesse de t'en faire pour ça ! Maintenant s'il te plaît, arrête de t'inquiéter et occupe-toi de moi, puisque tu sembles vouloir le faire !

Connor sourit. Ils commencèrent par se taquiner et se chamailler, riant aux éclats en se poussant l'un l'autre, puis ils rentrèrent au château profiter du peu de tranquillité qui leur restait, et surtout, profiter des quelques moments intimes.

7

Sanya, Connor et Kalena étaient partis aux premières lueurs de l'aube. La reine cachait bien son identité. Elle portait des habits simples et masculins, une chemise, un pantalon et un manteau, deux courtes dagues pendaient seulement à sa ceinture et ses cheveux étaient noués et tirés en arrière. À moins de la voir de près, on aurait pu la prendre pour un homme. Quiconque la verrait ne comprendrait pas qu'il avait à faire à la souveraine d'Eredhel. Elle et son compagnon paraissaient être de simples voyageurs, rien de plus, pourtant la reine portait une côte de mailles légère sous sa chemise ainsi que des jambières sous son pantalon, et une épée était cachée sur la selle de son cheval. Quant à Connor, il dissimulait son armure de Maître des Ombres sous un manteau. Ils ne se laisseraient pas prendre au dépourvu, et au moins n'attireraient pas l'attention.

Avant de partir, la reine avait tenu à parler une dernière fois à Aela, la prenant dans ses bras.

- Veille bien sur mon royaume, avait-elle soufflé. Aucune décision ne sera prise sans ton aval. Et ne laisse pas courir le bruit que je suis sur les routes.

- Ne t'inquiète de rien, tu sais bien que je veillerai au grain. Reva et moi nous occupons de tout, alors pars tranquille. Je ferai croire à tous que tu es toujours là.

Mais Sanya ne pouvait s'empêcher de s'inquiéter. Assise sur son cheval, contemplant l'horizon, elle ne supportait pas l'idée de laisser son royaume alors que l'armée d'Eroll semblait foncer droit sur Sohen. Elle avait fait rappeler la plupart de ses troupes pour protéger la ville, car si elle tombait, cela marquerait la fin du royaume, pourtant elle n'était pas sûre de son choix. Tous avaient affirmé que c'était la meilleure chose à faire, mais Eroll était puissant, elle craignait qu'il ait de nouveau déployé un piège autour d'elle.

Cela faisait une semaine qu'ils voyageaient, et ils n'avaient rencontré personne pour le moment, mais la reine ne doutait pas qu'elle finirait par croiser les bataillons impériaux. C'était inévitable. Ils se déplaçaient lentement et ne seraient donc pas à Elbereth avant plusieurs mois, cependant, la peur ne quittait pas la jeune femme.

Kalena les avait devancés, jouant les éclaireuses, et indétectables, elle les préviendrait dès qu'elle sentirait l'odeur d'un homme. De plus Connor ne cessait de fouiller les alentours du regard, s'il y avait le moindre danger, il cacherait aussitôt sa reine. La jeune femme n'avait pas à s'en faire, elle était beaucoup plus en sécurité avec eux deux qu'avec toute son armée. Même si ses conseillers et ses généraux avaient du mal à l'admettre, c'était le meilleur moyen d'arriver rapidement à Elbereth saine et sauve.

- Tu veux une pause ? demanda soudain Connor.
- Non, ça ira pour le moment, merci.

Connor cala sa monture près de celle de sa femme.

- Détends-toi un peu.
- Je n'y arrive pas. Les troupes d'Eroll progressent lentement mais sûrement, et nul doute qu'elles atteindront Sohen alors que je ne suis même pas là.
- Tu n'aurais pas renversé le cours de la bataille par ta seule présence, mon amour. À Dryll en revanche, tu peux peut-être tout changer. Tu as fait le bon choix. Aela saura protéger Sohen, et que tu sois là ou non ne changera rien au résultat final.
- Tu as sans doute raison.
- J'ai toujours raison, la taquina-t-il. D'autant plus que d'après les éclaireurs, aucune armée n'est encore visible. Donc vu la vitesse à laquelle elle se déplace, elle est loin d'arriver à Sohen. D'ici là, bien des choses peuvent changer.
- C'est vrai, concéda-t-elle.

Ils continuèrent de chevaucher en silence, économisant l'énergie de leur monture tout en s'assurant de progresser assez vite. Le soir venu, ils montèrent le camp dans la forêt, prenant garde que le feu ne trahisse pas leur position. Kalena revint à la tombée de la nuit, la langue pendante, et se coucha lourdement au pied de Connor.

- Rien à signaler, lança celui-ci. D'après elle, il n'y a pas de traces de soldats. Elle a parcouru un large cercle autour de nous, nous sommes seuls.

- Parfait alors.

Sanya caressa la louve pour la remercier des efforts qu'elle déployait pour eux.

- Je ne regrette pas d'avoir bravé Reva pour la garder, souffla Connor. Elle est merveilleuse.

- Oh oui, adorable et courageuse.

Ils mangèrent en silence, contemplant les étoiles, et quand Kalena ronfla doucement, Sanya vint se blottir dans les bras de son mari.

- Si tu savais comme ça fait du bien de pouvoir voyager seule avec toi ! Ce n'était jamais arrivé. J'aime ça.

- Moi aussi. Juste nous deux.

Il embrassa ses cheveux.

- On pourrait faire tout ce qu'on veut ce soir, souffla-t-il à son oreille.

Sanya sourit, mais secoua la tête à contrecœur.

- Une longue route nous attend et nous devons nous lever tôt. Nous avons besoin de toutes nos forces.

- Bien sûr, Majesté.

Ils écoutèrent la nature en silence, le bruissement des feuilles, le cri des animaux et une rivière qui coulait plus loin. Il aurait fait plus chaud, peut-être se seraient-ils baignés ensemble, mais ni l'un ni l'autre n'avait envie de rentrer dans une eau que l'automne avait sacrément refroidie. Ils finirent donc par s'allonger, blottis dans les bras l'un de l'autre.

- Dors, souffla Connor à son oreille. Je prends le premier tour de garde.

- Si tu veux.

Elle l'embrassa tendrement avant de s'endormir dans ses bras. Quand il fut sûr qu'elle dormait profondément, Connor la recouvrit d'une couverture et se releva pour monter la garde. Kalena grogna dans son sommeil, ouvrit doucement les yeux, et voyant son maître parfaitement éveillé, elle décida de prendre sa place auprès de Sanya. La jeune femme posa une main sur sa douce fourrure.

Connor les contempla un moment avec un sourire, puis reporta son attention sur ce qui l'entourait.

Il y avait presque trois ans, il se sentait faible et insignifiant. Aujourd'hui, il savait que personne n'atteindrait Sanya tant qu'il vivrait. Aucune flèche ne l'abattrait, et quiconque s'approcherait périrait sous sa lame. La nuit était sa plus fidèle alliée. Et quand ils croiseraient un bataillon ennemi, il ferait en sorte de lui réserver quelques mauvaises surprises.

Quand le soleil se leva paresseusement, Sanya réveilla ses compagnons. Ils mangèrent avant de reprendre leur route sans tarder. Comme à son habitude, Kalena prit de l'avance, discrète et silencieuse, la truffe au vent. Connor entraîna ensuite Sanya sur une piste où personne ne pourrait les voir. Avançant toujours collé à elle, la reine souriait en songeant qu'il se tenait toujours prêt à la plaquer au sol si une flèche venait à filer vers eux. Mais aujourd'hui encore, le voyage se déroula sans encombre, Connor et Sanya en profitèrent donc pour parler, savourant de pouvoir enfin voyager seuls tous les deux.

Une dizaine de jours plus tard en revanche, Kalena revint à fond de train vers eux, les oreilles plaquées sur sa tête, le poil hérissé.

- Un petit groupe de soldats, traduisit Connor. Elle dit qu'ils ont traversé un bourg avant de repartir dans notre direction.

- Sûrement une bande de pilleurs impériaux ayant pour but d'intercepter les caravanes. Ils ont dû rechercher des informations dans le bourg.

- Qu'ils aient trouvé ou non, ils n'y reviendront pas. Nous pourrons passer la nuit là-bas. Qu'en dis-tu ?

- Qu'un bon bain et un bon lit me feraient effectivement du bien. Si tu arrives à ne pas nous faire repérer.

Connor bomba fièrement le torse, ce qui la fit rire.

- Suivez-moi, ma Dame, et aucun mal ne vous sera fait. Kalena, nous allons les contourner par le Sud. S'ils changent de direction, préviens-nous.

La louve approuva et repartit aussitôt. Faisant signe à Sanya de le suivre, le jeune homme l'entraîna plus profondément dans les bois. Là, ils pourraient faire fuir les chevaux dans une direction et partir dans l'autre sans se faire repérer si le danger s'approchait de trop près. Utilisant un peu de magie, Sanya effaça leurs traces derrière eux.

Maintenant un contact mental avec sa louve, Connor savait exactement où les soldats progressaient. Ses yeux se plongeaient régulièrement dans le vide pendant une fraction de seconde, lui permettant de voir à travers les yeux de l'animal, afin de se rendre compte de la situation actuelle. Tout ce que Kalena voyait et entendait, elle pouvait le lui transmettre par la pensée. Dans ces moments-là, ils ne faisaient qu'un, Connor pouvait donc mener Sanya en toute sécurité dans les directions qui s'imposaient. Quand les hommes s'approchèrent un peu trop près, le Maître des Ombres s'écarta davantage pour les contourner. À certains moments, il ralentissait, semblait regarder quelque chose de lointain que Sanya ne pouvait voir, puis il accélérait ou s'arrêtait. Pour la reine ce fut une expérience troublante que de voir son mari aussi alerte alors qu'il n'y avait personne près d'eux, par moment même, elle avait l'impression qu'il devenait lui-même un loup. Mais elle se laissait conduire docilement, et si elle ne contrôlait rien et ne voyait rien du danger, elle faisait entièrement confiance à son mari. Elle l'aurait suivi en aveugle.

Surveillant les soldats en silence et sans se faire voir, Kalena s'assura qu'ils furent suffisamment loin et qu'ils ne feraient pas demi-tour pour retourner près de ses amis.

- Merci, ma belle, tu m'as été d'une aide précieuse, la félicita le jeune homme. (Puis il se tourna vers sa femme) Les soldats sont partis, nous ne craignons plus rien. Ils ne nous ont pas vus.

- Parfait. Je savais que je serais en parfaite sécurité avec vous.

- Tu ne crains rien. Et puis avec un groupe de soldat, nous n'aurions pas été aussi discrets et on se serait déjà fait attraper.

- Oui.

Quand Kalena donna confirmation que plus aucun soldat n'était en vue, ils reprirent leur chemin en direction du bourg. Sanya ne regrettait décidément pas son choix d'être partie seule avec Connor et Kalena.

Ils arrivèrent dans le petit village dans la soirée. Pas très grand, il offrait cependant le nécessaire pour les voyageurs, et les deux jeunes gens furent accueillis chaleureusement dans une auberge. Kalena restait aux alentours pour surveiller.

- Il nous faudrait une chambre, lança la reine.

- Pas de problème. Les voyageurs se font rares et mon auberge est trop calme. Vous serez les bienvenus. En revanche pour les repas, ils ne seront pas très copieux et j'en suis navré. Nous venons d'être pillés par une bande de soldats impériaux.

- Je suis désolée de l'apprendre, soupira Sanya.
- Et moi donc. Mais je ne me plains pas. Seules mes réserves ont été pillées. Certaines familles ont vu leur héritage et tout leur argent disparaître.

Connor serra les poings. Sanya l'ignora.

- Nous vous payerons davantage que le prix habituel alors.
- Non, je ne suis pas un charlatan.
- Moi non plus.

Sans lui laisser le temps de répliquer, la jeune femme déposa sur le comptoir plusieurs pièces d'or et monta dans sa chambre avant que l'aubergiste ne puisse lui rendre la monnaie. Les deux jeunes gens déposèrent leurs affaires et se laissèrent tomber sur le lit.

- Ça fait du bien, souffla Sanya.
- Ces maudits soldats vont payer, grinça Connor.

La reine se redressa sur un coude et caressa son visage.

- Ils le payeront tous, n'aie crainte.

Profitant d'un peu de confort, ils prirent un bon bain chaud avant de descendre manger. La dernière fois qu'ils avaient mangé dans une auberge ensemble, c'était lors de leur voyage pour se rendre à Sohen. Ils se connaissaient alors que depuis peu et commençaient à nourrir des sentiments l'un pour l'autre sans oser en parler, et Connor n'était qu'un garçon de ferme arraché brutalement à sa vie. Aujourd'hui pourtant, il était le plus puissant Maître des Ombres, et par-dessus tout, il était son mari.

À cette pensée, le cœur de la reine fit un bond dans sa poitrine et elle eut une envie subite de se serrer contre son époux.

- À quoi penses-tu ? demanda-t-il avec un sourire.
- Au fait que la dernière fois qu'on était dans un tel lieu, tu n'étais qu'un ami et je t'aimais désespérément en croyant ne jamais pouvoir en profiter. Et aujourd'hui, je suis mariée à toi.

Il lui sourit avec tendresse.

- Et moi qui croyais que jamais je ne pourrais t'avoir...

Fidèle à ses habitudes, Connor demanda à l'aubergiste s'il pouvait avoir une deuxième portion, ce que l'homme lui donna de bon cœur. N'ayant pas beaucoup de clients ces temps-ci, il pouvait se le permettre. Le jeune homme avala donc sa deuxième portion avant même que Sanya ait fini son assiette. Elle ria de bon cœur devant son appétit.

Puis quand ils eurent fini, ils remontèrent dans leur chambre pour se coucher. Une fois assise sur le lit, Sanya se plaqua contre le dos de son mari et entoura son torse de ses bras. Elle nicha sa tête dans son cou pour l'embrasser.

- Toi et moi, souffla-t-elle. Sans personne pour guetter auprès de la porte.

Avec des gestes tendres, elle commença à le déshabiller, déposant des baisers sur ses épaules et dans son cou, caressant chaque muscle qu'elle dévoilait. Elle glissa ses mains sur son ventre, se serrant contre lui pour l'embrasser sur la joue. Lentement, elle s'attaqua à sa ceinture puis à son pantalon, poussant plus loin l'exploration.

Connor se mit à grogner et voulut saisir sa femme par la taille, trépignant d'impatience, mais celle-ci se déroba.

Se sentant bien loin de toutes les intrigues politiques qui les assaillaient de jour en jour, sans parler de la guerre, ils se laissèrent aller à leur passion.

8

Connor attendit d'être sûr que sa femme dormait, lovée contre lui, pour se lever sans un bruit. Sanya gémit en ne le sentant plus contre elle, mais elle ne se réveilla pas.

Soulagé, le jeune homme s'habilla à la hâte et récupéra ses armes. Il ouvrit ensuite la fenêtre et appela Kalena. La louve ne tarda pas à arriver.

Les soldats d'hier sont toujours dans les parages ?

Ils tournaient dans le coin. Ils ont installé leur campement pas très loin, je crois qu'ils attendent.

Quelle direction ?

La louve pointa sa truffe vers l'ouest. Connor hocha la tête et passa par la fenêtre pour descendre. Une fois au sol, il se pencha vers sa louve.

Reste-là. Sanya est toujours dans la chambre. Au moindre bruit suspect, appelle-moi.

Kalena hocha la tête. Sans attendre davantage, Connor partit en courant dans les bois pour trouver ce groupe de soldats. Il avait bien l'attention de les retrouver et de leur faire payer leur pillage. Il ne pouvait pas les laisser errer sur le territoire. Ayant déjà fait face à la doctrine qu'imprimait Eroll dans les esprits, il savait que rien ne dissuaderait les soldats de continuer. S'il ne les tuait pas, ils recommenceraient.

La louve avait raison, les soldats avaient tourné un moment, mais s'étaient rapprochés. Connor ne mit pas longtemps à les retrouver. Ils avaient dressé un petit camp à la lisière des bois, guettant les routes. Ils attendaient sûrement qu'une caravane se pointe pour la piller.

S'approchant en silence, Connor se fondit dans les ombres pour pénétrer le campement. La plupart des soldats dormaient encore dans leur tente, certains en revanche grignotaient devant des feux de camp tandis que les autres montaient la garde. Connor inspira à fond.

Il n'était pas la mort. Il ne pouvait pas faire ça.

Ce qu'il vit pourtant fit monter sa haine en flèche.

Un peu plus loin, quatre hommes s'acharnaient sur une jeune fille d'à peine quinze ans, la battant, l'insultant, l'humiliant en arrachant un à un ses vêtements. Ils riaient aux éclats tandis qu'elle pleurait de peur et de douleur, persuadée que son heure était venue. Nul doute de ce qui allait suivre.

Connor ne réfléchit plus. Se faufilant à travers les ombres pour atteindre les soldats sans se faire surprendre, il tira ses dagues, et avant que quiconque ne puisse réagir, il transperça les reins des deux premiers. La douleur fut telle qu'ils s'écroulèrent sans pouvoir pousser un seul cri. Les deux autres firent volte-face. L'éclat des lunes brilla sur les lames, et ils se tinrent la gorge à deux mains pour essayer de contenir le sang qui se déversait partout. Ils moururent en quelques secondes.

La jeune fille avait les yeux écarquillés. Le Maître des Ombres s'approcha et la délivra. Sans se soucier d'être à moitié nue, elle se jeta dans ses bras pour pleurer, incapable de tenir debout tellement ses jambes lui faisaient mal.

- Je vais t'amener dans la forêt, te mettre à l'abri, lui souffla Connor. Je te récupérerai ensuite et je te ramènerai au village.

- Merci...

Sans se faire repérer, le jeune homme retourna dans la forêt pour y déposer la jeune fille. Quand il fut sûr qu'elle pouvait tenir le coup, il retourna dans le camp.

Cette fois-ci, il serait sans pitié. Ces monstres devaient payer et ne pouvaient vivre.

Laissant derrière lui tout sentiment, le carnage commença. Allant de tente en tente, il égorgeait les soldats qui dormaient encore pour ensuite s'occuper de ceux qui restaient éveiller. Il s'approchait en douce derrière eux, et plaquant une main sur leur bouche, il les égorgeait sans aucun scrupule. Il progressa ainsi pendant une dizaine de minutes sans donner l'alerte.

Alors qu'il ne restait plus beaucoup de monde, un homme découvrit le cadavre de son compagnon et se mit à hurler :

- À vos armes, on est attaqué !

En quelques secondes, les soldats restants se tenaient sur le pied de guerre. Ils n'étaient en revanche pas assez nombreux pour espérer vaincre Connor.

Ce dernier apparut, sa capuche rabattue sur son visage, ses deux dagues brillantes de sang en main. Les soudards eurent un mouvement de recul en comprenant ce qui se passait.

- Un Maître des Ombres ! hurla l'un d'eux.

Le jeune homme s'approcha tel un fantôme pour ne leur laisser aucune chance. Virevoltant entre eux, il abattit ses lames avec précision et rapidité. Aucun soldat ne parvint à le tuer, ils n'étaient que de pauvres bougres ravis de pouvoir piller l'ennemi, mais en aucun cas de vrais combattants. Connor ne rencontra aucune difficulté et les tua tous sans recevoir un seul coup.

Il resta un moment immobile, fouillant les alentours du regard pour s'assurer qu'il ne restait plus personne. Puis il entreprit de fouiller les tentes, récupérant tout l'argent qu'il pouvait trouver.

Il retourna enfin chercher sa jeune protégée et déposa sur son ventre toutes les bourses d'argent avant de la prendre dans ses bras.

- Tu redonneras ça à ceux qui ont été pillés.
- Vous... vous êtes un Maître des Ombres ?

Connor lui lança un clin d'œil complice.

- On dirait.
- Je savais que vous étiez des gens bien.

Rassurée, elle se laissa aller contre lui. Il fallut un peu plus de temps pour retourner au village, mais ils ne rencontrèrent aucun problème. Connor déposa la jeune fille chez elle, et celle-ci lui planta une grosse bise sur la joue pour le remercier. Quant à ses parents, ils voulurent à tout prix lui offrirent quelque chose, pleurant de joie, mais il refusa et retourna dans l'auberge.

Couchée sous la fenêtre de la chambre, Kalena l'accueillit en se frottant contre lui.

Tu as bien fait.
Sanya va bien ?

Rien à signaler.

Le jeune homme soupira de soulagement. Il grimpa la façade du bâtiment et se glissa dans sa chambre. Il fut accueilli par un coup d'oreiller en pleine tête qu'il n'évita pas.

- Espèce de crétin ! s'écria Sanya en lui assenant un deuxième coup.

Son mari parvint à l'éviter et lui arracher l'oreiller des mains.

- Calme-toi...
- Me calmer ?! Tu oses me faire la morale quand je pars sans escorte et que je ne te préviens pas, mais toi tu m'abandonnes sans rien me dire, et je devrais me calmer ?! Le pire, c'est que je pourrais t'accuser d'avoir couché avec moi pour endormir ma surveillance !
- C'est n'importe quoi et tu le sais. (Il lui saisit les poignets pour l'empêcher de l'attaquer de nouveau.) Je couche avec toi parce que je t'aime, c'est tout. Et si je ne t'ai rien dit, c'est parce que je savais que tu ne pourrais pas t'empêcher de me suivre. Tu étais plus en sécurité pour ici.

Sanya grommela et lui tourna le dos.

- Je ne pouvais pas les laisser s'en tirer. Tu savais qu'ils avaient capturé une jeune fille et qu'ils s'apprêtaient à la violer quand je suis arrivé ?

Sa femme se détendit un peu.

- Tu aurais dû me prévenir. Tu me fais tout un sermon quand je pars sans rien dire, alors j'attendais de toi que tu ne fasses pas la même chose.

Il l'enlaça.

- Tu sais ce que ça fait de se réveiller et de découvrir que tu as disparu ?
- Je suis désolé.
- Désolé, tu parles !

Elle se tourna et le fusilla du regard.

- Si jamais tu me refais un coup pareil...
- Je ne t'en referai pas.

Il l'embrassa pour l'apaiser.

- Tu me pardonnes ?
- À une condition.
- Laquelle ?
- Je veux qu'à partir de maintenant, tu me préviennes dès que tu as l'intention de te mettre en danger, et je m'engage à faire de même.

- Si tu me promets que tu ne me suivras pas si je te le dis.
- Et toi, me promets-tu de ne pas me suivre si je te le demande ?
- Tu es ma reine, je dois te protéger, je ne peux pas te le promettre.
- Je m'en doutais. Alors je veux bien que tu me suives si moi aussi j'ai le droit de te suivre.
- Mais je...
- On reste ensemble ! Compris ? Je refuse que tu t'éloignes de moi.

Connor l'attira dans ses bras.
- Promis alors. On ne se quitte plus, quoi qu'il arrive.

Ils partirent tôt le lendemain matin, prenant soin d'acheter quelques provisions pour le voyage. Après avoir sauvé une jeune fille du village et après avoir offert l'argent volé, le jeune homme préférait partir avant que les nouvelles s'ébruitent. Il ne voulait pas attirer l'attention sur lui, et encore moins sur sa femme.

Les jours s'écoulèrent, calmes et tranquilles, et ils ne rencontrèrent que peu de problèmes en route. Plus ils avançaient vers Dryll, et plus le froid s'accentuait, et bien qu'il n'y eût encore aucune chute de neige à Eredhel, Sanya avait affirmé qu'une fois à destination, le temps serait tout autre. Dryll était réputé pour connaître des hivers plus longs et plus rudes qu'Eredhel. Savoir que la neige risquait de l'attendre à Elbereth n'inquiétait plus autant Connor qu'avant. Il s'était finalement habitué au changement de climat, appréciant la neige et les paysages d'hiver, et il s'accommodait aux lourdes chutes de température même s'il préférait néanmoins le climat de Jahama.

Il avait cependant hâte de découvrir la capitale de Dryll, car on disait qu'elle valait Sohen en beauté. Le château était quant à lui construit au pied d'un immense glacier, encastré dans la glace, et il avait une fameuse réputation, autant que celui de Sohen. On disait également que la ville était plus grouillante de vie en hiver qu'en été, car de nombreuses activités voyaient le jour. On gelait certaines rues pour pouvoir patiner, ainsi que la grande place principale pour y pratiquer un jeu très courant, le même que le jeu principal d'Eredhel. Il consistait pour deux équipes à se disputer un palet de bois avec une cross et de le propulser dans des petites cages afin de marquer des points. Le tout se jouait sur des patins.

Connor avait déjà assisté à des matchs de loin, mais Sanya et lui étant souvent occupés, ils n'avaient jamais eu le temps d'aller assister à l'un d'eux. Les enfants adoraient et encourageaient leur équipe avec force et passion, et même les adultes arrêtaient volontiers leurs activités pour assister aux jeux. Peut-être qu'à Dryll, il aurait l'occasion de voir un match en entier.

- Tu es bien rêveur, lança Sanya pour attirer son attention. À quoi penses-tu cette fois ? Comment tu vas me tromper cette nuit ?

- Tu ne me laisseras plus avec ça, n'est-ce pas ? répliqua-t-il en tentant de la décoiffer.

- J'en doute.

Elle sourit et éclata de rire.

Ils continuèrent de chevaucher dans la bonne humeur, profitant de ce voyage où ils étaient enfin seuls.

Une semaine plus tard, ils arrivèrent dans un village assez bien peuplé, dans lequel ils purent se réapprovisionner et trouver une auberge digne de ce nom. Hélas, leur répit ne fut que de courte durée, car déjà les problèmes fonçaient de nouveau sur eux.

Alors qu'ils se dégourdissaient les jambes dans la rue marchande, admirant tout ce que les commerçants avaient à proposer, une voix tonitruante s'éleva dans l'air :

- Tous, écoutez-moi ! J'ai un message des dieux, mes amis, un message qui vous apportera bien plus que tout ce que vous pouvez imaginer.

Sanya jeta un coup d'œil surpris à Connor tandis qu'une bonne partie de la population se hâtait de rejoindre la place principale du village. Hommes, femmes, enfants, la plupart s'y rendait avec empressement alors que d'autres contemplaient ce remue-ménage en soupirant et en grinçant des dents. Des disputes éclatèrent un peu partout, des femmes refusant que leurs maris aillent écouter des foutaises, des hommes tirant leurs enfants pour qu'ils écoutent la sainte parole, des bonnes femmes poussant fille et gendre pour qu'ils s'instruisent.

- Que se passe-t-il ? demanda Sanya à l'un des marchands qui grommelait dans sa barbe.

- Ma pauvre dame, bienvenue dans les villages perdus au fin fond de la campagne. Y'a un missionnaire qui a débarqué il y a peu en ville. Et depuis, il ne cesse de vanter les valeurs et les mérites du dieu Baldr et de son panthéon, nous assommant avec ces saintes paroles ! « Suivez sa lumière, et la misère reculera ; combattez pour lui, et la paix régnera ! » Pis évidemment, il n'arrête de faire des louanges sur ce fumier d'Eroll, un saint homme d'après lui, élu des dieux, porteur d'une grande mission. Il apportera la paix et le bonheur, la vie et non la mort, la nourriture et non la famine. Un tas de foutaise destiner à soulever des émeutes, moi je dis ! J'ai des amis dans d'autres villes et villages, et ces fumiers s'sévissent un peu partout, vous savez ! Ils se rapprochent des villes, et malheureusement, il y a de plus en plus de monde derrière eux ! Forcément, c'est la famine, et ce type, il apporte de la nourriture régulièrement dans des chariots. Je ne sais pas d'où il possède autant de barbaques, et je doute que la réponse me plaise au vu de ce qui se passe sur les routes. Mais il n'en faut pas plus aux gens pour choisir leur camp. La liberté contre de la nourriture, pour eux c'est un juste prix.

- Et ici, quelle est la situation ?

- Comme vous pouvez le voir, d'anciens braves gens bavent devant les souliers de ce pouilleux ! Encore une bonne moitié de la population résiste, mais il y a de plus en plus de conflits, de combats, de révolte, ça va finir par mal tourner, et Eroll va annexer des territoires aussi facilement que les riches piquent l'or des pauvres ! L'appel de la nourriture ma brave dame, sera le plus fort je peux vous l'assurer.

- Ma foi je dirai qu'une petite discussion avec cet homme s'impose !

- Ah ! Si vous arrivez à le faire déguerpir gente dame, je vous offre tout ce que vous désirez ! Cela dit, je doute que vos paroles atteignent le vide qui lui tient de tête.

- C'est ce que nous verrons.

Elle tourna les talons d'un pas résigné et suivit la foule jusqu'à une estrade dressée en l'honneur du missionnaire. Celui-ci, bien en vue de tous, débitait un nombre impossible de paroles saintes dans de grands gestes ! La foule était suspendue à ses lèvres, approuvant avec force ce qu'il disait.

- Mes chers amis, Eroll ne veut que la paix ! Abel est un fléau, un fléau qui vous fait vivre dans la misère ! Un fléau qui vous réduit en esclavage, contraint de travailler pour lui et de le vénérer, et que vous donne-t-il en retour ? La guerre ! La famine ! Baldr doit l'éliminer s'il veut pouvoir vous aider, et Eroll est son juste représentant, l'homme qui vous apportera paix, joie et prospérité ! Plus jamais vous ne serez en guerre, plus jamais vous ne vénérerez un dieu qui se fiche de vous ! Vous serez libre et en paix ! Libre et heureux ! Contemplez d'ailleurs ce que Baldr et Eroll vous offrent déjà mes amis !

Sur un geste théâtral, il fit signe à quelques soldats de s'approcher avec leur chariot. Ils retirèrent la bâche, découvrant ainsi des vivres alléchants.

Des vivats monstrueux accueillirent ces paroles.

Une voix féminine s'éleva alors dans les airs :

- Abel se fiche bien des humains. Mais Baldr est-il différent ? Absolument pas ! N'écoutez pas stupidement ce qu'on vous raconte, braves gens ! Vous croyez que Baldr est un dieu bon, qu'Eroll est un saint homme ? Alors, rendez-vous à Aurlandia, visitez Castelnoir, et vous verrez ce qu'est l'esclavage. Des gens n'ayant rien à manger, déambulant sans but dans les rues, et les prêtres qui leur volent le peu de provisions qu'ils ont ! Vous acclamez cet homme parce qu'il vous apporte à manger ? Maintenant, dites-moi, qui est responsable du fait que vous ayez besoin de lui pour manger ? N'est-ce pas le saccage d'Eroll qui vous prive de nourriture ? Par ailleurs, plus personne n'a à manger, tout le monde se fait piller, et cet homme, qui est loin d'être un fermier, débarque avec autant de nourriture ? D'où la tient-il ?

- De mon empereur, femme. En cadeau pour ces braves gens.

- Bien sûr. Donc Eroll pille sans relâche les royaumes pour nourrir ses soldats, mais il offre de la nourriture à ces mêmes gens qu'ils dévalisent ? Arrêtez donc d'écouter bêtement les paroles de ce prêtre et réfléchissez un peu par vous-même. Sans la guerre, vous ne mouriez pas de faim. Eroll vous affame. Et qui a déclaré la guerre ?

- Cette traîtresse de Sanya ! rugit un homme dans la foule.

Connor porta la main à sa dague, mais la reine le retint.

- Ah oui, vraiment ? N'est-ce pas Eroll qui envoya en premier ses troupes ? N'est-ce pas les soldats d'Eroll qui sillonnent les routes en ce moment même, à piller les villages, les caravanes, provoquant ainsi la pénurie et le massacre de tant d'innocents ? En tout cas, ce n'est pas l'armée de Sanya. Pour vous, c'est comme ça que l'on doit répandre la paix, en tuant tout ce qui bouge ? Est-là la lumière de

Baldr ? Le sang de malheureuses filles violées par les soudards impériaux ? Voulez-vous vivre dans une telle lumière ?

Plusieurs personnes blêmirent. Le missionnaire, fou de rage devant cette intervention, voulut reprendre la parole, mais Sanya ne lui en laissa pas le temps. Grimpant sur l'estrade, Connor à ses côtés, elle s'adressa à toute la population :

- Braves gens, ne croyez pas ce qu'on vous raconte sans vérifier ! Vous voulez voir la lumière de Baldr ? Alors, allez à Castel-noir et contemplez la pauvreté, la misère ! Les royaumes avaient signé un traité de paix avec l'empire, et la reine Sanya l'avait allégé, en retirant ses troupes et en cessant de récolter des impôts. La population d'Aurlandia pouvait vivre en paix et en pratiquant le culte qu'elle désirait. Et pourtant, Eroll a décidé d'attaquer Eredhel !

- Parce que la reine a kidnappé le fils de l'empereur !

- Faux ! Céodred s'était enfui pour échapper au courroux de son père ! Si Baldr était si bon que ça, il aurait exposé la vérité, pas accusé Eredhel du crime ! Baldr veut la guerre, pas pour vous sauver, mais pour régner !

- Et Abel ?

- Abel n'est pas mieux, je vous l'accorde ! Maintenant, cette guerre a assez duré. Les dieux payeront pour ce qu'ils font, je vous le promets. Quelle grandeur d'âme voyez-vous en Eroll, lui qui n'hésite pas envoyer ses troupes massacrer tout le monde ? Moi je n'en vois pas. Je n'en vois pas quand je découvre des cadavres mutilés de jeunes filles et de jeunes garçons. Je ne vois que la barbarie, quand je découvre des villages en cendre et pillés, la population massacrée sans pouvoir se défendre. Eroll veut conquérir, pour imposer sa religion, mais chacun d'entre nous et libre de choisir ce en quoi il veut croire ! Personne ne devrait nous imposer quoi que ce soit ! Eroll a voulu la guerre, mais il n'apporte rien de bon. Les royaumes s'uniront pour le repousser, et quand ce sera fait, chacun, à Aurlandia comme ici, pourra vivre comme il le veut, en adoptant la religion qu'il veut. L'esclavage, c'est tout ce qui vous attend si vous restez dans cette voie, à écouter un homme qui pille les pauvres de son pays en revendiquant la sainteté ! Qui pille les villages d'ici pour vous en redonner une partie, vous faisant croire que cela vient de son empereur. Il n'y a rien de saint à voler ! S'il veut manger, qu'il travaille, comme tout le monde ! Si Eroll voulait votre bien, il ne vous aurait pas déclaré la guerre et ne vous tuerait pas. Qu'il paye pour la guerre et le malheur qu'il a engendré. Ce qui compte c'est de bouter l'empire hors de nos frontières, pour sauvegarder notre liberté et nos traditions ! Que personne ne change ce que vous êtes ! Croyez en ce que vous voulez, personne n'a le droit de vous imposer quoi que ce soit. Mais vivez pour vous, pas pour des prêtres.

- Baldr n'impose rien ! hurla le missionnaire. Il vous donne sagesse et bienveillance !

- En envoyant Eroll massacrer nos peuples ! rugit une femme dans la foule.

Aussitôt, les gens s'animèrent, crièrent, certains contre le missionnaire, d'autres contre les révoltés. De violentes disputent éclatèrent, et certains en vinrent même aux mains !

- Si Eroll voulait la paix et la prospérité, jamais il ne massacrerait comme il fait, jamais il n'enverrait les soldats pour tout détruire ! Qu'il reste chez lui et s'occupe de ses affaires, ici, c'est chez nous, et nous nous occupons de nous comme on l'entend ! C'est notre terre, nos maisons, notre culture, et personne n'a le droit d'y changer ! Nous avons le droit de croire en ce que nous voulons, et personne, comme ce missionnaire, ne devrait venir nous imposer quoi que ce soit ! Nous sommes assez grands et matures pour faire les bons choix ! Si Eroll a besoin de tant de missionnaires pour instaurer son culte, c'est qu'il n'est pas le bienvenu ici, et qu'au bout du compte, il n'est pas si bien que ça, sinon, il n'aurait pas besoin d'une guerre pour asservir les gens ! Je vous le dis, mes amis, ne laissez pas Eroll ni Baldr changer quoi que ce quoi à votre culture, ce sont vos traditions, à vous, et il vous appartient d'en changer ou non, mais ce n'est pas leur décision ! Vous êtes libre et vivez comme vous le souhaitez, personne n'a le droit de venir vous faire une morale !

La foule hurla son assentiment :

- Libre ! tonnèrent-ils. C'est notre terre, nos croyances ! Libre ! Que personne ne vienne changer nos modes de vie ! Ils sont à nous ! Qu'Eroll reste chez lui ! On ne lui a rien demandé, et surtout rien fait !

- Sanya a kidnappé son fils ! Il réplique simplement !

- Faux ! rugit Sanya. Si c'était uniquement pour retrouver son fils, il s'en serait pris à la reine en personne, et uniquement à la reine. Au lieu de ça, il attaque tout le continent ! Est-ce une réplique ? Qu'il règle ses problèmes avec la reine en personne, et non pas avec son armée prête à envahir chaque royaume !

- Oui ! crièrent les gens.

Des pioches, des fourches se levèrent, toutes dirigées vers le missionnaire.

- Mais c'est capital de...
- Rentre chez toi, vermine et laisse-nous !

Le missionnaire jeta un regard haineux à Sanya, qui lui répondit par un sourire carnassier. Il fit un pas vers elle, mais sa posture soudainement dangereuse et la main de son garde du corps qui fusait vers sa dague le dissuada d'aller plus loin. Se tournant vers les villageois, il essaya une dernière fois d'obtenir le silence, mais des fruits pourris fusèrent de toutes parts, bientôt suivis par des morceaux de métal, et enfin, des fourches volèrent carrément. Poussant des cris de rage, les habitants se jetèrent à la poursuite du prêtre qui n'eut pas d'autres choix de déguerpirent en vitesse sans possibilité de revenir.

Cette faible victoire sur Eroll arracha un sourire à Sanya, bien qu'elle eût parfaitement conscience que son action ne valait rien au niveau de tout le territoire. Ce village n'était qu'un seul parmi tant d'autres à supporter les missionnaires, et Dryll et Eredhel recouvraient à eux deux une grande partie du continent.

Comme promis, le marchand offrit à Sanya ce qu'elle désirait, ravi de pouvoir l'accueillir dans la maison qu'il occupait avec sa femme et ses deux fils. Il passa la soirée à la remercier de ce qu'elle avait fait, insistant tout particulièrement sur le fait que pour une femme du peuple, elle savait se faire entendre et se faire respecter.

- Ce n'est pas souvent que l'on croise des gens parlant si bien, gente dame. Du moins des gens capables de moucher des hommes réputés pour être des as dans l'art de rhétorique !
- J'ai moi aussi une petite éducation dans la rhétorique, et il est vrai que je suis à l'aise dans l'argumentation, répondit simplement la reine.
- Ma foi, j'en ai eu la preuve ! Sans indiscrétion, que venez-vous faire dans un coin aussi reculé qu'ici ?
- Mon mari et moi rendons visite à notre famille.
- Dans ce cas soyez prudents sur les routes, plus vous approchez de la frontière de Dryll, et plus les patrouilles impériales sont nombreuses, à ce qui paraît. Certains marchands disent être tombés sur des bataillons transportant du lourd, si vous voyiez ce que je

veux dire, et cela ne fait aucun doute que toutes ses troupes se dirigent droit sur Elbereth pour y faire le siège.

- C'est la plus vraisemblable des hypothèses, oui. Mais le roi Aldaron et la reine Sanya font tout ce qui en leur pouvoir pour repousser cette invasion, bien que cela ne soit pas si facile.

- Rien n'est facile en ce bas monde, surtout quand il est question de religion.

- En effet.

- Avez-vous entendu parler de troupes se dirigeant vers Sohen ? questionna alors Connor.

- Je le crains, oui. Cette région est infestée de soldats impériaux, mon brave ami, et si beaucoup se dirige vers Elbereth, je crains que le même nombre se rende vers Sohen. Et pour ce que j'en sais, il paraît que les soldats sont vraiment nombreux. Une marée, à ce qu'on m'a dit. Une marée qui déferle droit sur les capitales, ne s'arrêtant pour rien et ne reculant devant rien. Malheur aux pauvres villages se trouvant sur leur route.

Ces nouvelles refroidirent l'atmosphère. Si Sanya et Connor savaient déjà parfaitement que l'armée d'Eroll était immense et marchait en même temps vers Elbereth et Sohen, l'entendre confirmer leur nouait le ventre. Sanya avait déjà essayé d'envoyer des bataillons ralentir l'avancée ennemie, hélas, les résultats n'étaient guère concluants pour le moment.

Quand le repas fut terminé, Connor et Sanya montèrent se coucher sans tarder, devant reprendre la route tôt le lendemain matin.

- Tes talents d'oratrice m'étonnent à chaque fois, souffla le Maître des Ombres.

- Douterais-tu de mes capacités ? le taquina sa femme.

- Absolument pas, mais j'admire ton aisance à parler ainsi à toute une foule. Tu ne réfléchis pas, tu ne prévois pas, tu parles simplement, avec force et conviction, et ça fait mouche à chaque fois. Je sais intimider, mais argumenter, c'est une autre paire de manche.

- La rhétorique n'est pas un art facile, et je le pratique depuis des centaines d'années, voir beaucoup plus. Même en tant que déesse, il me fallait souvent jouer avec les mots. Et en devenant reine, j'ai carrément eu droit à des cours.

- Ennuyeux...

- Je ne te le fais pas dire, mais au moins ça porte ces fruits. Bien que j'ai déjà des facilités et des aptitudes dans ce domaine. Ma mère me disait parfois qu'il était impossible de dialoguer avec moi.
- Et je confirme ces paroles.
Sanya lui jeta un regard narquois.
- Qu'est-ce que ça veut dire ?
Connor éclata de rire :
- Rien du tout.
- Je l'espère, si tu veux que notre mariage tienne le coup, ironisa la reine.
Ils s'endormirent alors dans cette ambiance taquine, oubliant pour cette nuit du moins les évènements de la journée.

9

Ils surent ce qu'ils allaient découvrir avant même d'arriver. Partie en éclaireuse, Kalena n'eut pas besoin de décrire ce qu'elle voyait et sentait ; ses deux amis le savaient déjà.

La fumée s'élevait encore haut dans le ciel, noire et oppressante, et certaines flammes n'étaient pas encore mortes, léchant paresseusement le bois et la pierre qui étaient encore debout. Toute vie avait déserté les lieux depuis, et la seule présence vivante était les corbeaux et autres charognards qui venaient se régaler des cadavres pas trop abîmés.

Connor et Sanya eurent un haut-le-cœur en découvrant la scène, bien que ce ne soit pas la première fois depuis qu'ils avaient franchi la frontière de Dryll. L'horreur restait la même, et l'habitude ne l'atténuait pas.

Devant eux s'étendaient les restes d'un petit bourg, à l'origine sûrement paisible et tranquille, mais qui aujourd'hui n'était plus que ruines et désolation. Tout avait été mis à sac, ravagé, pillé, détruit, avant qu'on ne mette volontairement le feu au village entier. Il ne restait des bâtiments que quelques façades et tas de pierre et de bois, des morceaux de vitres jonchaient le sol, et les maisons qui tenaient encore debout paraissaient être là depuis des siècles.

Les gens avaient dû se battre pour protéger leur vie, car des cadavres s'empilaient un peu partout, le corps lacéré à coup d'épée, et d'autres étaient empalés sur des pieux dans un état lamentable. Vu le stade de décomposition, ce massacre remontait à peine à une semaine en arrière. Tous ces malheureux avaient été massacrés, et ceux qui ne s'étaient pas battus avaient dû périr dans l'incendie.

Connor et Sanya avaient trouvé les portes de la ville closes et bloquée de l'extérieur, preuve qu'on avait coincé les gens pour mieux les tuer. Un acte de pure barbarie dont ils savaient parfaitement qui en était l'investigateur.

Les fermes aux alentours avaient elles aussi été pillées, il ne restait plus rien des champs et des prés. Tout avait été volé.

- Qu'ont-ils bien pu faire pour mériter ça ? souffla Connor, les dents serrées.

- Je l'ignore. Jetons un coup d'œil.

Sans descendre de cheval, ils inspectèrent les lieux à la recherche d'un quelconque indice. Kalena avait déjà pris de l'avance, humant l'air pour s'assurer qu'aucun ennemi ne se trouvait dans le coin.

Les deux jeunes gens trouvèrent une missive accrochée à la porte de ce qui semblait être le foyer principal du bourg.

« Pour avoir lutté contre la sainte quête de l'empereur, pour s'être dressé contre la paix et l'harmonie, et pour s'être rebellé contre notre Maître et Seigneur Baldr qui nous guide et nous éclaire, ce village a eu le sort que méritent les traîtres et ceux qui profanent la paix en prônant la guerre. Voyez en cet acte une chance de se faire pardonner du dieu Baldr, qui n'est là que pour vous aider.

Le capitaine Thyg. »

Maintenant au moins, ils savaient ce qui s'était passé ici. Des missionnaires avaient dû venir exécuter leur mission, mais refusant de ployer sous leur joug, les habitants avaient été sauvagement massacrés pour faire d'eux un exemple. Nul doute que les rescapés avaient déjà abreuvé le territoire de leur terrible histoire.

Car il y avait toujours suffisamment de survivants pour que les horreurs se répètent à travers tout un continent...

- Il n'y a plus rien à faire ici, lança Connor. Nous ne devrions pas traîner, je n'aime pas ça.

- Allons-y, dans ce cas...

Sanya était peinée par tout ce qui arrivait, mais que pouvait-elle faire de plus ? Elle avait beau se torturer l'esprit chaque soir, elle ne voyait rien de mieux à faire que ce qu'elle faisait actuellement.

Quittant ce qui restait du bourg, ils reprirent leur route en silence, les mâchoires serrées, l'esprit morose.

Au moins, le temps était clément, même si le froid se faisait de plus en plus mordant. Le ciel n'était pas trop couvert, mais un vent frais soufflait en continu depuis ce matin. Les premières neiges de Dryll ne tarderaient plus, c'était certain. Il était d'ailleurs fort probable qu'à la capitale, elles étaient déjà tombées, faisant la joie des enfants, et parfois même de leurs parents.

Plusieurs jours s'écoulèrent sans que rien ne se produise. Connor et Sanya en profitaient pour discuter de tout et de rien, de savourer un peu leur petite solitude qui ne tarderait pas à finir. D'autres jours ils parlaient de la guerre et des problèmes que le roi Aldaron rencontrait.

Mais un sujet qui revenait souvent était la nouvelle mission que Faran s'était octroyée, et bien que la confrérie des Maîtres des Ombres ait promis de veiller sur lui, Connor n'était pas rassuré et craignait le pire. Sanya partageait ses craintes également, et savoir que Kelly et Darek s'occupaient de tout ne l'aidait pas forcément à aller mieux. Tant de choses pouvaient se passer sans qu'ils s'en rendent compte.

Pourtant, ils se devaient de laisser une chance à Faran et Il'ika, et de laisser une chance aux magiciens. Après tout, peut-être que la reconstruction de l'Ordre pourrait s'avérer utile.

Ils étaient d'ailleurs en train d'en parler quand Kalena déboula juste devant eux, les oreilles rabattues sur sa tête, le pelage hérissé.

- Un bataillon, traduisit Connor. Des aurlandiens. Ils ont monté le camp pas très loin devant nous. Ils sont nombreux et risquent de nous voir.

- On pourrait faire des dégâts.

- À quoi penses-tu ?

- À ce que tu as fait avec Darek. Introduire du poison dans leurs réserves de nourritures et d'eau. Cela pourrait être utile de miner l'adversaire avant de l'affronter lors d'un siège.

- Dans ce cas, faisons plus que mettre du poison. Quelques incendies devraient les ralentir et faire des dégâts. Mais Sanya, il est hors de question que je t'entraîne là-dedans. Reste ici.

- Compte là-dessus.

Sans lui laisser le temps de répliquer, la jeune femme talonna sa monture en direction du camp. Connor soupira. Il se rendait compte à présent que garde du corps d'une reine aussi têtue n'était pas de tout repos. Mais pouvait-il lui en vouloir ? Sanya n'avait rien à voir avec le commun des mortels. Elle savait se battre mieux que quiconque hormis les Maîtres des Ombres, et elle était une déesse. Le danger ne l'effrayait pas.

- Ne perdons pas de temps alors, souffla-t-il en prenant les devants.

Il regretta cependant quand il découvrit la taille de l'unité qui avait dressé le camp en face d'eux. Le bataillon aurait pu passer pour une armée entière... La végétation importante empêchait à tous ces hommes de tenir dans une clairière, aussi une partie du camp s'enfonçait dans les bois. Connor y vit sa chance. Ce serait plus facile d'entrer. Même si un nombre important de sentinelles patrouillaient sans relâche entre les arbres et dans la clairière. Ce serait difficile, mais pas impossible pour qui maîtrise les ombres.

Sanya descendit de selle et alla attacher son cheval dans la forêt, à l'abri des regards. Faisant preuve d'une majesté dont seule une déesse pouvait connaître le secret, elle plaqua ses poings sur ses hanches et fixa Connor.

- Tu devrais peut-être te dépêcher un peu. Je croyais que tu ne voulais pas perdre de temps ?

S'enfonçant dans la forêt, ils se mirent en quête de plantes vénéneuses et remplirent leurs bourses en grosses quantités. Cela suffirait à empoisonner une bonne partie de ces hommes.

- Très bien, suis-moi et fais exactement ce que je te dis, ordonna Connor. Personne ne devrait nous voir.

Kalena rôdant non loin d'eux, les deux jeunes gens s'approchèrent du camp. Les sentinelles obligeaient Connor à faire preuve de tout son talent pour les éviter et à redoubler d'efforts pour s'assurer que Sanya ne se faisait pas surprendre non plus. La tenant par la main, il se fiait à l'Onde et ses sens pour se glisser d'ombre en ombre et se tapir dans un coin lorsque ça s'imposait. Ayant déjà agi de la sorte, Sanya se laissa faire docilement, se fiant aveuglément à son mari. Son cœur battait à tout rompre chaque fois qu'ils couraient à moitié baissé pour se cacher derrière un arbre, repartant dès que les soldats avaient le dos tourné, mais elle n'avait pas peur.

Ils atteignirent rapidement le camp sans se faire voir. Évitant les éclats des torches, ils filèrent de tente en tente sans un bruit à la recherche des stocks de nourriture et de boissons. La plupart des soldats dormaient, mais d'autres étaient bien éveillés, se baladant dans le camp pour se dégourdir les jambes ou buvant et riant devant leur tente.

- Là, c'est ici, souffla Connor en s'arrêtant.

Se plaquant contre son dos, Sanya suivit son regard. Gardée par deux soldats, une tente plus grande que la moyenne abritait des barils d'eau et de bières, ainsi que des sacs remplis de nourriture.

- Tu crois pouvoir rentrer ?
- Bien sûr. Attends-moi là.

À l'abri des regards, Sanya contempla son mari s'approcher de la tente. Aussi fugace qu'une ombre, il se glissa derrière le dos des gardes sans même les alerter. Un exploit que la jeune femme se savait parfaitement incapable de faire.

Connor soupira de soulagement. Ouvrant sa bourse de poison, il en déversa dans les tonneaux d'alcool, puis saupoudra autant de nourriture que son stock le lui permettait. Il craignait que les gardes ne se retournent, heureusement pour lui, ce ne fut pas le cas.

Son entreprise dura une dizaine de minutes, et quand il eut vidé sa bourse, il s'apprêta à sortir.

Un des soldats se tourna alors. Ses yeux s'agrandirent de stupeur en découvrant le voleur.

- Toi ! Comment oses-tu venir chaparder notre bouffe ?!

Il tira son épée au clair et s'approcha, imité par son compagnon.

- Je vais te couper les mains pour ta peine !

Alors que Connor tirait à son tour ses armes pour faire face aux deux soldats, une épaisse fumée noire attira son attention. Suivant son regard, les deux hommes eurent un moment de panique.

- Y'a le feu ! Amène-toi, on s'occupera du voleur plus tard !

Profitant de cette chance inespérée, Connor fila aussi vite que possible. Effectivement, il y avait le feu dans le campement, des flammes s'élevaient dans le ciel, s'étendant à toutes les tentes qu'elles rencontraient. Réveillés par tout ce remus ménage, les soldats accouraient de toute part pour lutter contre l'incendie, tandis que d'autres hurlaient de douleur, sûrement pris au piège par les flammes.

Le Maître des Ombres s'empressa de rejoindre Sanya, mais celle-ci n'était plus là. Pestant de rage et de frayeur, le jeune homme se lança à sa recherche. Il tomba alors sur plusieurs cadavres, tués dans leur sommeil ou essayant de rejoindre l'incendie.

Il entendit alors quelqu'un dans son dos, et faisant volte-face, il abattit sa lame.

Sanya para le coup avec un sourire.

- Je ne pensais pas que tu voulais le divorce à ce point.
- Qu'est-ce que tu as fait ?
- Ce qui était prévu. Et ce n'est pas fini. Dépêche-toi !

Ravalant son sermon, Connor suivit sa femme. Ils passèrent inaperçus dans une telle agitation, aussi purent-ils allumer d'autres incendies sans se faire repérer. Ils abattaient également des soldats dès qu'ils le pouvaient, soit parce qu'ils étaient seuls le dos tourné, ou parce qu'ils avaient le sommeil lourd. Si Connor n'aimait pas cette pratique, Sanya semblait s'en soucier comme d'une guigne.

Le camp était trop grand pour eux deux, aussi se contentèrent-ils d'une partie, mais cela suffit à faire de sacrés dégâts. Le feu se répandait vite et certains hommes mourraient dans les flammes. Et ceux qui ne finissaient pas les gorges tranchées étaient paniqués.

Sanya avait trouvé une autre réserve de nourriture et avait répandu du poison à l'intérieur. Les soldats de cette partie du camp ayant survécu devraient ensuite faire face à une belle épidémie.

Quand les incendies attirèrent trop d'hommes, Connor tira le bras de Sanya.

- Il est temps de filer.

Elle hocha la tête et le suivit. Ils rebroussèrent chemin, évitant parfois de justesse les flammes qu'ils avaient créées. Ils coururent aussi vite que possible jusqu'à la forêt pour s'y dissimuler et fuir ce carnage.

Saisissant soudain Sanya par la taille, Connor la plaqua au sol, et emportés dans leur élan, ils roulèrent le long d'une pente. Plusieurs flèches sifflèrent au-dessus d'eux.

- Ici ! tonna une sentinelle.

Connor grimaça et aida sa femme à se relever.

- Vous ne nous échapperez pas ! rugit un autre soldat dans leur dos.

- Cours, cours, ordonna le jeune homme.

Tous deux détalèrent sans chercher à combattre. D'après le fracas métallique des armures, un bon nombre de soldats étaient à leur trousse, et il valait mieux fuir.

Ils coururent entre les arbres, essayant de semer leurs adversaires pour rejoindre les chevaux. Kalena se trouvait non loin d'eux, les avertissant de la progression ennemie.

Quand ils parvinrent à rejoindre leur monture, Sanya les libéra et leur donna une tape sur la croupe pour les faire détaler.

– Mais qu'est-ce que tu fais ?! s'horrifia Connor.

– Je brouille les pistes. Viens !

L'attrapant par le bras, elle l'entraîna dans la direction opposée. Soudain, il la saisit par les épaules et la força à se coucher derrière un rocher.

Une dizaine de soldats venaient d'apparaître entre les arbres, non loin d'eux, scrutant les alentours. Connor serra sa femme dans ses bras pour la rassurer, essayant de maîtriser son propre souffle.

– Ils sont dans le coin, je le sens, grogna un des hommes.

– Montrez-vous ! rugit un autre.

Nul doute de ce qui allait arriver si les deux jeunes gens se faisaient attraper...

Lentement, Connor glissa sa main jusqu'à sa dague.

– Ici !

Son sang ne fit qu'un tour. Il s'apprêtait à bondir pour combattre quand Sanya l'immobilisa.

– Ce n'est pas nous qu'ils ont vus...

Tendant l'oreille, Connor réalisa qu'en effet, les soldats partaient tous en courant dans la direction qu'avaient prise les chevaux. La diversion de la reine avait marché.

– Dépêchons-nous, souffla-t-elle.

S'assurant que plus personne ne traînait dans les parages, ils repartirent en courant. Ils ne s'arrêtèrent que lorsqu'ils furent loin du camp et que leur souffle leur manqua. S'écroulant par terre, Sanya éclata de rire.

– Ça devrait les ralentir et les affaiblir.

– Tu as été imprudente, répliqua Connor.

– Pardon ?

La jeune femme le foudroya du regard.

– Le plan, c'était de mettre le feu et d'empoisonner leurs vivres. C'est ce que j'ai fait de mon côté. En quoi c'était de l'imprudence ? Personne ne m'a vu !

– Tu aurais pu te faire tuer !

– Pas toi, peut-être ? Connor, j'en ai assez que vous vouliez tous prendre des risques à ma place ! J'apprécie que tu te soucis de moi et que tu t'inquiètes pour moi, vraiment, mais une bonne fois pour toutes, fourre-toi dans le crâne que ce n'est pas parce que tu es devenu un Maître des Ombres que je suis devenue impuissante ! Tu es mon Champion, l'homme voué à m'aider, mais ce n'est pas à toi de tout faire à ma place, je suis capable de me débrouiller seule !

Le Maître des Ombres l'avait vexé et il s'en voulut.

- Je suis désolé, je ne voulais pas... Tu n'es pas faible, c'est que...

- Tu te comportes pourtant comme si je l'étais et que je ne pouvais rien faire sans aide. Je suis capable de me battre. Je suis capable d'agir sans qu'on me dise quoi faire ! J'en ai assez qu'on me considère comme une femme sans défense.

- Mais ce n'est pas le cas...

- Alors, arrête de me sermonner à chaque fois que je prends des risques et que je fais quelque chose sans te demander ton avis ! D'abord, je suis une guerrière, ensuite, je suis une reine, et enfin je suis une déesse ! Je sais me défendre et je n'ai pas besoin qu'on me dise quoi faire. Maintenant en route, nous avons suffisamment traîné.

Sans un regard pour lui, elle prit les devants. Connor jeta un regard impuissant à Kalena qui venait de les rejoindre.

Déesse des tempêtes, tu te souviens ? lança la louve.

Je ne voulais pas la blesser. Mais j'ai eu peur pour elle.

Elle en a assez de se sentir faible Connor, assez de dépendre des autres. Elle est loin d'être sans défense, tu l'oublies trop souvent, car tu te laisses aveugler par la peur liée à ton amour pour elle. Tu es peut-être plus fort qu'elle en combat, mais rares sont ceux plus forts qu'elle, ne l'oublie pas. Elle souffre de sa condition Connor. Au lieu de t'inquiéter, aide-la. Elle a besoin de voir dans tes yeux qu'elle n'est pas une simple humaine. Elle a besoin de voir dans tes yeux qu'elle est forte.

Je sais qu'elle l'est, mais j'ai tellement peur de la perdre.

Ce n'est pas ce qu'elle te reproche. Que tu aies peur pour elle la touche. Mais prends sur toi et fais-lui un peu confiance. C'est ce dont elle a besoin pour moins souffrir. Que tu aies entièrement confiance en elle et que tu sois près à la laisser prendre des risques.

C'est trop dur.

As-tu pensé à l'inverse ? Tu crois que ce n'est pas dur pour elle de te voir prendre des risques ? Elle est morte de peur à chaque fois que tu le fais, pourtant elle te laisse le faire. Car elle a confiance en toi. À toi de faire de même.

10

Faran tapota l'épaule d'Illiam pour le féliciter avant de passer à son élève suivant. Caché dans le grenier d'une maison laissée à l'abandon, le futur Ordre des magiciens s'exerçait sous la directive de Faran et Il'ika. Le jeune homme s'était entraîné pendant des mois avec la meilleure professeure possible, aussi fut-il tout à fait capable d'enseigner à son tour ce qu'il avait appris. Et alors qu'il transmettait son savoir à ses nouvelles recrues, il se rendait compte qu'il était loin d'être un mauvais magicien.

Il'ika, qui en connaissait également très long, fournissait de bons conseils, bien qu'elle préférât ne pas trop en révéler. Sa nature méfiante de fée ne l'avait pas quitté, et elle préférait que ce soit Faran qui enseigne la magie. Car elle maîtrisait une facette différente de celle du jeune homme, et elle ne voulait pas que cette facette soit découverte.

Depuis des semaines, les nouveaux magiciens s'entraînaient sans relâche, faisant preuve d'effort incroyable pour arriver à bout de chaque défi. Leur volonté et leur motivation les firent progresser plus vite, et Faran n'en était pas peu fier. Il'ika avait dégoté deux nouvelles recrues, et l'Ordre comptaient huit membres dont les deux fondateurs. Se fiant aux conseils de Kelly, ils ne cherchaient plus à recruter davantage, mais à mieux connaître et cerner les nouveaux magiciens afin d'être sûrs de leurs intentions. La qualité plutôt que la quantité.

Illiam et Felyn progressaient bien, même si Torlf les avait devancés depuis longtemps. Si les deux premiers prenaient leur temps, s'aidant mutuellement, ce dernier assimilait chaque principe avec facilité et rapidité, en demandant toujours plus. Bien qu'il fasse cavalier seul la plupart du temps, il semblait vouloir tout connaître de ce que Faran avait à lui enseigner. Il ne parlait jamais de sa vie, de ses motivations, et personne au sein de l'Ordre ne le connaissait vraiment, mais il était clair que le jeune homme était d'une intelligence remarquable et faisait preuve d'une soif d'apprendre dévorante. C'est ce qu'aimait Faran, bien qu'Ili'ika s'en méfiait davantage.

Du côté des deux nouveaux, il y avait un homme, Gus, bien plus âgé que ses confrères, mais beaucoup plus maladroit. Ses sorts avaient la fâcheuse tendance à rater, ou à dévier. Mais sa bonne humeur compensait sa maladresse. L'autre était une fille, Maeva, peut-être de l'âge de Faran, plutôt arrogante et sûre d'elle-même, avec un certain talent. Elle entretenait une rivalité avec Torlf, bien que ce dernier semblait s'en fiche complètement.

Les relations entre les membres étaient ce qu'elles étaient, ni trop bonnes ni hostiles, mais au moins, on pouvait noter une certaine affection entre eux, et une certaine cohésion. Tous avaient conscience qu'être seul, pour un magicien, pouvait conduire à la mort, aussi faisaient-ils en sorte d'être suffisamment liés pour pouvoir compter les uns sur les autres.

Darek avait piqué une crise en apprenant la nouvelle, et Faran avait bien cru qu'il allait le tuer. Ce n'était pas passé loin, et sans l'intervention de Kelly, nul doute que les Maîtres des Ombres auraient massacré les magiciens. Kelly avait su se montrer persuasive, et malgré une très grande réticence, et une très grande méfiance, toute la confrérie avait convenu que l'Ordre pourrait être utile. Mais le jeune homme ne se leurrait pas. Il savait qu'ils étaient surveillés chaque minute de la journée, lui et ses apprentis. D'ailleurs, alors même qu'ils se croyaient à l'abri de tout, il était plus que probable que l'un des Maîtres des Ombres soit en train de les épier à cet instant précis. Le moindre faux pas signerait leur mort à tous dans l'heure qui suivait. Une immense hache planait au-dessus leur tête, et si tous feignaient de ne pas la voir, cette menace les mettait mal à l'aise à chaque fois qu'ils se retrouvaient seuls.

Faran ne pouvait en vouloir à la confrérie. Il avait parlé d'elle à ses recrues, les informant que les Maîtres des Ombres les tiendraient à l'œil et auraient leur mot à dire quant à l'organisation de l'Ordre, et que si quelqu'un avait quelque chose à redire, il serait viré sur le champ.

Tous avaient approuvé. Mais cette restriction, avec le temps, pourrait devenir une source de problème majeure. Faran se devait de bien surveiller ses apprentis, ou les choses pourraient déraper en peu de temps.

Il'ika s'approcha de Faran et posa une main sur son épaule.

- La journée va se terminer. La confrérie nous attend. C'est aujourd'hui que l'on va signer le pacte.

- Je sais.

- Alors pourquoi es-tu si angoissé ?

- Darek m'inquiète. Mais peut-être est-ce lié au fait que je m'inquiète moi-même.

- Que veux-tu dire ?

- Et si c'était Sanya et Connor qui avaient raison ? Et si j'étais en train de faire quelque chose de suicidaire ? Si je menais le royaume au désastre ? Il vaudrait peut-être mieux tout stopper maintenant…

- Ils t'ont donné leur accord. À toi de leur faire honneur en épanouissant cet Ordre et en faisant quelque chose de bien.

- Je ne veux pas répéter les mêmes erreurs que nos ancêtres.

- Alors, apprends de leurs erreurs. Et fie-toi à la confrérie. Ça va marcher. J'en suis sûre.

- Et si je n'étais pas capable de gérer ?

- Des semaines que tu t'occupes d'eux, et tu t'inquiètes ? Regarde l'avenir que tu leur as donné. Regarde ce que tu as fait d'eux. Tu es capable de gérer ça, Faran. Nul besoin d'être puissant. Il suffit d'être sage.

Faran embrassa sa compagne.

- Merci. Je ne sais pas ce que je ferais sans toi.

Torlf s'approcha, les mains derrière le dos :

- Je maîtrise les ondes de choc maintenant. J'aimerais passer à l'étape suivante.

- Es-tu sûr ? L'étape suivante est bien plus complexe.

- Je m'en sens capable.

- Si tu le dis. Nous n'aurons pas le temps aujourd'hui de commencer l'entraînement, aussi vais-je simplement t'expliquer le principe et t'en faire la démonstration.

Torlf hocha la tête, très concentré. Du coin de l'œil, Faran vit que tous les autres écoutaient d'une oreille discrète. Il sourit.

- Les ondes de choc, comme je vous ai appris, permettent de propulser de l'énergie hors de vous en un cône, afin de briser, d'arracher et de renverser tout ce qu'il y a sur son chemin. Plus tu maîtriseras ce sort, plus il sera puissant, et plus sa portée sera importante. Ce que je vous ai appris consistait à libérer une quantité d'énergie considérable devant vous. Maintenant, cette énergie peut être utilisée d'une autre manière. Moins impressionnante, mais tout aussi redoutable.

Il leva les mains devant son apprenti. Aussitôt, l'air au-dessus de ses mains se flouta, comme un mirage.

- Tu vois, j'emmagasine mon énergie dans mes mains. Je ne la relâche pas, comme dans les exercices précédents. Je la contrôle, je la maîtrise. Il y a moins de puissance, mais je maîtrise chaque mouvement de cette énergie. Je peux l'implanter partout.

- Je ne vois pas le but, ronchonna Maeva. Si elle est moins puissante, en quoi ce sort va-t-il se montrer plus redoutable ?

Torlf, lui, hocha la tête. Il venait de comprendre.

- Le secret, Maeva, réside dans le mot « implanter ». Ce sort n'a pas besoin de puissance. Il a besoin de maîtrise. Et je vais te montrer ce qui fait qu'il sera tout aussi redoutable.

Il s'approcha d'un mannequin construit à partir d'un tonneau.

- Jusqu'à présent, je vous ai interdit d'utiliser ce mannequin. Il est réservé à cet exercice. Il est rempli de bouteille en verre, elle-même remplie d'eau.

Il posa ses deux mains sur le tonneau, sous les yeux attentifs de ses élèves.

Tous entendirent alors les bouteilles éclater à l'intérieur du tonneau avec violence, sans que ce dernier ne se déforme ou ne se détruise. De l'eau commença à suinter.

- Et voilà.

- Je ne vois toujours pas le principe, bougonna la jeune femme.

- Tu le fais exprès ? renchérit Torlf. C'est un sort d'une incroyable puissance. Il ne nécessite pas d'user de beaucoup de magie, aussi peux-tu l'utiliser quand tu es fatigué. Il te suffit de poser la main sur ton ennemi, et tous ses organes éclatent sans que son corps ne soit endommagé. Il meurt sur le coup. Très utile pour repousser des assauts au corps à corps.

- Exactement, confirma Faran. Mais même si ce sort ne nécessite pas de beaucoup de magie, il faut une grande maîtrise pour contrôler cette énergie. Sinon, elle pourrait tout aussi bien vous tuer vous.

Tous étaient sidérés et admiratifs.

- Comme pour chaque sort, il faut l'utiliser au bon moment, et pas sur n'importe qui. Utilisait le que pour vous sauver, ou sauver autrui.

Ses apprentis hochèrent la tête.

- Bien ! Maintenant, rentrez. Et reposez-vous.

Quand les derniers entraînements furent terminés et que tous les magiciens furent rentrés chez eux, Faran et Il'ika partirent en quête du lieu de rendez-vous convenus par Darek. Ce dernier avait catégoriquement refusé que Faran entre dans le repaire, ce que le jeune homme ne pouvait lui reprocher, mais il se sentait mal à l'aise. Darek le tenait-il pour un ennemi potentiel ?

Ces doutes s'amplifièrent quand les deux jeunes gens se rendirent compte que le lieu de rendez-vous était une ruelle sombre et déserte à l'écart de toute trace de vie. Faran eut un frisson le long de l'échine, et s'il ne savait pas Darek digne de confiance, il aurait déjà détalé depuis longtemps.

Faran et Il'ika attendirent ce qui leur parut être une éternité, tournant la tête en tous sens à la recherche de Darek.

Soudain, ce dernier fut là, juste devant eux, sa capuche rabattue sur son visage. Faran sursauta, ne s'attendant pas à être surpris de la sorte. Kelly s'approcha à son tour, son capuchon dissimulant presque son visage.

C'est à cet instant que Faran réalisa qu'il avait fait une erreur. Une erreur en croyant que Kelly était une femme douce et une solide alliée. En la voyant ainsi, le magicien découvrit qu'elle était pleinement une Maîtresse des Ombres, une personne à ne surtout pas prendre à la légère. Elle aurait pu passer pour le Mort elle-même, si envoûtante, si terrifiante. Faran comprit que malgré la douceur et l'amitié que lui portait Kelly, si les choses devaient mal se passer pour l'Ordre, la jeune femme ferait ce qui devait être fait sans la moindre hésitation et avec une froide efficacité.

Il'ika lui tapota l'épaule, effrayée. Sur les toits, d'autres Maîtres des Ombres les surveillaient. À quoi tout cela pouvait-il bien rimer ?

- Darek, pourquoi toute cette mise en scène ? souffla Faran, essayant de garder son calme.

- Vois cela comme un avertissement. Je suis prêt à passer un pacte avec toi, mais si tu me roules ou si les choses se passent mal, ma confrérie n'hésitera pas. Nous ne sommes pas des ennemis recommandables.

- Je n'ai pas l'intention de faire de vous mes ennemis.

- Je te le souhaite.

Le jeune homme inspira à fond pour se calmer. Tout se passerait bien. Se tripotant les doigts, il lança :

- Par quoi commençons-nous ?

Darek s'approcha de lui.

- J'accepte la restitution de l'Ordre des magiciens, et j'accepte d'en faire un allié potentiel à plusieurs conditions.

- Je vous écoute.

- Les Maîtres des Ombres devront avoir le droit de manifester leur désaccord si certains membres ou certaines mesures ne nous conviennent pas.

- Nous nous rassemblerons pour en discuter, et si vos arguments me convainquent, alors je vous écouterai. Mais j'accepte que vos yeux soient sur mon Ordre.

En son for intérieur, Faran craignait le pire. Si tout se passait bien pendant un temps, à la longue, les magiciens ne supporteraient pas d'être contrôlés par les Maîtres des Ombres. Il allait falloir accepter, mais la jouer ensuite subtil pour libérer peu à peu les magiciens de l'autorité des Maîtres des Ombres. Une alliance avec un tel contrôle sur un parti, cela finirait par déraper. Mais Faran n'avait pas le choix que d'accepter. À lui ensuite de faire en sorte que l'Ordre soit suffisamment digne de confiance pour alléger ces termes.

Aucune émotion ne passa dans le regard de Darek.

- Vous êtes le représentant de cet Ordre, continua Darek. Mais le chef suprême devra être Sanya. Elle aura tous les droits sur vous, y compris vous démanteler si elle le juge nécessaire.

- J'accepte.

- Enfin, je m'engage à laisser en paix vos magiciens. Mais si l'un de mes frères ou de mes sœurs est attaqué, insulté ou autre, le coupable en répondra devant moi. Ce sera à moi d'appliquer la sentence.

- Bien...

- Dans ce cas Faran, nous avons un accord. La confrérie et l'Ordre seront des alliés dans cette guerre. Mais je te mets en garde. Si tes recrues cherchent les ennuis, les Maîtres des Ombres s'en occuperont.

- Bien sûr.

- Encore une chose. (La voix de Darek se fit plus froide) Tu es peut-être le frère de Connor, tu as peut-être sauvé ma femme, mais je n'hésiterai à te tuer si tu nous trahis. J'espère que c'est bien clair pour toi.

- Très clair.

Darek hocha la tête et fit un geste à ses compagnons. Les Maîtres des Ombres perchés sur les toits se retirèrent et Darek disparut à son tour. Seule Kelly resta. Laissant tomber sa capuche, elle s'approcha de Faran.

- Tu es sincère, nous l'avons tous vu. Je suis ton amie et ton alliée Faran, je te soutiendrai tant qu'il le faudra. Mais si les choses dérapent, je veux que tu saches que je ferai ce qui doit être fait. Même si cela implique de tuer toutes tes recrues.

- Et moi ?

Les mâchoires de Kelly se crispèrent.

- Ne dérape pas.

*

Aela fronça les sourcils en lisant les rapports.

- Quelque chose ne va pas ? demanda le général Breris.

Ils s'étaient rassemblés avec les autres généraux dans une salle de réunion pour discuter des récents évènements et des solutions à mettre en place. À la tête de la défense en l'absence de la reine, la jeune femme se devait de réfléchir à tout et de ne rien laisser au hasard.

- Les nouvelles ne sont pas bonnes, souffla-t-elle. D'après nos éclaireurs, les troupes d'Eroll viennent ici, armées pour le siège. Une armée imposante, plus grande que la nôtre.

- Et pour Teyrn ?

Aela soupira et se massa les tempes.

- Il y aurait du mouvement. En revanche, les espions ne savent pas encore avec certitude si c'est Jahama qui est visé ou Sohen. Tout porte à croire que c'est Sohen, mais je ne néglige aucune piste.

- Qu'en est-il de Jahama ? questionna un autre général.

- Le royaume se prépare à la guerre, ils sont prêts à contrer une éventuelle invasion teyrnienne, mais leurs forces sont faibles. Ils ont néanmoins envoyé un détachement en renfort pour protéger Sohen.

La jeune femme se pencha alors sur la grande table où était étendue une carte du monde. Plusieurs étendards étaient plantés dessus.

- Nos efforts pour ralentir l'avancée ennemie ne sont pas très concluants, soupira-t-elle. Nous avons réussi à faire reculer l'envahisseur ici, mais là, les autres armées continuent d'avancer. Mais si je rappelle notre unité là, c'est un de nos plus précieux avant-postes qui tombe.

- Si le siège se déroule à Sohen, le poste ne sera plus d'aucune utilité, répliqua un des généraux.

- Il ne suffit pas de faire tomber une ville pour faire tomber un royaume.

- Ma dame, Sohen est le symbole d'Eredhel. Eroll le sait, c'est pourquoi la ville est visée. Il va la prendre. Et admettons qu'elle tombe, que pourrait bien faire ce poste ? Il ne nous sera d'aucune utilité pour la reprendre.

- Général, ce poste est un endroit stratégique, il est très dur de le prendre. Si Eroll met le grappin dessus, il pourra y stocker ses troupes et nous ne pourrons pas les en déloger. Lui a assez d'hommes pour nous le prendre, mais l'inverse est faux. Si la ville tombe et que le fort est entre ses mains, jamais nous ne pourrons reprendre le royaume, car nous serons pris en tenaille entre deux grosses places fortes, pouvant contenir des milliers d'hommes. Nos armées ne sont pas aussi grandes que celles d'Eroll, malheureusement.

- Vous avez raison, admit le général. Que faisons-nous ?

- Je veux que ce détachement-là soit envoyé au fort. Et que nos unités présentes au nord forment une sorte de barrière d'ici à là pour ralentir l'avancée ennemie. Ensuite, je veux que des petits groupes d'hommes se consacrent uniquement à piéger les soldats ennemis.

- C'est-à-dire ?

- Des missions spéciales. Le but ne sera pas de se battre, mais de miner l'ennemi de l'intérieur. Qu'ils s'infiltrent dans le camp et empoisonnent les soldats, qu'ils libèrent les chevaux et toutes ces choses-là. Qu'ils sabotent les armes de siège. Tout ce qu'ils peuvent faire pour rendre l'armée moins puissante. C'est Connor qui m'a donné cette idée, et ça marche. Mon clan s'en charge déjà, mais j'ai besoin de plus de groupes.

- Ce sera fait, approuva Breris. Et pour Teyrn ?
- Nous sommes pris en tenailles, je ne vois pas grand-chose à faire pour le moment. J'ai un groupe de guerrier présent dans la chaîne d'Isylbrid. Si l'armée de Conrag se met en route, ils sauront quoi faire pour les ralentir le plus possible.

Breris hocha la tête pour marquer son accord. Les autres généraux se regardèrent un moment, avant de finir par s'incliner devant la jeune femme.

- Il sera fait selon vos désirs.

N'ayant plus de sujets à traiter, tous quittèrent la pièce, laissant Aela seule. Breris lui tapota l'épaule avant de partir tandis qu'elle soupirait et se laissait aller dans une chaise.

- Tu vas bien ?

Reva venait d'entrer, s'approchant de la jeune femme pour lui prendre les mains.

- Oui, je vais bien. Je m'inquiète juste pour le royaume. Nous n'avons pas assez d'hommes pour tenir le siège.
- La quantité ne veut rien dire.
- Mais ça aide beaucoup.
- Nous avons une déesse dans notre camp.

Aela eut un rire triste.

- J'aime Sanya comme sœur, mais elle n'est plus déesse Reva. Je ne veux pas l'insulter, mais elle n'est plus toute puissante. Elle ne fera pas la différence.
- Sauf si elle redevient déesse.
- Et comment le pourrait-elle ? Eroll ne lui laisse aucun répit. Elle n'a pas le temps de chercher. Elle n'y arrivera pas à temps. Je n'ai pas osé lui dire, car je sais comment elle est, mais... le mieux pour elle serait de fuir.
- Quoi ?
- Elle devrait fuir pendant qu'il est encore temps.
- Tu voudrais qu'elle nous abandonne ?
- Oui. Si elle veut pouvoir mettre la main sur le Quilyo, elle ne doit se concentrer que sur ça. Nous abandonner lui permettrait de le retrouver.
- Mais elle ne pourrait pas empêcher la guerre à temps.

Aela avait des larmes plein les yeux.

- Reva, personne ne peut empêcher cette guerre ! Tu es plein d'espoir, mais vois les choses en face ! Nous n'avons aucune chance. Nous perdrons, quoi qu'il arrive. Nous ne sommes pas assez forts. Sanya ne peut plus rien pour nous. C'est fini. Je voudrais tant qu'elle parte, qu'elle s'enfuit loin de tout ça. Elle pourrait retrouver le Quilyo, elle pourrait redevenir une déesse et vaincre les dieux. Mais pas en tant que reine... Des guerres il y en a toujours eu, on gagne, on perd, c'est ainsi. Il faut l'accepter. Et cette guerre-là doit être perdue. C'est comme ça. Je ne veux pas que Sanya perde son temps, je ne veux pas qu'elle souffre pour quelque chose qu'elle ne pourra pas changer. Qu'elle nous laisse. Elle ne nous doit rien. Qu'elle fuit...
- Si elle vous laissait tous mourir, elle n'aurait plus rien à sauver ensuite.
- Si... tous ceux qui vivraient encore et toutes les générations à venir. C'est une déesse. Elle est immortelle. Elle ne doit pas s'arrêter sur une époque. Notre existence n'est qu'un battement de cils pour elle. Je refuse qu'elle compromette ses chances pour nous.
- Ce n'est pas à toi d'en décider.
- Je sais. C'est pourquoi je vais la trouver.
Reva se redressa.
- Pardon ?
- Je vais la chercher, lui expliquer et la convaincre. Si nous devons mourir de cette guerre, alors je mourrai en sachant que mon enfant aura une chance de vivre dans un monde meilleur grâce à elle.
Une larme roula sur la joue de Reva, car il venait enfin de comprendre pourquoi Aela se trouvait dans un tel état de désespoir. Elle n'avait pas peur pour elle, mais pour...
Il s'agenouilla, posa une main sur son ventre et souffla :
- Tu es enceinte...
Éclatant en sanglots, Aela bondit dans les bras de son amant.
- Oui Reva ! Je suis enceinte ! Mais si Sanya périt dans cette guerre, il n'y aura plus aucun espoir pour notre enfant. Il sera voué à la mort avant de naître... Alors que si elle s'enfuit et qu'elle vit... elle pourra lui offrir un monde meilleur après avoir vaincu les dieux. Elle pourra lui offrir un véritable avenir. Nous, nous serons peut-être morts, mais lui il vivra, et il connaîtra un monde meilleur, grâce à elle. Je refuse qu'elle se sacrifie pour ce qui ne peut pas être sauvé. Nous sommes perdus Reva, nous ne pouvons rien faire. Si elle doit

se battre, je veux que ce soit pour ceux qui ont encore une chance, comme notre enfant.

Reva lui caressa les cheveux. Fou de joie de se savoir bientôt père, il ne pouvait pas adhérer à la vision de sa compagne.

- Aela, tu ne sais pas ce que l'avenir nous réserve. Tu ne sais pas comment les choses vont se passer. Même si Sohen tombe, nous pourrions continuer de vivre, nous aurions encore une chance. Cela ne veut rien dire ! Quand on tombe, c'est pour mieux se relever. Et on se relèvera. Plus forts. Si Sohen tombe, si Eroll gagne, alors Sanya n'aura plus rien à défendre et elle pourra se consacrer à sa quête. Et nous, nous ferons en sorte de vivre pour voir son succès, mon amour. Même si les royaumes tombent sous la coupe d'Eroll, nous, nous serons toujours là pour voir l'ascension de Sanya, pour la voir triompher, et pour voir Eroll s'écrouler sous sa colère. Tu es la plus grande guerrière de tous les temps. Même la mort ne peut rien contre toi.

Aela eut un pauvre sourire.

- La mort ne m'effrayait pas avant. Mais maintenant... si je meurs... c'est lui que je tue...

Elle posa une main sur son ventre et pleura de plus belle.

- Je veux qu'il vive Reva, je veux qu'il grandisse et qu'il s'épanouisse.

L'homme des clans posa une main par-dessus la sienne.

- Je ne laisserai rien vous arriver, à tous les deux. Je te le promets. Nous nous battrons jusqu'au bout, et que nous perdions et gagnions cette bataille, grâce à Sanya, c'est la guerre que nous remporterons. Il n'arrivera rien à notre enfant, je te le jure. Nous allons nous battre pour lui. Eroll se cassera les dents sur nos défenses. Et si tel n'est pas le cas, je nous mettrai en sécurité jusqu'à ce que Sanya lui casse elle-même les dents !

- Tu crois réellement qu'on peut gagner cette bataille ?

- Ce que je crois, c'est que je serai toujours là pour te protéger, pour vous protéger, et que ce n'est pas des milliers d'hommes qui m'arrêteront. Je suis du clan des guerriers, ce sont à mes ennemis de trembler devant moi. Et si je tombe ? Quelle importance ! Je me relèverai pour les frapper encore plus fort !

Aela eut enfin un sourire sincère. Elle savait que toute la tirade de son amant était plus poétique que réaliste, cela lui donnait de l'espoir. L'espoir qu'il fallait pour ne pas abandonner. Pour

continuer peu importe la finalité. Soulagée d'un poids immense qui venait de quitter ses épaules, elle l'embrassa fougueusement.
- Ça te fait plaisir ?
- Évidemment ! J'ai la vie parfaite. Avoir un enfant avec la plus sublime de toutes les femmes.
- Arrête de me flatter de la sorte, s'amusa la jeune femme.
- Depuis combien de temps ?
- Seulement quelques jours. C'est Il'ika qui a senti cette « étincelle de vie » comme elle m'a dit. Ça doit remonter à la dernière fois que tu as réchauffé mes draps.
- Si je crois me souvenir, c'est exactement cette nuit-là que tu m'as dit que ce n'était probablement pas le bon moment.
- Je me suis laissée convaincre assez facilement, je l'avoue...
- Et vois ce que ça nous a donné.
- Je t'aime Reva.
- Moi aussi. Et cette guerre, nous la gagnerons.

11

- Nous y sommes presque. Derrière les collines, là-bas, s'étend Elbereth, expliqua Sanya.
- Enfin nous y voilà. J'espère qu'il fait chaud au moins dans le palais.
- Évidemment !

Cela faisait plusieurs jours que la neige commençait à tomber, et pas qu'un peu ! Un vent froid s'était levé, obligeant les voyageurs à s'emmitoufler dans leur manteau. Même si Connor s'y habituait, il ne se réjouissait pas du froid comme le faisait Sanya.

Kalena sur leurs talons, ils continuèrent leur route, ignorant leurs jambes lourdes et douloureuses. Depuis leur petite attaque du campement, ils n'avaient pas réussi à trouver de chevaux et avaient dû faire le reste du voyage à pied.

- Je n'ai qu'une hâte, m'allonger dans un lit bien chaud, soupira Connor en frottant ses doigts. Je meurs de froid.
- Imagine s'il avait fallu faire le trajet à pied en plein hiver, le taquina Sanya.
- Je serais probablement mort. Déjà que je ne supporterai pas l'idée de passer une nuit de plus dehors...
- Allons, ce n'est pas si terrible. En plus je suis là pour te réchauffer.

Sur ce, elle se colla à lui et l'embrassa sur la joue.

Rancunière, il avait fallu trois jours à Sanya pour pardonner à

Connor les reproches qu'il lui avait faits, et ne daignant même plus dormir contre lui, il s'était effectivement rendu compte qu'elle le réchauffait bien.

La reine tendit alors le bras en face d'elle.

- Bienvenue à Elbereth !

Connor en eut le souffle coupé, exactement comme le jour où il avait découvert Sohen. Cette cité était différente, mais merveilleuse à sa façon. Blottie dans une immense vallée, elle rayonnait de beauté. La roche qui servait à construire les maisons ressemblait à de la glace, quoique plus opaque et plus argentée. Le soleil s'y reflétait, conférant à la ville des scintillements en tous sens.

Le château était lui aussi stupéfiant. Construit de cette roche étrange, il était lové contre le flanc d'un imposant glacier. De loin, ses hauts remparts auraient pu ressembler à l'immense porte donnant dans un monde sous la glace. La ville s'étendait devant lui, et d'autres remparts formant un arc de cercle venaient la fermer au reste de la plaine, les flancs de la vallée formant un barrage naturel sur les côtés, et le glacier interdisant tout accès par l'arrière. Il n'y avait donc qu'une seule porte d'entrée pour pénétrer dans la ville, donnant sur l'immense plaine qui s'étirait devant.

- Impressionnant.

- Aldaron et moi nous disputons souvent au sujet de quel château est le plus beau, s'amusa Sanya. Le sien est pas mal, je te l'accorde. On dirait qu'il est fait de glace, sentinelle de cet immense glacier.

- D'ailleurs, le glacier n'est pas censé bouger ? Les habitants n'ont pas peur d'être sur sa trajectoire ?

- Il n'est pas naturel. Il a été créé, par magie, il y a de ça très longtemps, bien avant la création de l'Ordre. À cette époque-là, la magie était plus « sauvage » si on peut dire, ce qui laissait libre cours à plus de possibilités. D'après la légende, il aurait été créé comme rempart, pour protéger la ville de toute attaque venant de la mer. Cela évitait que l'ennemi puisse les prendre en tenaille ou par surprise. Ce ne sont que des légendes, et je n'étais même pas encore née à cette époque, donc je n'en sais pas plus. Ce que je sais, c'est qu'à l'époque, la magie était bien différente et sous bien des formes.

- Il y aurait plusieurs formes de magie ? Comment ça serait possible ?

- Nous ne sommes pas les premiers êtres vivants à fouler cette terre, et je ne m'étonnerais pas que les Anciennes civilisations aient disposé d'une forme de magie bien à eux. Également, pour une raison inconnue, il est possible que les fées soient à l'œuvre. Leur pouvoir est surprenant et je ne sais rien sur lui. Un jour, peut-être que nous en serons plus. Une fois la guerre finie, il serait intéressant de retourner dans les Royaumes Oubliés pour en apprendre davantage sur eux. Cela nous éclairerait sur nos propres royaumes. Bon, trêve de discussion. J'ai hâte d'arriver, ça fait si longtemps que je n'ai pas dormi dans un lit.

- Si longtemps ? Quelques semaines ne sont pas censées être un battement de cils pour une déesse ?

- Oui, eh bien j'ai quand même envie d'un lit. Et d'un bain ! Allez, viens.

Le soulagement d'être enfin arrivés leur fit accélérer le pas. Kalena quant à elle, n'était que plus méfiante : ses deux amis allaient séjourner un long moment dans cet environnement qu'elle ne connaissait pas, et elle devait l'explorer de fond en comble pour assurer leur protection.

Alors qu'ils approchaient de la ville, ils distinguèrent beaucoup d'activité dans les rues, et le froid et la neige n'arrêtaient en rien les habitants qui semblaient sans ficher comme d'une guigne. Kalena laissa ses amis pénétrer seuls dans la ville et courut se réfugier dans les forêts environnantes. Prenant la main de son mari, Sanya le guida jusqu'au château. Essayant de passer inaperçus parmi la foule, ils contemplèrent avec amusement les enfants qui se livraient à de grandes batailles de boules de neige, riant aux éclats en s'enfuyant en tous sens.

Plus loin, ils découvrirent certaines places dont le sol était couvert de glace, et où les gens patinaient en toute quiétude.

- Tu sais en faire ? demanda Connor.

- Un peu oui. Du moins, je me débrouille. J'imagine que tu n'as jamais fait ça de ta vie.

- Tu imagines bien.

Ils mirent un moment à rejoindre le château, auquel on ne les laissa pas entrer facilement.

- Qui êtes-vous ? On n'entre pas sans permission, gronda le garde en gonflant la poitrine.

- Je suis la reine Sanya. Votre roi requiert mon aide.

L'homme échangea un regard avec son compagnon et éclata de rire :

- Bien sûr ! Et moi je suis le seigneur Abel ! Fiche le camp, femme, personne n'entre sans y être invité.

La jeune femme soupira. Ce n'était pas la première fois que ce genre de désagrément lui arrivait. N'aimant pas s'entourer d'escorte quand elle partait en affaires, il n'était pas rare que les gardes ne la reconnaissent pas. Connor était quant à lui partagé entre l'envie de rabrouer le garde et de se moquer de sa femme.

- Allez donc chercher l'un des conseillers du roi, qui attestera de mon identité, réclama la reine avec autorité.

- Pourquoi t'obéirais-je ?

- Fais-ce que je te dis, ou tu le regretteras. Ou tu sacrifies cinq minutes de ton temps pour aller chercher un conseiller et je te pardonnerai ton insolence, ou bien tu restes planté ici. Sache cependant que je suis la reine et que votre roi m'attend, j'entrerai donc dans ce château d'une manière ou d'une autre. Cette option ne te plaira pas, car je suis extrêmement rancunière.

Devant toute la majesté et l'autorité de Sanya, le garde ne put s'empêcher de pâlir. Échangeant un regard avec son compagnon, il finit par acquiescer et disparut à l'intérieur du château.

Il revint quelques minutes plus tard, talonné par un petit homme rondouillet au crâne dégarni.

- Par ma barbe, votre Majesté, que faites-vous donc dans des habits aussi... eh bien aussi peu digne de vous ! Et avec un seul garde ?!

- J'ai fait un long voyage, Horik, et la route est dangereuse. Je préfère ne pas attirer l'attention. Quant à mon garde, il équivaut à une escorte à lui tout seul.

- Mais vous devez être morte de froid ! Entrez donc !

Quand Sanya passa devant le garde, celui-ci se dandina d'un pied à l'autre, très mal à l'aise.

- De grâce, pardonnez-moi votre Majesté.

- Je ne peux te blâmer de faire ton travail. Mais à l'avenir, je te déconseille de te montrer aussi méprisant envers des étrangères.

- Oui, bien sûr votre Majesté.

Tandis qu'Horik guidait la reine à l'intérieur du château, les faisant traverser la cour intérieure, il demanda soudain :

- Majesté, vous ne m'avez pas présenté votre étrange compagnon. Ce n'est pas un soldat, si je ne m'abuse.

- Effectivement, pardonnez-moi, la fatigue me fait oublier la politesse. Voici Connor, mon mari et garde du corps.

- Connor ? Oui, bien sûr, j'ai entendu parler de votre mariage, et je regrette de ne pas y avoir assisté. (Il se tourna vers le jeune homme.) C'est un plaisir de vous rencontrer, sire. Je tiens la reine en haute estime, si elle vous a choisi, alors vous êtes digne de confiance.

- Ravi de faire votre connaissance.

- Sans indiscrétion de ma part, vous êtes donc réellement un Maître des Ombres ?

- Effectivement.

- Fascinant ! Je comprends un peu mieux que vous n'ayez pas d'escorte, dame Sanya, et même si je n'aime guère que vous vous baladiez avec si peu de protection, je respecte bien évidemment votre choix. Après tout, votre mari est de taille à vous protéger. Allons, ne traînons pas, le roi vous attend dans son salon privé.

Ils accélèrent donc le pas dans ce qui était aux yeux de Connor un véritable labyrinthe. Il allait lui falloir du temps pour se repérer dans tous ces couloirs et toutes ces salles. Mais il ne pouvait s'empêcher de trouver la roche – ou la glace – dont étaient faits les murs, vraiment fascinants.

- C'est ici. Entrez donc.

Horik ouvrit la porte et s'effaça pour laisser entrer la reine et son mari. Ils débarquèrent dans une pièce spacieuse et décorée avec goût, un véritable salon royal dont les meubles étaient tous de haute qualité. Le roi et sa femme se tenaient là, vêtus de leurs plus beaux atours, discutant avec animation. Ils s'interrompirent en découvrant les nouveaux arrivants.

- Par tous les dieux, dame Sanya, je craignais qu'il vous soit arrivé quelque chose !

Se précipitant vers la reine, il lui embrassa la main avec dévotion.

- Quelques encombres en chemin nous ont ralentis, répondit la jeune femme.

- Les routes ne sont pas sûres, en ce moment... (Dévisageant Connor, une lueur brilla dans ses yeux.) Si je ne m'abuse, vous êtes l'heureux élu de notre chère reine ! Je me demandais si un jour un homme pourrait conquérir son cœur. Enchanté de vous rencontrer, votre Majesté.

Il s'inclina respectueusement.

- Je vous en prie, appelez-moi simplement Connor, répondit le jeune homme en s'inclinant à son tour très mal à l'aise.

- J'ai bien peur que ce soit impossible, se moqua le roi. Mais passons, j'ai beaucoup entendu parler de vous, en bien je vous assure. On raconte aussi que votre mariage fut superbe et émouvant.

- Merci.

- Sanya, cela faisait longtemps, s'exclama la femme du roi en prenant la reine dans ses bras.

- Je suis contente de te voir, Kari.

- J'ai beaucoup de choses à te dire, tu sais.

Puis elle se tourna vers Connor, tendit sa main pour qu'il l'embrasse.

- Enchantée, sire Connor. Sanya m'a parlé de vous, j'ai hâte de faire plus ample connaissance. (Puis elle regarda de nouveau son amie) Et visiblement, toi aussi tu dois avoir beaucoup de choses à me raconter.

- Allons, ma chérie, je suis sûr que nos hôtes ont besoin de repos après ce long voyage. Majesté, je vous ai fait préparer une somptueuse chambre. Allez donc vous y reposer, nous parlerons ce soir au dîner. Je vous ai fait apporter le nécessaire, mais si vous avez besoin de quoi que ce soit, n'hésitez pas.

Sanya et Connor le remercièrent, et Kari s'empressa de leur montrer leurs quartiers. Une vaste chambre reliée à une petite salle de bain les attendait. Des habits avaient été mis à leur disposition.

- Je vous laisse vous installer. On viendra vous chercher pour le repas.

- Merci Kari, à tout à l'heure.

La reine referma derrière elle.

- Qu'en penses-tu ? demanda Sanya à son mari.

- Un peu petit, plaisanta-t-il.

- Je me tue à dire à Aldaron que mes chambres d'amis sont bien plus belles. Néanmoins, je dois admettre que le lit et superbe et vraiment attirant.

- Oui, on va bien dormir.

Sanya attrapa le col de son compagnon et lui lança un sourire coquin.

- Je ne parlais pas de ça... Tu ne nous voudrais pas qu'on l'essaye ?

- Un bain peut-être avant ?

La reine éclata de rire.

- Une façon élégante de dire que je suis sale et repoussante et que tu n'as pas envie de moi maintenant.

Connor l'embrassa fougueusement.

- Comme ça ou autrement, j'ai toujours envie de toi...

Alors qu'ils se laissaient aller à leurs ardeurs, quelqu'un frappa à la porte. Kari entra, rougissant en découvrant le couple qui se séparait.

- J'ai oublié de vous dire... veillez à garder la porte fermée à clé de nuit comme de jour, ainsi que les fenêtres. Nous vous expliquerons tout, mais le château n'est pas très sûr en ce moment.

- Merci.

Quand Kari fut partie, Connor jeta un coup d'œil surpris à sa femme.

- La situation est à ce point dangereuse ?

- Il faut croire. Je ne sais pas ce qui se trame ici, mais il est clair que quelque chose de dangereux est à l'œuvre. Connor, surtout ne relâche pas ta vigilance. Kari a raison, le château n'est plus un lieu sûr, je le sens.

12

- Comment ça, tu le sens ? souffla Connor.
- Difficile à dire. Je sens quelque chose de sombre, mais je n'arrive pas à déterminer ce que c'est. Peut-être qu'Aldaron pourra m'éclairer.
- Espérons-le.

Leur enthousiasme douché par cette sombre nouvelle, ils prirent un long bain qui leur fit un bien fou après des semaines de voyage. Ils étirèrent ensuite leurs jambes douloureuses, s'autorisant un moment de repos avant d'aller manger. Ils somnolèrent un peu avant de discuter, avachis sur le lit, se sentant mieux maintenant qu'ils étaient propres.

- Tu as l'air de bien connaître la reine Kari, demanda soudain Connor.
- Bien sûr. Je ne t'ai pas dit ? Elle est la sœur de Liana.
- Vraiment ?
- Oui. Mais son père l'ayant marié très tôt à Aldaron, je n'ai pas eu beaucoup d'occasions de la voir quand je suis arrivée à Sohen. Elle ne venait pas souvent, non pas qu'elle ne voulait pas voir sa sœur, au contraire, elles étaient très proches, mais le voyage est long. Pourtant, je l'ai tout de suite prise en amitié.
- Si elle était si proche de Liana, peut-être est-elle...
- Je lui ai déjà parlé du Quilyo. Elle n'en sait pas plus que moi, malheureusement. Liana a gardé ça secret. Sans doute pour la

protéger.

- Tu es en train de me dire... qu'elle connaît ta véritable identité ?

Sanya hocha la tête.

- Elle a juré de garder le silence. Aldaron ne sait rien, lui. Je fais entièrement confiance à Kari, tout comme je faisais confiance à Liana. Kari a toujours l'oreille qui traîne, elle aime les commérages. De plus, bien qu'elle ne me l'ait jamais avoué, je mettrai ma main au feu qu'elle dirige le service des renseignements du royaume. Dans ces conditions, je pensais qu'elle aurait pu m'aider. Qu'elle aurait pu en savoir davantage, hélas non.

Face au regard triste de Sanya, Connor n'insista pas sur le sujet. Bien plus tard, alors qu'ils étaient en meilleure forme, un domestique vint les chercher pour les conduire à la table du roi. Celle-ci était bien garnie, et Connor sentit son ventre gargouiller de plus belle lorsqu'il sentit les délicieuses odeurs de tous ces mets.

Seuls le roi et sa femme étaient présents, leur offrant ainsi un repas plus intime. Même leur jeune fils était absent, sûrement « dispensé » d'un repas en compagnie de ses invités. Sanya et Connor n'en étaient pas surpris, visiblement, leurs hôtes ne se fiaient à personne concernant les problèmes qu'ils subissaient.

Le roi et la reine se levèrent pour les accueillir.

- J'espère que vous vous êtes reposés. Je ne doute pas que vous devez mourir de faim après un tel voyage.

- C'est peu dire, soupira Sanya dont les yeux avaient du mal à quitter la nourriture. Nos derniers repas ne sont que des bandes de viandes grillées et quelques champignons. Je meurs de faim !

Le roi ria aux éclats :

- Vous remarquerez que malgré la pénurie, ma table reste plus garnie et plus attirante que la vôtre !

Alors qu'elle prenait place devant sa chaise, Sanya fronça les sourcils.

- Non je ne crois pas. Dryll ne peut pas prétendre rivaliser avec le talent culinaire d'Eredhel !

- Elle a bien raison, mon époux, intervint Kari avec un sourire. Ce qui a rendu mon arrivée si difficile lors de notre mariage – à part le mari – était vos piètres talents de cuisiniers.

Aldaron leva les bras au ciel.

- Vous avez décidé de vous liguer contre moi ? Sanya, quand reconnaîtrez-vous que mon château est mieux que le vôtre ?

- Quand il sera effectivement mieux que le mien.

Les deux souverains se défièrent du regard puis éclatèrent de rire.

- Allez, asseyons-nous et mangeons !

Quand ils furent installés et que leur assiette fut remplie, ils dégustèrent tous ces mets délicieux sans se faire prier.

- Dame Sanya, sire Connor, j'ai entendu dire que votre mariage était un grand évènement, je regrette qu'il se soit déroulé... si vite.

- Je suis navrée de ne pas avoir pris le temps d'inviter plus de monde, mais Connor et moi ne désirions pas attendre davantage. Avec tous ces... imprévus, nous préférions ne pas remettre à plus tard- ou à jamais – notre mariage.

- Ce que je comprends. Au moins l'amour vous unit, le reste n'a pas d'importance.

- Vous avez vous aussi une femme qui vous aime, fit remarquer Connor.

Aldaron et Kari échangèrent un regard complice.

- Il n'en a pas toujours été ainsi, et il a fallu trois longues années pour que mon aimée daigne enfin m'apprécier. Mais les choses ont changé, et je suis heureux de pouvoir compter sur son amour et son soutien. Mais passons, désolé de couper cours à de charmantes conversations, mais il nous faut aborder des sujets plus préoccupants.

Sanya hocha la tête, tout son sérieux retrouvé.

- Votre lettre manquait un peu de détail.

- C'est un sujet dangereux, et même avec l'assurance que le message arriverait bien à destination, je ne voulais pas que de telles informations soient sur papiers. Par les temps qui courent, et avec cette magie qui semble revenir en force, je n'ai plus confiance. Laissez-moi donc vous expliquer ce qui se passe ici.

» Cela a commencé il y a plusieurs mois, cinq pour être précis. Des choses étranges ont commencé à se produire. Au départ, je pensais à des histoires de bonnes femmes dont les domestiques sont friands. Des histoires de fantômes, de phénomènes inexplicables, d'yeux dans le noir. Je n'y croyais absolument pas. Beaucoup de mon personnel aiment effrayer les nouveaux ou les plus jeunes avec de telles sottises.

» Puis les choses ont changé, à devenir plus sérieuses. Des objets qui disparaissaient, parfois cachés dans des tiroirs ou des bureaux fermés à double tour. Mais même là, je pensais encore à une mauvaise blague. Jusqu'à ce que ce soit des documents importants qui disparaissent. Des lettres de mes généraux, des rapports de missions, et tout ça. Puis il y a eu les cadavres.

- Les cadavres ? répéta Sanya.

- Oui. Nous avons d'abord trouvé le corps d'une jeune femme, une servante, assassinée dans un couloir. Puis celui d'un garde. Et enfin l'un de mes conseillers. Ils n'étaient jamais au même endroit, n'avaient jamais le même rôle, bien sûr, pourtant ils étaient tous morts de façon... inexplicable. Les yeux exorbités de terreur et emplis de sang, les lèvres bleues, le visage pâle, comme si on les avait étranglés. Pourtant il n'y avait aucune marque sur leur gorge.

» Des mesures de sécurité ont été prises, mais ça continuait. J'ai trouvé d'autres cadavres. Des domestiques m'ont affirmé se sentir espionner, épier, suivis voir traqués. D'autres ont juré entendre du bruit dans certaines pièces, comme si quelqu'un ou quelque chose fouillait de fond en comble.

» J'ai renforcé la sécurité, il était impossible d'entrer ni de sortir. Pourtant un jour, mes gardes ont surpris des hommes étranges, on aurait dit des bandits. Ils ont tenté de les traquer, mais ils ont filé si vite qu'ils les ont à peine vus. Pourtant, ils ont laissé de nombreux cadavres dans leur sillage avant de disparaître complètement. Pas moyen de trouver par où ils étaient entrés, personne n'avait rien vu, c'était comme s'ils s'étaient matérialisés ici !

- Je ne connais personne capable de faire ça. Même un magicien expérimenté en est incapable.

- C'est bien ce qui m'inquiète. Si ce n'est pas un magicien, alors quoi ? Quelle chose peut matérialiser des hommes dans mon château ?! Je crains que bientôt, ce ne soit une armée qui apparaisse.

- Seigneur, je ne doute pas de vos protections, mais peut-être y a-t-il une faille dans votre château.

- J'y ai pensé. J'ai cherché de fond en comble, pourtant je ne vois pas comment ces hommes ont pu entrer. Et cela n'explique pas les meurtres, les disparitions d'objets et tous ces phénomènes étranges.

Sanya réfléchit longuement.

- Je ne vois pas ce que ça peut-être, mais je trouverai. Connor et moi allons éclaircir tout ça. Étant maître dans l'art de s'infiltrer, mon mari étudiera votre château et découvrira si quelque chose vous a échappé. Quant à moi je vais me pencher sur ces phénomènes.

J'aimerais examiner les cadavres ainsi que les pièces où ont eu lieu ces évènements.

- Vous aurez quartier libre ma dame. Seulement je crains que mon château ne soit plus sûr. Ne restez jamais seule, jamais. Il y a eu trop de meurtres inexpliqués. Trop de choses étranges et effrayantes.

- Y a-t-il eu autre chose ?

- Des enfants m'ont rapporté avoir entendu des cris dans certains coins déserts du château ou certaines pièces. Il y a toujours un endroit où personne ne va, un endroit un peu à l'abandon.

- Des cris ?

- Des cris de monstres, d'après eux. Je vous les ferai chercher pour que vous puissiez les interroger. Sachez que cette aile du château est maintenant sous bonne garde.

- Je m'occuperai de tout ça personnellement. Vous devez avoir bien d'autres choses à penser.

Aldaron poussa un long soupir.

- Malheureusement oui. Je dois organiser mes défenses. D'après mes éclaireurs, le siège est pour bientôt. Les troupes d'Eroll arrivent sur moi et la guerre est inévitable. Et je ne peux pas la gagner si je suis attaqué de l'intérieur aussi.

- Je comprends. Vous avez eu raison de me faire venir. Il est impératif de déterminer la cause de tout ça, et de l'enrayer au plus vite.

- J'espère que vous serez partie quand il sera temps de se battre.

- Où que je sois, je devrai me battre. Des troupes s'apprêtent également à assiéger Sohen, j'en ai peur.

- Que les dieux nous gardent.

- Les dieux ne feront rien. J'ai vu certains bataillons en venant, Connor et moi avons essayé de faire des dégâts, hélas ils sont bien trop nombreux. Il va falloir faire preuve de beaucoup de courage et de talent.

- Nous mettrons tout en œuvre pour protéger la ville.

- Peut-être serait-il bon de faire évacuer la population.

- C'est prévu. Des messagers vont prévenir les gens dans la semaine afin qu'ils puissent s'en aller dans le calme. Je ne veux pas que ça se fasse dans la brusquerie. Mais je dois dire que certains ont eu de l'intuition : une bonne partie de la population est déjà partie avec le plus de bien possible pour le sud.

— Chez moi aussi, tous ceux qui ont de la famille ou des connaissances à Jahama sont déjà partis avant que Teyrn ne bloque tout. J'espère qu'ils y seront en sécurité.

— Les batailles auront lieu ici. S'ils sont touchés là-bas, c'est que tout est fini. D'ailleurs des renforts venus de Jahama ne devraient plus tarder à arriver. Mes défenses s'organisent : je jure que nous nous battrons jusqu'à notre dernier souffle. Mes hommes sont en train de renforcer les remparts et de préparer les armes longue portée. Et les forgerons ne chôment pas.

— Vous devriez installer des pièges dans le sol. Je sais qu'Eroll a avec lui de très bons sapeurs. C'est ce que j'ai entendu dire du moins, vu qu'il est impossible de pratiquer ce genre d'attaque sur mon château.

Kari roula de grands yeux, et Connor se surprit à faire de même. Alors qu'ils discutaient de détails importants et de guerre, les deux monarques ne pouvaient s'empêcher de se chamailler sur leur château.

— C'est une bonne idée en effet. J'en discuterai avec mes conseillers et mes généraux. Mais parlons de vous, comment comptez-vous percer à jour celui ou ceux qui sévissent ?

— Une affaire de magie et d'espionnage. Deux facettes que mon époux et moi maîtrisons.

— Mais... sans indiscrétion, ne m'avez-vous pas dit que vous étiez une magicienne très peu puissante ?

Sanya eut un sourire en coin.

— Exact, mais je sais reconnaître les traces laissées par la magie et j'ai également toutes les connaissances nécessaires. Ne vous en faites pas, Connor et moi trouverons ce qui ne va pas.

— Par où allez-vous commencer ?

— Je vais interroger votre personnel, examiner les corps des morts et essayer de comprendre les traces laissées par la magie. Peut-être que cela me donnera une piste à explorer, un angle d'attaque. J'entends bien examiner les lieux où les enfants ont entendu les cris étranges. Quant à Connor, il est expert en infiltration, il sera capable de dire si votre château a une faille. Nous pourrons alors savoir un peu mieux avec ça si vos faits sont dus à des sorciers ou simplement dus à une faiblesse dans vos défenses.

— Ma foi comme je l'ai dit, je vais vous laisser travailler, car en ce qui concerne les « traces » de la magie, j'ai peur de ne rien comprendre. Et je ne dispose de personnes parmi mes proches capable de vous épauler. Et au vu de la situation, si j'avais une telle personne dans mon entourage, il serait évidemment le premier suspect.

Ils discutèrent encore tout le long du repas de détails sur la guerre, puis quand vint le dessert, ils se laissèrent aller à des sujets plus plaisants.

- Sanya, lança Kari, tu ne nous as jamais raconté comment tu as rencontré ton mari.

- En effet. C'est une longue histoire. Pour faire court, nous nous sommes rencontrés lors de ma visite au roi Roald. Je revenais quand mon escorte et moi nous sommes faits attaquer. Mes hommes sont morts et je fus grièvement blessée. Connor m'a trouvé, il m'a soigné et si je suis en vie, c'est grâce à lui. Ensuite, j'ai décelé son potentiel de Maître des Ombres, je l'ai donc invité à me suivre. Ça n'a d'ailleurs pas été trop compliqué de le convaincre. Le reste c'est fait tout seul, nous sommes rapidement tombés amoureux. Mais vous savez tous deux comment vont les affaires à la cour, me marier avec lui aurait évidemment posé d'énormes problèmes, d'autant plus que mes conseillers m'avaient déjà trouvé des prétendants. Nous avons donc gardé notre relation secrète, jusqu'à ce que je fasse du ménage parmi mes conseillers, à mon retour de Castel-noir. À partir de là, Connor et moi nous sommes affichés. Puis nous nous sommes mariés, après le coup d'État fomenté par Kalim. On s'est dit que notre mariage pouvait nous éviter d'autres ennuis de ce genre.

Aldaron sembla un moment mal à l'aise.

- Oui, vous m'avez parlé de ce qu'a fait Kalim, je comprends votre décision après de tels évènements. Et j'ai entendu parler de cette... affaire, à Castel-noir. Je compatis sincèrement à ce qui vous est arrivé là-bas.

- Je vous en suis reconnaissante, mais en toute sincérité, toutes les compassions du monde ne changeront rien à ce que j'ai subi. Je ne vous cache pas que cela m'a marqué très profondément, et je crains de ne jamais vraiment guérir. Le seul point positif est que ça a changé ma vision du monde. J'ai pris conscience que ma vie tenait à un fils, et que le plus important pour moi n'était pas ce que pensaient mes conseillers, mais ce que je voulais moi. Et je voulais Connor. Quand je suis sortie de cet enfer, plus rien d'autre n'avait d'importance que lui. Les traditions, les arrangements, je m'en fichais éperdument.

— Vous avez bien raison ! J'aimerais dire que ma femme et moi avons connu un amour aussi florissant.

Voyant le regard surpris de Connor, les deux époux éclatèrent de rire.

Prenant la main de son mari, Kari expliqua :

— Mon père m'a marié jeune à Aldaron, deux ans avant qu'il ne meure. Je ne l'avais jamais vu, je ne le connaissais pas, et en réalité, je vivais un très bel amour avec un jeune homme du château. J'étais furieuse, désespérée, et effrayée. Mais je n'ai pas eu le courage de fuir. Il faut dire que je n'avais pas vraiment les moyens d'échapper à mon père le roi. Quand le mariage fut célébré, je détestais Aldaron pour m'avoir empêché de vivre avec l'homme que j'aimais en ce temps-là. Il n'a jamais été dur avec moi, il ne m'en a jamais voulu. Avec le recul, je peux dire que j'ai énormément de chance d'être tombée sur un homme aussi patient et doux. Je ne me sentais pas bien ici, à Dryll, et encore moins en sa présence. Je lui en ai fait voir de toutes les couleurs, je dois bien avouer que j'ai été une femme extrêmement difficile à supporter. Je passe les détails sur ce que je lui ai fait subir. Pourtant il n'a jamais cessé de faire preuve d'une grande gentillesse sincère. Avec énormément de patience, il m'a appris à aimer ce pays et sa culture. Il lui a fallu deux ans pour gagner mon affection.

— Et un an de plus pour gagner son cœur ! compléta le roi.

— À partir de là, nous sommes devenus très proches et complices. J'en suis tombée follement amoureuse, et pour la première fois, j'ai remercié mon imbécile et cruel de père. Je ne pouvais pas rêver meilleur mari. Mais même encore maintenant, je ne comprends pas comment il a eu la force de me supporter et surtout de me rester fidèle après tout ce que je lui ai fait.

— J'ai vu en toi une femme désespérée et apeurée. Je savais que tu ne m'aimais pas, mais moi tu m'avais fait beaucoup d'effet à notre rencontre. J'ai voulu faire ton bonheur.

— Et tu as réussi.

Connor songea que Sanya lui en avait fait voir de belles aussi, mais il se retint de justesse de le dire.

— En revanche, je me désole des relations qu'entretient le roi Roald et sa femme, ajouta Aldaron. Sa femme le déteste et affiche en permanence un air soumis et docile tellement ironique que c'en est pire que la haine elle-même.

- Mon ami, je ne critique pas Roald, il est un très bon roi, mais ses devoirs conjugaux le laissent de marbre, rétorqua Sanya. Les deux sont fautifs si leurs relations sont aussi belliqueuses. Le roi a ses responsabilités, il délaisse sa femme, ne lui a jamais accordé la moindre attention hormis celle de lui donner un enfant, et prenait maîtresse ouvertement. Il n'a jamais considéré sa femme mieux qu'une servante.

- Quand on voit un peu le fichu caractère qu'elle a, on comprend qu'il ne veuille pas d'elle.

- Ça, c'est sûr. Je ne cautionne pas ce que Roald fait, même s'il n'a jamais levé la main sur sa femme, s'il ne l'a jamais malmené. Mais de ce que j'ai cru comprendre, c'est qu'au début de leur relation, il était plein de bonnes intentions, et elle lui aurait fait les pires mesquineries. À partir de là, tout a foutu le camp. Je ne sais pas où est le vrai du faux, aussi je ne prends pas parti, mais à mes yeux, aucun des deux n'est tout blanc dans ce qui leur arrive.

Kari éclata de rire.

- Avez-vous fini de jouer les vieilles commères, et pouvons-nous prendre le dessert ?

Quand le repas fut terminé, les deux couples regagnèrent leur chambre après s'être salués chaleureusement. En chemin, Sanya arrêta Connor par le bras.

- Tu entends ?

Le jeune homme s'arrêta et saisit sa dague. Des pas légers, derrière eux, comme si on les suivait. Mais quand ils se retournèrent, ils ne virent personne. Pourtant, il y avait une présence, ils pouvaient le sentir. Sans un bruit, Connor s'avança vers l'intersection, prêt à dégainer. Il inspira à fond, laissa l'Onde l'envahir, et jaillit dans le couloir.

Un petit garçon poussa un cri de surprise et tomba sur les fesses. Sanya accourut aussitôt.

- Jihmy ! C'est bon Connor, je le connais.

Apeuré, l'enfant se rua dans les bras de la reine.

- Doucement, mon chéri, ce n'est rien.

- Il voulait me tuer !

- Mais non ! Mais tu sais qu'il se passe des choses très bizarre et dangereuse ici. Il ne faut pas que tu t'amuses à suivre les gens comme ça. Tu nous as fait très peur.

- Désolé...

- Ce n'est rien. Allez, file vite retrouver ta mère ! Et ne traîne pas dans les couloirs, surtout tout seul.

Sanya embrassa ses cheveux et le laissa partir.

- Un de mes admirateurs secrets, souffla-t-elle à Connor en lui prenant le bras. C'est le jeune fils de Kari et Aldaron. Il ne cesse de m'espionner pour me regarder, et ce à chaque fois que je viens. Ne t'en fais pas, il ne pense pas à mal.

- Je sais très bien ce que les enfants ont dans la tête à cet âge-là, s'amusa Connor.

Ils regagnèrent leur chambre en silence, et malgré le nombre important de gardes, le Maître des Ombres ne relâcha pas une seule fois sa vigilance.

13

- Allez-vous-en, je ne suis pas un fou ! cria le gamin derrière la porte de sa chambre.

Sanya soupira. La mère du garçon leva les bras au ciel en signe d'impuissance.

- Il est persuadé que personne ne va le croire, expliqua-t-elle.
- Pour quelle raison ?
- Au départ, quand tout a commencé, le roi, comme beaucoup d'entre nous, ne croyait pas aux histoires que l'on racontait. Quand mon fils m'a dit entendre des voix, j'ai cru qu'il se fichait de moi, encore une fois. Depuis, il est persuadé que je le crois fou.

La reine hocha la tête. Elle se trouvait dans les quartiers des domestiques depuis le matin, et elle n'avait pas appris grand-chose de neuf. Tous disaient la même chose : ils sentaient comme une présence hostile, mais ne voyaient jamais personne, ils entendaient parfois des bruits étranges dans les couloirs, et les cadavres qu'on avait trouvés étaient tous aussi bizarres. Sanya était décidée à inspecter les couloirs à la recherche des traces de magie, quand elle s'était souvenue du garçon ayant entendu les cris.

- Je ne vais pas te faire interner, lança la jeune femme d'une voix douce. Je suis ici pour enquêter sur ce qui se passe au château. La situation est véritablement dangereuse, et j'ai besoin de ton aide. Tu sais des choses qui vont m'aider à établir ce qui se trame ici. Je te crois, sois-en sûr, mais si tu refuses de m'aider, alors tu auras une part de responsabilité si les choses tournent mal.

Une longue minute s'écoula, puis la porte s'ouvrit doucement. Un garçon apparut, assez petit pour son âge, ses cheveux en batailles et ses yeux noisette tentant d'intimider la reine.

- Tu es un brave homme. Comment t'appelles-tu ?
- Henri.
- Eh bien Henri, si tu me racontais ce que tu sais ?

Le garçon hésita.

- Je jouais dans les couloirs. Je me cachais en fait, parce que je ne voulais pas faire mes corvées. J'étais dans une aile du château que l'on emprunte peu, il y a quelques pièces qu'on utilise plus. Le roi les a faites condamner, d'après ce que je sais, c'était d'anciennes salles de torture, et le roi n'a pas encore fait le ménage. J'attendais sans un bruit, quand dans une des pièces, j'ai entendu un cri terrible, comme si, comme si...

Il blêmit. Sanya posa une main sur son épaule.

- Des hurlements de spectre, des hurlements venus d'un autre monde, d'un monde démoniaque. J'ai vu un peu de lumière, j'ai fermé les yeux, et quand je les ai rouverts, il n'y avait plus rien. Plus de lumière, plus de cris. Je n'ai pas osé ouvrir la porte, je me suis enfui, j'ai prévenu ma mère. Des gardes ont fouillé la pièce et n'ont rien trouvé. Du coup, ils ont dit que j'avais inventé ça pour faire peur à mes camarades.

La reine lui caressa les cheveux.

- Je te crois, sois sans crainte, et je vais étudier un peu cette pièce pour essayer de comprendre ce qui s'est passé. Tu veux bien m'y amener ?

Le garçon blêmit de peur.

- Tu n'auras pas à m'accompagner à l'intérieur, je veux juste que tu me montres où est cette pièce. Ensuite, tu reviendras ici.
- Mais si... si on se faisait attaquer ?
- Alors je te protégerai.

Il hocha la tête, toujours aussi blanc. La mère se pencha à l'oreille de la reine :

- Majesté, pensez-vous que cela puisse être possible ?

Bien qu'elle semblât croire son fils, visiblement une part en elle voulait qu'il eût tort.

- Pour moi, il n'invente rien. Reste à savoir maintenant ce qu'il a véritablement entendu.

Prenant Sanya par le bras, le gamin l'entraîna avec lui dans les couloirs du château, talonné par les gardes chargés de veiller sur la reine en l'absence de son mari.

Ils débarquèrent dans une aile du château que la jeune femme n'avait jamais visité. Personne ne devait y passer, car la poussière et les toiles d'araignée étaient légion. On y avait entassé des malles, des caisses en bois et des objets sans aucune valeur dont on ne savait plus quoi faire. L'atmosphère y était lugubre, comme si les murs n'avaient jamais oublié ce qui s'était passé ici. Les portes se voyaient à peine sous cette couche de poussière, et certaines étaient condamnées par des empilements de malles.

- C'est celle-là, au fond à gauche, souffla le garçon. Je peux m'en aller ?

- Oui, va. Merci de ton aide.

Sanya laissa filer son guide, et posant une main sur sa dague, elle s'approcha de la porte en question avec son escorte.

- C'était une salle de torture ? demanda-t-elle.

- Oui, répondit un des gardes. Le roi a jeté toutes les armes et machines que ces salles contenaient, et il a fermé l'aile du château il y a de ça des années.

- Pourquoi ?

- On raconte que beaucoup de choses horribles ont été à l'œuvre ici. Le roi a tenté de réaménager ces salles, mais... eh bien je suppose que vous devriez entrer pour comprendre que c'était impossible.

- Savez-vous s'il y un quelconque passage menant ici ?

- Un passage secret vous voulez dire ? Pas à ma connaissance. Si quelqu'un doit savoir, c'est notre roi. Après, que cela reste entre nous, mais ls enfants sont souvent des mines d'or d'informations, peut-être savent-ils des choses, dans le cas où certains passages auraient été oubliés.

Sanya sourit. L'homme n'était pas un imbécile. L'emplacement des passages secrets se transmettait par voie orale, des monarques à leurs héritiers, pour que leur utilisation reste exclusive à la couronne et surtout pour que l'information ne fuite jamais. Mais les enfants, durant leur temps libre, fouillaient généralement les moindres recoins durant leurs jeux, et se faufilaient un peu partout. Si certains passages s'étaient perdus avec le temps, peut-être les avaient-ils retrouvés.

- Majesté, nous allons passer devant vous, nous assurer que la voix est libre.

- Attendez que je vérifie qu'aucun sort de protection n'est en place.

Fermant les yeux, Sanya laissa ses sens magiques parcourir la pièce, mais elle ne décela aucune protection. Elle hocha la tête en direction des soldats.

Tirant leurs épées, les deux gardes ouvrirent la porte avec précaution et entrèrent dans la pièce. Ils l'inspectèrent de fond en comble, prêts à réagir au moindre signe de danger. Sanya attendit à l'extérieur, son cœur battant sourdement à l'idée que quelque chose puisse se passer. La peur la tenaillait.

- Il n'y a rien Majesté.

La reine entra à son tour, ne rengainant pas sa dague pour autant. Elle comprit alors pourquoi ces salles de tortures ne pouvaient pas être réaménagées. Il y avait des meubles, des tables, des commodes, montrant les efforts du roi pour arranger les choses, mais rien ne pouvait cacher le mal qui avait été fait ici.

Les murs étaient couverts de taches de sang, des os et des crânes étaient même encastrés à l'intérieur, si profondément qu'il était impossible de les enlever. On voyait encore les trous laissés par les machines accrochées au mur. Et puis il y avait cette odeur de mort et de peur qui malgré les années, ne partirait jamais. Sanya pouvait presque entendre les cris d'agonie des victimes, les craquements sinistres de leurs membres. De la magie avait été à l'œuvre, et elle avait laissé une marque dans cette pièce qu'il était impossible de nettoyer.

L'absence de lumière n'arrangeait pas les choses, et même sans imagination, il était facile de voir les fantômes des suppliciés. Sanya en eut la chair de poule. Elle se mit alors à trembler violemment, des souvenirs l'assaillirent en masse et elle poussa un gémissement effrayé. Ses jambes vacillèrent quand la pièce cessa d'exister pour devenir un cachot humide, froid et sombre. Elle entendit le ricanement d'hommes, puis le son métallique d'instruments de torture.

La reine poussa un cri et son dos percuta le mur.

- Majesté ? s'alarmèrent les gardes en se ruant vers elle.
- Éloignez-vous ! Ne m'approchez pas ! Ça va aller...
- Mais vous...
- Écartez-vous, je vous dis ! Il me faut un peu de temps... s'il

vous plaît, ne me touchez sous aucun prétexte.

Tandis que la reine luttait contre ses souvenirs, les deux gardes s'éloignèrent et rangèrent leurs armes. Ils avaient entendu parler de l'enlèvement de la jeune femme, et ils se doutaient que revenir dans une salle de torture ne devait pas être facile pour elle.

Tremblante, Sanya inspira à fond pour se calmer. Elle n'était plus là-bas, ce temps-là était révolu. Il ne lui arriverait rien. Elle devait se montrer plus forte que ses souvenirs.

Quand elle eut enfin repris le contrôle d'elle-même, elle jeta un regard sincèrement désolé à ses gardes du corps.

- Pardonnez-moi.
- Ce n'est rien votre Majesté.

Tenant toujours sa dague, la jeune femme inspecta la pièce, laissant libre cours à ses sens magiques. Elle passa sa main au-dessus des murs et des objets, concentrée au maximum. Un examen banal qui lui demandait beaucoup d'effort depuis qu'on l'avait bannie.

- Sentez-vous quelque chose ?
- C'est très difficile à dire. Il y a eu de la magie pour torturer il y a très longtemps, et cette trace doit masquer l'autre...

Elle continua son inspection sans un mot. Elle avait du mal à démêler les traces de magie qu'elle sentait et n'arrivait pas à déterminer si l'une d'elles était récente. Les sorts de torture avaient dû être si monstrueux et si fréquents qu'on ne sentait qu'eux. Si un sorcier était à l'œuvre, il avait très bien choisi la salle où lancer ses sorts. La magie qui imprégnait les lieux brouillait les pistes.

Mais Sanya ne se ferait pas berner par un sorcier, un mortel de surcroît. Elle était une déesse, et la magie n'avait aucun secret pour elle. Elle parviendrait à déceler quelque chose...

- Là !

Elle s'arrêta soudain et toucha le mur.

- Je sens une magie récente, juste là.
- Celle responsable des cris qu'a entendus le garçon ?
- Je ne saurai le dire. Je crois que nous avons affaire à un sorcier remarquablement puissant. Je n'arrive pas à identifier le sort à l'œuvre. Mais il s'est passé quelque chose ici, c'est certain. Il y a peu de temps. Un sortilège extrêmement puissant.

Elle sentit alors un souffle dans sa nuque et fit volte-face en brandissant sa lame. Elle ne vit rien.

- Majesté ?
- Vous ne sentez rien ?
- Sentir quoi ?

La jeune femme eut un frisson qu'elle n'expliquait pas. Puis elle sentit de nouveau un souffle d'air frôler ses côtes. Elle abattit sa lame, mais ne rencontra que le vide. Quel était ce phénomène ? Elle ressentait comme une présence, pourtant il n'y avait personne. Une cruche laissée à l'abandon sur une table tomba alors, faisant bondir la reine et les deux soldats.

- C'était quoi ? s'écria l'un d'eux.
- Je l'ignore. Mais il y a quelqu'un ou quelque chose ici. Je sens une présence. Comme...

Elle se rappela alors sa sensation d'être épiée, quand Kalim la faisait surveiller. On n'avait jamais retrouvé le mage qui le servait.

Ludmila.

C'était forcément elle. Depuis son bannissement, Sanya n'avait jamais rencontré de mage aussi puissant qu'elle. Pour faire ce qu'elle avait fait, à Sohen, cette femme devait être un véritable prodige de la magie. Et aux vues de la trace qu'elle venait de trouver, Sanya se doutait que seul un mage particulièrement puissant pouvait en être responsable. Et de tous les mages qu'elle connaissait, Ludmila était la meilleure.

Cela n'aidait pas beaucoup Sanya. Ludmila représentait un danger terrible. Elle pouvait tout faire basculer. Et si elle travaillait pour Eroll, elle en devenait encore plus dangereuse.

- J'espère tellement me tromper, souffla la reine.
- Plaît-il, votre Majesté ?
- Rien. Je dois voir Connor, lança-t-elle en quittant la pièce. C'est très important. Je ne sais pas ce qui est à l'œuvre ici, et je ne sais pas encore comment lutter, mais je crois avoir deviné qui est le responsable, et croyez-moi, cette femme est redoutable. Vous (elle pointa du doigt l'un des garde), faites poster ici plusieurs hommes sur le champ.
- Bien Majesté.

Elle se mit alors à la recherche de son mari d'un pas précipité.

*

Ludmila chevauchait à une allure soutenue, regardant droit

devant elle sans daigner admirer les paysages qui s'offraient à elle. Elle n'avait pas le temps pour ça, et de toute façon, ça ne l'intéressait pas. Quitte à voyager à cheval, autant en profiter pour réfléchir. Son esprit était en constante ébullition, chaque chose qu'elle voyait, sans vraiment leur accorder de grande attention, restait gravée dans sa mémoire. Chaque son, chaque sensation, tout était stocké dans sa tête, elle pouvait y accéder à tout instant. Aussi réfléchissait-elle presque en continu, en prenant en compte tout ce qu'elle avait vu, entendu ou senti, que ce soit pour élaborer des stratégies, ou pour sa recherche personnelle. Elle avait toujours quelque chose à penser, un plan quelconque qui ne lui semblait pas parfait et qu'elle voulait peaufiner, une idée qui germait et qu'elle voulait développer, ou tout simplement la création d'un sort ou l'amélioration d'un.

Autant d'informations complexes circulant en continu dans un esprit humain, ça aurait pu rendre fou n'importe qui. Mais Ludmila n'était pas n'importe qui. On disait d'elle qu'elle était un génie de la magie. Or c'était faux.

La jeune femme était un génie en tout.

Elle l'avait appris à ses dépens, pour le meilleur et pour le pire, et elle devait faire avec. Penser à ce qu'aurait pu être sa vie sans ce don – ou cette malédiction – ne l'aurait pas avancé, bien au contraire. Aussi se contentait-elle d'accepter son sort et d'exercer ce qu'elle savait faire de mieux.

La magie.

Et s'il y avait bien une chose qu'elle détestait, c'était qu'on la dérange pendant son travail. Le général qui l'avait fait convoquer, à des jours de cheval d'ici, était soit trop stupide soit trop sûr de lui pour comprendre qu'il risquait gros à l'arracher à son travail de cette façon. C'était tout ce qui lui restait, la seule chose qu'elle pouvait faire, et cet idiot l'en empêchait.

En pensant à lui, Ludmila s'enflamma. Elle aurait dû continuer de penser à Sanya et Connor. La présence de ces deux-là allait lui compliquer la tâche, et elle devait accomplir sa mission quoiqu'il arrive. Il fallait donc qu'elle trouve le moyen soit de les éliminer, soit de passer outre leurs compétences. Dans un cas comme dans l'autre, elle réussirait, mais pas si on la dérangeait sans arrêt !

Quand Ludmila arriva finalement au point de rendez-vous, un immense menhir dans la forêt, cinq soldats attendaient déjà, attroupés autour d'un petit feu de camp, essayant de se réchauffer comme ils pouvaient. Leurs chevaux étaient attachés à des arbres, broutant le peu d'herbes qu'il restait depuis les premières chutes de neige.

Un des hommes la vit arriver, se redressa et bomba le torse :

- Enfin te voilà ! Ton roi m'avait prévenu que tu pouvais être du genre lente, mais tu n'as pas honte ? Six heures qu'on t'attend à se peler les miches !

Les autres soldats se levèrent en hochant la tête. Ignorant leurs regards furibonds, Ludmila prit le temps de descendre de cheval et de les observer. Au vu des galons sur leurs uniformes, il y avait un général et quatre soldats de première classe.

- Je ne suis pas à ta disposition, lança-t-elle. Tu es Grégor, celui qui m'a demandé ? Que me veux-tu ? Et sois rapide.

- Général Grégor ! Tu ferais mieux de me montrer un peu plus de respect, sale sorcière. Ton roi obéit à mon empereur, ce qui veut dire que de nous deux, c'est moi qui détiens le plus de pouvoir sur l'autre.

Ludmila eut un sourire carnassier qui fit frissonner les soldats.

Il était vrai que conformément aux plans de Kalim, Conrag, son successeur, devait s'allier à Eroll. Dans l'unique but de laisser Eroll faire le plus gros de la guerre, puis de le trahir et de récupérer l'ensemble des royaumes du continent. Une fois cela fait, Eroll ne serait pas assez puissant pour s'opposer à l'empire de Teyrn

Voyant que la jeune femme n'était pas disposée à prendre la parole, et qu'elle aurait pu passer la journée à le fixer intensément comme elle le faisait, le général se décida à aller de l'avant :

- Tu es censée nous communiquer des rapports chaque semaine. Tu dois nous faire part de ton travail, succès comme échec.

Ludmila ne bronchait toujours pas, se bornant à le dévisager. Grégor se sentit mal à l'aise. Elle faisait une bonne tête de moi que lui, elle était menue au point qu'il aurait pu la briser facilement à main nue, pourtant elle ne semblait pas s'inquiéter, et le regardait comme si elle cherchait le meilleur moyen de le tuer.

Il déglutit. Quand Conrag avait mis son mage au service de l'empire, pour aider à faire tomber Dryll, il les avait prévenus qu'elle était étrange. Une femme qui parlait peu et qui vous fixait comme si elle lisait en vous. Elle semblait toujours être ailleurs, dans des pensées que personne ne pouvait comprendre. Elle était d'un calme troublant, mais sans aucune raison connue, elle pouvait vriller, entrer dans une colère noire et tuer tous ceux en face d'elle. Le roi l'avait prévenu qu'on pouvait aisément penser qu'elle avait un problème mental, mais qu'il ne fallait surtout pas se laisser berner. Cette femme était un génie, personne ne pouvait comprendre son esprit. Aussi fallait-il faire avec, et malgré le fait qu'elle obéirait, il ne fallait pas trop la contrarier.

Mais Grégor avait du mal à y croire. Encore une combine pour maintenir en continu une menace palpable.

- Vu que tu n'es pas décidée à parler, je vais aller droit au but et te rappeler les règles. Tu dois nous fournir un rapport détaillé de tes opérations chaque semaine. De plus, d'après nos renseignements, il est fort probable que la reine Sanya et son époux Connor soient présents, ou vont arriver au château. Cela nous compliquera la tâche, aussi nous nous attendons à ce que tu te charges aussi de leur problème. L'empereur veut que les opérations se passent comme prévu, mais si tu pouvais en plus t'occuper d'eux, ce serait un véritable bonus et tu serais récompensée.

- Je me fiche des récompenses. Et ils sont déjà là.

Le général faillit s'étrangler.

- Comment ?! Un évènement de cette taille, et tu n'es pas fichue de nous en informer ?!

- Ce n'est pas mon rôle.

À bout, Grégor saisit le col de Ludmila.

- Espèce de sale sorcière, ne t'avise pas de tout faire planter ! Tu dois nous renseigner, tu dois nous aider à prendre le château !

- C'est ce que je fais, mais vous me dérangez sans arrêt.

Visiblement, être hissée sur la pointe des pieds, collée à un général en fureur ne semblait pas la perturber.

- Comment as-tu pu juger qu'il n'était pas nécessaire de nous prévenir ?!

- Ils sont là pour contrer mes plans. C'est donc mon problème. Ce qui vous importe, à vous et votre empereur, ce sont les résultats. Les résultats seront là comme convenu, vous aurez vos infos pour prendre le château. La façon dont je m'y prends et les problèmes que je rencontre ne regardent que moi. Je vous informerai de mes problèmes quand je jugerai que cela sera utile.

- Tu n'as pas à juger ! Tu nous transmets chaque information, un point c'est tout ! Tout ce qui n'était pas prévu au programme, que tu le gères ou non, je m'en fiche. Tu dois nous tenir informer ! Est-ce que c'est clair ?

- Si tu me laissais travailler, j'aurais réglé ce problème, et tu n'aurais pas su qu'il y en avait un.

Le général laissa libre cours à sa fureur. Jetant la jeune femme au sol, il s'apprêtait à venir lui flanquer une correction, quand elle se redressa. Alors qu'il levait une main pour la remettre à terre, elle toucha sa poitrine du doigt.

Aussitôt il se cambra, incapable de pousser un cri. Il resta un moment tétanisé, du sang coulant le long de sa bouche. Puis il s'écroula.

Les autres soldats étouffèrent un cri d'horreur. L'un d'eux se rua vers Grégor pour prendre son pouls. Il fixa avec stupeur Ludmila.

- Il est mort.
- Évidemment. Quand tous ses organes explosent, personne ne peut survivre.
- Quoi ?!

Les soldats dégainèrent leurs armes, mais reculèrent de peur. Ludmila les regarda sans broncher.

- Vous direz à son successeur que je ne veux pas être dérangée pour des broutilles. Laissez-moi travailler. Ma mission est de vous donner des informations et saper les défenses pour que vous puissiez prendre le château, le reste ne fait pas partie de notre accord. La présence de Sanya et Connor gêne mes plans, pas les vôtres, c'est mon problème, que je réglerai à ma façon. Tant que les résultats finaux sont là, tout ce qu'il y autour, c'est mon affaire, je vous en informerai quand je le jurerai utile, car je n'ai aucun ordre me dictant de vous informer des faits et gestes de ces deux-là. N'interférez plus dans mon travail, je vous fournirai mes rapports quand j'aurai le temps, est-ce que c'est clair ?

Les soldats hochèrent la tête, tremblant.

- Bien. Ramenez cette dépouille pour que son successeur ne commette plus les mêmes erreurs.

14

Connor soupira d'agacement.
- Qui a-t-il ? demanda un des soldats.
- Trouver une faille dans vos défenses nous aurait bien arrangés, car nous aurions pu y remédier, mais je ne trouve rien. En tant que Maître des Ombres, j'aurais pu m'infiltrer, mais je ne vois pas comment un groupe de bandits aurait pu entrer.
- Vous n'avez pas encore inspecté tout le château.
- Certes, mais j'ai du mal à croire qu'ils aient pu s'infiltrer sous votre nez.
- Peut-être ont-ils fait preuve d'une grande habileté.
- Je ne crois pas. Il y en aurait eu qu'un, je dirais pourquoi pas, mais là ils étaient une dizaine, il n'y a eu aucun mort de sentinelle, et vu comme vos défenses sont efficaces, il est impossible pour eux d'avoir pu franchir vos lignes.
- Un passage secret ?
- Je n'en ai vu aucun, mais peut-être les domestiques savent-ils quelque chose. Il est temps d'aller les voir.

Le soldat sur les talons, le Maître des Ombres se rendit jusqu'au quartier des domestiques. Il interrogea tous ceux qu'il put, mais aucun ne put lui fournir les réponses qu'ils attendaient. Quelques gamins lui apprirent l'existence de recoins secrets, mais après les avoir explorés, Connor en avait conclu que les assassins et les bandits n'avaient pas pu s'infiltrer par là.

Il ne lui restait donc qu'à reprendre son inspection du château...

Il n'avait pas encore croisé Sanya, aussi ne savait-il pas si elle avait découvert quelque chose de son côté, mais pour le jeune homme, il était plus plausible que tout ceci soit lié à la magie. Enfin, peut-être allait-il un peu trop vite en besogne, il pouvait tout à fait trouver une brèche inconnue des gardes.

Il allait donc falloir continuer son exploration et ne jamais relâcher sa vigilance. Autant de phénomènes inexpliqués, il y avait un but derrière tout ça. Lorsque le responsable comprendrait que des personnes tentaient de le démasquer, ou il se terrerait davantage ou il montrerait les crocs. Dans les deux cas, la prudence était de mise.

Alors que le garde et lui tournaient les talons pour quitter l'un des recoins secrets, ils tombèrent nez à nez avec deux hommes des plus étranges. Très pâles, ils portaient un capuchon qui cachait leur visage. Surpris, les soldats tirèrent leurs épées. Comment avaient-ils pu se faire avoir par-derrière, et comment ces hommes étaient-ils rentrés ? C'était impossible !

Connor comprit immédiatement, et son sang se glaça dans ses veines. Des Maîtres des Ombres crées. Ludmila. Un ennemi qui lui avait déjà filé entre les doigts.

- N'attaquez pas, lança le jeune homme au soldat, ils vous tueraient. Laissez-moi faire.

Sans attendre confirmation, il tira ses dagues et se précipita vers les deux assassins. Ces derniers répliquèrent avec une rapidité surprenante. Les lames virevoltaient en tous sens, mais aucun des adversaires ne cédait une once de terrain. Le Maître des Ombres redoubla d'efforts pour vaincre ces démons, mais il ne parvint à toucher ses cibles qui se décalaient souplement avant que les lames ne les atteignent.

Ces choses étaient plus puissantes que lui, Connor fut alors blessé au bras et au flanc. Serrant les dents, il observa attentivement ses adversaires. Ils ne bougeaient plus, l'observant en retour. L'un d'eux ouvrit alors la bouche :

- Fichez le camp, ou la mort vous emportera.

Et avant que Connor ait pu réaliser ce qui se passait réellement, ils prirent la fuite.

Le Maître des Ombres resta quelques secondes stupéfait, avant de se lancer à la poursuite de ses deux agresseurs. Il courut à en perdre haleine, bousculant gardes et domestiques, mais alors qu'il tournait dans un couloir, il constata que les deux hommes avaient disparu.

- Quoi ?! C'est impossible !

Fou de rage, il s'apprêtait à repartir quand Sanya déboula devant lui.

- Connor, tu vas bien ?
- Deux faux Maîtres des Ombres se sont infiltrés, je viens de les perdre !
- Suis-moi, je sais où ils vont aller !

Prenant la main de son mari, Sanya le tira à sa suite jusqu'aux anciennes salles de torture. Car c'était forcément ici que tout allait se jouer. Les gens poussèrent des cris surpris à leur passage, mais aucun ne tenta de leur barrer la route, et plusieurs soldats leur emboîtèrent le pas.

Ils débouchèrent alors devant les portes des salles de tortures, et Sanya resta incrédule en découvrant que les deux gardes n'avaient même pas tiré leurs épées.

- Vous n'avez vu personne ? s'étonna-t-elle.
- Non, Majesté. Personne n'est venu. Que se passe-t-il ?

La jeune femme ouvrit précipitamment la porte et entra en trombe dans la salle. Elle était aussi vide que lorsqu'elle l'avait quittée.

- Mais je...
- Sanya, à quoi tu penses ? Bon sang, j'ai laissé ces choses me filer ente les mains ! Mais je ne comprends pas, elles m'ont averti… et se sont enfuies.
- Comment ça ?

Tous deux encore sous le choc de leurs découvertes, ils ne surent par où commencer.

- Je suis tombé sur deux hommes, se lança alors Connor. Des hommes semblables au démon qui t'a attaqué à Sohen quand Kalim était là, tu te souviens ?
- Comment pourrais-je oublier ? Ces sortes de faux Maîtres des Ombres crées par son mage ?
- Oui. Je suis sûr de ce que j'ai vu, c'était bien ces monstres-là. Je les ai attaqués, ils se sont défendus et ensuite… Ils m'ont simplement dit de partir ou je mourrai, et ils ont filé ! Ils m'ont épargné, c'est impensable. Et je les ai laissé filer, je n'arrive pas à y croire ! Ludmila doit être dans le coup.

- Elle l'est.

Sanya se massa les tempes.

- En inspectant cette pièce, j'ai senti que de la magie avait été utilisée récemment. Et sitôt après, j'ai senti une présence tout près de moi, exactement comme quand Ludmila m'a faite espionner. Quand tu m'as dit que deux hommes t'avaient attaqué, j'ai pensé qu'ils viendraient ici, que c'était peut-être ici qu'ils entraient dans le château, mais visiblement non. Ou alors ils sortent ailleurs. Je ne sais pas ce qui se passe, je ne comprends pas.

- Moi non plus, mais une chose est sûre : Ludmila est responsable de tout ça, et elle se sert de ses créations pour nous attaquer. C'est peut-être grâce aux compétences des Maîtres des Ombres que les assassins se glissent ici, mais je ne vois pas comment ils auraient pu tout bonnement disparaître ! Ni les bandits, qui d'après les descriptions, n'étaient pas des faux Maîtres des Ombres.

- Ludmila maîtrise toutes sortes de magie, elle est extrêmement puissante. Il faut trouver comment elle fait rentrer ces hommes ici, et surtout, il faut trouver un moyen de l'empêcher de continuer. Je pensais que cette pièce était un indice, mais les assassins ne se sont pas enfuis par là.

Connor posa une main sur son épaule.

- Essaye d'en apprendre plus sur la magie à l'œuvre dans cette pièce, moi je vais tenter de retrouver la trace de nos amis. Et de cette sorcière. Nul doute qu'elle travaille à présent pour Eroll, et avec le siège qui s'annonce, nous n'avons pas besoin d'avoir des assassins qui s'infiltrent ici. Je vais continuer de chercher une faille dans la défense, quant à toi, cherche toutes les traces de magie que tu pourras. Tu réussiras sûrement à comprendre ce qu'elle mijote.

- Je l'espère. Avant de nous séparer, il nous faut informer Aldaron de ce que nous avons découvert. Nous ne pouvons pas nous permettre d'attendre, si ces créatures reviennent, elles pourraient causer bien des soucis, il doit savoir.

Elle se rapprocha de son mari, pour que lui seul puisse l'entendre :

- Il faudrait également qu'il nous révèle l'emplacement des passages secrets, afin que nous les fouillions.

Le jeune homme hocha la tête.

- Tu as raison. On va chercher le roi ?

- Oui. (Sanya se tourna vers les gardes) Savez-vous où se trouve le roi à cet instant ?

- Vu l'heure, il est en séance de doléance. Il ne serait pas bon de...

- Conduisez-nous à lui.

L'homme se tapa la poitrine du poing, capitulant. Tandis qu'ils marchaient en silence, Connor glissa à l'oreille de sa femme :

- Ces créatures m'ont épargné. Enfin, pour être plus exact, elles n'ont même pas cherché à me tuer. Elles m'ont simplement dit de partir ou je mourrais. Je ne comprends pas. D'habitude, Ludmila ne se faisait pas prier pour tenter des attaques contre nous.

- Je ne sais pas. La seule chose de sûre, c'est que Conrag et Eroll sont de mèche, pour l'instant. Donc Ludmila œuvre aussi pour Eroll. Du coup, ses ordres sont peut-être bien différents.

Le garde escorta le couple jusqu'à la salle du trône, où il leur demanda d'attendre dans l'antichambre. Il revint quelques instants plus tard avec un homme aux cheveux gros portant une longue toge, visiblement très mécontent d'être dérangé de la sorte.

- C'est pourquoi ? grogna-t-il.

- Un peu de sympathie ne vous feriez pas de mal, soupira Sanya.

Un léger tic anima la lèvre inférieure de l'homme. Il se racla la gorge.

- Je suis Haris, ministre du roi. Que puis-je pour vous Majesté ? On vient de me dire que vous souhaiteriez vous entretenir avec le roi.

- C'est exact.

Le ministre haussa un sourcil, mais ne répliqua rien, tenant le silence ce qui agaça hautement Sanya.

- Bien, je reformule puisque visiblement ce n'est pas clair. Je dois voir le roi, immédiatement !

- C'est impossible ma Dame.

- Impossible ou pas, il le faudra bien.

- Il est en séance de doléance, on n'interrompt pas des séances comme ça ! Ce sont des affaires très graves qui se disent actuellement, le roi ne peut pas ignorer ça.

La reine soupira, de plus en plus énervée.

- Est-ce l'âge qui vous rend sénile ? Important ou pas, je dois voir le roi immédiatement. Si cela pouvait attendre, je lui parlerais ce soir. Mais souhaiteriez-vous annoncer à votre roi qu'il y a eu des morts de plus au château et de précieuses informations volées, tout ça parce que vous avez refusé de me laisser lui parler ?

Le ministre blêmit.

- Très bien, je vais le chercher.

Quand il fut sorti, le garde les ayant escortés souffla à la reine :

- Il ne faut pas le prendre personnellement, vous savez. Je vis ici depuis gamin, et il a toujours été ainsi. Il n'aime pas recevoir d'ordres et considère que son travail auprès du roi est prioritaire.

- Merci de l'information. Je m'en souviendrai.

Quelques minutes plus tard, le roi apparut dans l'antichambre, visiblement surpris et inquiet.

- Que se passe-t-il ? Avez-vous découvert des choses ?

- Eh bien oui, on peut dire ça. Il s'est passé des évènements. Tout d'abord, dans une ancienne salle de torture, il y a des traces de magies récentes et très puissantes. Des créatures sont venues dire à Connor de quitter le château, et nous connaissons ces créatures. Nous savons qui est à l'œuvre ici, donc nous allons continuer nos recherches pour coincer cette personne. J'aurais pas mal de choses à vous dire, mais vous avez beaucoup de travail, je vais faire cours. La magie est bien à l'œuvre, nous savons qui est derrière tout ça, mais nous ignorons comment elle fait entrer ses créatures. C'est pour cette raison que je dois connaître l'emplacement de vos passages secrets. Connor et moi devons les fouiller. De plus, des intrus ont pénétré le château avant de repartir, des créatures magiques, c'est pourquoi je ne pouvais pas me permettre d'attendre pour vous prévenir. Vous devez prendre des mesures pour renforcer la surveillance.

Aldaron se passa la main dans les cheveux. Révéler les atouts de son château lui en coûtait, mais il n'avait pas d'autres choix.

- Nous allons aller dans mon bureau, je vous montrerai tout ça. Et vous allez m'expliquer tout ça.

Il fit signe aux gardes de les escorter, et guida ses invités jusqu'à son bureau. Il était tendu, pressé de savoir ce qu'avaient découvert la reine et son époux. Une fois arrivé à son bureau, le roi fit signe à ses gardes d'attendre devant la porte, et fit entrer Sanya et Connor.

- Bon, maintenant que nous sommes seuls, racontez-moi tout ce que vous avez découvert.

Sanya commença par lui parler de tout ce qu'elle avait senti et entendu, puis Connor enchaîna avec l'apparition des créatures. Il lui expliqua ce qui s'était produit, avant de l'informer de tout ce qu'ils connaissaient sur ces monstres, la façon dont ils avaient été créés, la façon dont ils agissaient, leur pouvoir. Ils terminèrent en lui parlant de Ludmila, qu'ils pensaient derrière tout ça, lui racontant ce qu'elle avait accompli à Sohen. Elle était redoutable, mais en se servant de tous les éléments possibles, Sanya était persuadée de pouvoir resserrer petit à petit son étreinte sur elle. Elle avait perdu son atout de taille, la surprise, et la reine ne la lâcherait plus jusqu'à la dénicher. Elle-même irait faire un tour en ville, pour essayer de repérer la moindre de magie qui lui permettrait de remonter jusqu'à sa cible. Du peu que les Maîtres des Ombres savaient, cette magicienne était brune, et n'était pas trop le genre de femme que l'on remarquait, car pendant les interrogatoires, personne n'avait pu donner de description précise, et personne n'avait réellement semblé prêter une grande attention à cette ancienne serveuse de taverne. Elle devait donc avoir un physique quelconque, une femme un peu réservée. C'était très peu d'informations pour la retrouver, mais le roi promit d'envoyer des gardes en ville mener l'enquête pour voir si une telle femme avait pu arriver en ville récemment. Connor l'informa qu'il comptait faire de même.

- Ce n'est pas pour me rassurer, souffla le roi en se massant les tempes. Si cette sorcière semble aussi intelligente et puissante, comment serait-il possible de rivaliser ?

Sanya lui posa la main sur l'épaule.

- Nous ne la laisserons pas faire, nous avons déjoué ses plans une fois, nous recommencerons. Plus elle agit, et plus nous la connaissons. Nous finirons par la piéger à son propre jeu. Doublez la garde, que vos soldats ne restent jamais seuls, ainsi que les habitants. Le moindre fait suspect doit m'être rapporté. Connor et moi irons également en ville, voir ce que nous pouvons trouver comme informations, nous allons continuer de fouiller le château et trouver la faille. Maintenant que nous savons ce que nous cherchons, il sera plus facile de trouver.

- Je l'espère... sincèrement. Vous vouliez connaître les emplacements des passages secrets ? Venez, je vais vous montrer.

Il fouilla un instant dans des tiroirs verrouillés de son bureau, avant de sortir une liasse de papier. Des plans étaient dessinés sur chaque feuille. Les plans complets du château.

- Bon, certains passages se sont perdus. Il y en a deux qui se sont écroulés, un qui a été condamné, et je suppose qu'il y en a deux dont l'emplacement a été oublié. J'en suis terriblement navré.

- Vous n'y êtes pour rien. Nous allons nous débrouiller avec ça, n'ayez crainte.

Tournant les pages, Aldaron leur montra les passages, leur expliquant comment les ouvrir. Ils n'étaient pas marqués sur papier, aussi le roi se fiait exclusivement à sa mémoire. Il prit le temps de leur montrer plusieurs fois, afin que les deux époux puissent bien graver leurs emplacements et leurs mécanismes dans leur mémoire.

Une fois cela fait, Sanya et Connor échangèrent un regard entendu :

- Nous allons avoir du pain sur la planche !

15

Sanya et Connor se prélassaient dans le grand bassin d'eau chaude dont le roi Aldaron leur avait autorisé l'accès, essayant d'échapper à leurs lourdes responsabilités pendant au moins une petite heure. Mais les évènements de la semaine dernière les empêchaient de se détendre complètement.

Après que le roi leur eut révélé l'emplacement des passages secrets, les deux époux avaient fait équipe pour les explorer. Ils avaient donc vu des tunnels reliant le château à l'extérieur, dont un qui menait directement en ville, ainsi que des passages permettant un déplacement discret entre plusieurs sections du château. Mais pour chacun, ni l'un ni l'autre n'avait trouvé quelque chose de concluant. Sanya n'avait senti aucune trace de magie, aussi infime soit-elle, et Connor n'avait repéré aucune trace, la poussière accumulée semblait même être là depuis des décennies. En tout cas, rien ne laissait penser à un quelconque passage.

Il leur restait encore quelques passages secrets à explorer, mais ils n'avaient pas grand espoir de trouver d'indices.

Ensuite, ils avaient fait un tour en ville. Tandis que Sanya inspectait les lieux notables tels que les tavernes, les auberges ou les maisons abandonnées à la recherche de magie, Connor avait interrogé tenanciers, commerçants, clients et mendiants. Hélas, il n'avait rien trouvé. Pour cause, rechercher une femme brune dans une ville aussi grande et aussi passante qu'une capitale, c'était chercher une aiguille dans une botte de foin. Ludmila n'était pas du genre tape à l'œil, nul doute que personne ne la remarquerait.

- Je crois qu'on ne s'y prend pas de la bonne façon, soupira Connor, les tirant tous les deux de leurs rêveries.

Sanya releva la tête de son épaule pour le regarder dans les yeux.

- Qu'est-ce que tu veux dire par là ?

- Eh bien, Darek m'a dit un jour que pour voir ce qui est invisible, il ne faut pas chercher vainement cette chose, il faut se concentrer sur ses effets.

- Hum... Un peu comme regarder des empreintes dans du sable ?

- Exactement. Si je trouve les traces, je la trouve elle.

- C'est une façon de voir les choses. Mais n'est-ce pas ce qu'on fait déjà ? Et puis, Ludmila sait effacer ses traces.

- Pas entièrement, regarde dans la salle. Ce qu'il faut, ce n'est pas courir derrière elle, mais analyser ce qu'elle laisse derrière elle. Mais j'ai l'impression qu'on stagne...

- Oui, moi aussi. Si nous pouvions savoir comment tous ces assassins entrent ici !

- Un portail ? suggéra son mari. Tu sais j'ai réfléchi, et après plusieurs inspections, je pense que le phénomène est seulement de nature magique. N'existe-t-il pas une magie capable d'ouvrir un portail qui... disons téléporte n'importe où ?

Non, seuls les dieux maîtrisent une chose pareille.

- Pourtant cela expliquerait beaucoup de choses. Dès que les assassins sont poursuivis, ils se téléportent.

- Mais ça ne colle pas avec ce que le garçon a entendu dans la salle de torture.

- Un des faux Maîtres des Ombres.

- Non, ça ne correspond pas à la trace de magie que j'ai sentie. Bon sang, tout ceci me dépasse ! J'ai beau fouiller partout, me donner corps et âme, je ne perçois rien et ne comprend rien !

Rageuse, elle s'éloigna de son mari et continua de se savonner avec des gestes furieux.

- Je ne sais pas ce que fait cette salle sorcière, mais quand...

Elle fut coupée par Connor qui l'éclaboussa de toutes ses forces.

- Oh pardon, tu disais quelque chose ?

Lui lançant un regard de défi, la jeune femme l'aspergea à son tour, mais quand son mari la battit à ce petit jeu, elle cria grâce :

- C'est bon, je me rends !

Elle éclata de rire. Submergé par le délice de la voir heureuse, Connor s'approcha.

- Viens là...

La saisissant par la taille, il la plaqua contre lui pour l'embrasser fougueusement. Plaquant ses mains sur sa poitrine, Sanya se recula de son mari pour le contempler.

- J'en conclus donc qu'à ce jeu, je gagne toujours, car il semblerait que tu sois incapable de me résister longtemps.

Pour toute réponse, il l'embrassa de nouveau. Se laissant peu à peu gagner par leur ardeur, les deux époux en oublièrent qu'ils étaient censés sortir du bain et cédèrent rapidement à leur passion. Mais alors que leurs étreintes se firent plus pressantes et leurs baisers plus ardents, la porte s'ouvrit dans leur dos.

Rouge de la tête au pied, la jeune servante qui venait de les découvrir ainsi bafouilla :

- Votre Majesté, le roi vous fait savoir qu'il vous attend.

Au moins aussi embarrassée, Sanya hocha la tête.

- J'arrive tout de suite.

Quand la porte se fut refermée sur la jeune fille qui était pratiquement sortie en courant, Sanya poussa un gémissement :

- Je ne suis pas sûre de pouvoir croiser son regard à nouveau sans rougir.

Connor éclata d'un rire franc :

- Elle était encore plus gênée que toi ! Si j'étais toi, je m'inquiéterais de savoir qu'elle risque de mettre au courant Aldaron sur les motifs de ton retard.

- Encore de ta faute tout ça !

Sortant de l'eau, elle se sécha en vitesse.

- Tu comptes me regarder longtemps ? Je te signale qu'Aldaron apprécierait également ta présence.

- J'en doute, je suis doué pour infiltrer, pas pour défendre un château. Je lui serai plus utile en cherchant Ludmila. (Il lui fit alors un clin d'œil) Et pour ta première question, je compte effectivement te regarder pendant longtemps.

- Ah oui ?

Elle s'habilla le plus rapidement qu'elle le put, mais le regard amoureux que posait son mari sur ses courbes finit par faire ralentir ses gestes. Quand elle fut prête, elle s'agenouilla au bord du bassin.

- Tu survivras sans moi ?
- Pas sûr.

Le Maître des Ombres l'embrassa tendrement.

- Dans ce cas soit patient, et peut-être finirons-nous ce soir ce que nous avons commencé.

Avec un sourire, elle s'éclipsa de la salle de bain. Deux gardes lui emboîtèrent aussitôt le pas sans un mot. Malgré tous ses efforts et le nombre d'années à pratiquer, Sanya détestait toujours autant être suivie de la sorte. Elle n'était pas une faible femme que l'on devait surveiller sans cesse.

« Bien sûr que si, songea-t-elle, tu es mortelle à présent et tu n'as plus de pouvoir pour te protéger. »

Cette pensée la fit grimacer et elle contint sa colère. Ce n'était pas le moment ni le lieu pour une crise de rage. Pendant des millénaires, elle s'était laissée dominer par la partie destructrice qui brûlait en elle. L'acceptant, elle avait appris à maintenir un certain contrôle. Mais chaque jour, la jeune femme se disait que le Quilyo n'avait pas seulement drainé son pouvoir, mais également ce contrôle. Aujourd'hui elle ne contrôlait plus aussi bien son tempérament destructeur, et depuis son enlèvement à Castel-noir, depuis que cette partie d'elle-même lui avait permis de tenir le coup, Sanya se demandait si elle pourrait l'empêcher de se manifester.

L'envie de se laisser aller à la haine et la violence quand les choses tournaient mal devenaient de plus en plus tentant, et la reine résistait de moins en moins. Elle se disait également que cette destruction qui l'habitait était liée à la folie qui ne l'avait jamais quittée. Le pire de tout, était que pour l'instant, simple humaine, sa rage ne ferait pas grand-chose, que se passerait-il quand elle retrouverait son pouvoir et qu'elle perdait le contrôle ? Quand elle serait en mesure de se venger, Sanya craignait de laisser libre cours à toute la violence qui l'habitait, et les conséquences seraient désastreuses. Si elle perdait le contrôle d'elle-même et que la folie la reprenait, nul ne savait ce qu'elle serait capable de faire.

Car elle devait bien admettre que depuis qu'on l'avait torturée, elle n'était plus la même. La folie s'était greffée à sa personnalité.

« Allons, un peu d'optimisme ! »

Chassant ses sombres pensées, elle retrouva finalement le roi dans la cour du château. Il était accompagné de ses généraux et de quelques soldats.

- Eh bien ma Dame, vous voilà enfin ! J'aurais dû me douter que votre mari et vous étiez... proches. Plus on s'aime et plus le plaisir de la chair est fort, et comme vous semblez très amoureuse de votre mari, je comprends tout à fait votre retard !

Il ponctua son discours d'un éclat de rire. Sanya ne put s'empêcher de rougir.

- Mon mari et moi sommes extrêmement complices et proches, et nous avons effectivement une relation charnelle qui va avec. Mais Majesté, je doute que vous vouliez parler de mes ébats romantiques, à moins bien sûr que vous ayez besoin de mes conseils pour être plus talentueux au lit.

Ce fut au tour du roi de rougir.

- Non effectivement, je ne veux pas m'aventurer dans une telle... discussion. Si vous êtes prêtes, je tenais à vous montrer les défenses mises en place aux vues du siège qui se prépare.

- Ne perdons pas de temps.

On leur apporta des chevaux et une escorte les encadra pendant qu'ils traversaient la ville en direction des remparts la protégeant. Ils virent que certaines familles se préparaient déjà à partir, empilant leurs affaires sur des chariots pour ceux qui le pouvaient, tandis que les autres devaient se contenter de tout fourrer dans des sacs. Aldaron avait fait informer la population du siège à venir, leur annonçant que ceux qui le voulaient pouvaient s'en aller rejoindre d'autres villes. Beaucoup partaient donc rejoindre leur famille installée soit à Jahama, ou dans des villages très éloignés où ils espéraient que la guerre ne les atteindrait pas.

Quant aux autres, ceux qui n'avaient nulle part où aller, qui ne voulaient pas partir ou ne pouvaient tout simplement pas, attendaient patiemment le moment où on ouvrirait les grandes salles souterraines où ils espéraient être à l'abri.

Le grand-père du roi actuel avait transformé les catacombes du château pour pouvoir y abriter la population en cas de siège, en y faisant aménager un passage secret protégeait par de la magie qui leur permettraient de fuir en cas de défaite. Aldaron était déjà en train d'y faire descendre des stocks de nourriture, d'eau et de couvertures pour les familles qui s'y rendraient prochainement. Sanya et Connor n'avaient pas encore eu le temps d'analyser le passage, mais c'était à l'ordre du jour.

Même si la vie essayait de suivre son cours, l'ambiance était tendue en ville. Les marchands essayaient toujours d'égayer les passants avec leurs marchandises, les enfants se disputaient des batailles de boules de neige, mais la bonne humeur n'était pas au rendez-vous, et la plupart étaient concentrés sur leurs préparatifs, si bien qu'on ne prêta pas une grande attention aux deux souverains.

Suivant le roi, Sanya grimpa jusqu'au sommet pour avoir une vue dégagée. À l'extérieur, dans la plaine, plusieurs soldats et ouvriers travaillaient, creusant et enterrant toutes sortes de pièges, le front emperlé de sueur. Les cris des chefs de travaux résonnaient dans l'air. De grandes fosses étaient creusées avant d'être recouvertes par des grilles en bois et d'un tapis de paille, puis de neige.

- Sur toute la longueur des remparts, j'ai fait construire des pièges que l'on utilise généralement à la chasse. Si les soldats avancent jusqu'à là, ils tomberont dans des trous profonds de deux mètres. Idem si ce sont leurs machines d'assauts qui avancent. Et les fossés devraient ensuite les ralentir considérablement.

- Très bonne idée.

- Ensuite, je ferais déposer des pièges à ours. J'arroserai également le sol de poix, il suffira aux archers de tirer des remparts pour tout enflammer.

- Et ça, qu'est-ce que c'est ? demanda la reine en pointant du doigt un étrange cylindre que des soldats enterrés.

- De très vieux artefacts trouvés il y a quelques années. Ils datent de la guerre des magiciens. Ce sont des objets magiques. On les enterre, ne laissant dépasser que le sommet du cylindre. Quand on marche dessus, eh bien tout explose.

- J'espère que vos soldats savent les manipuler. J'ai entendu parler de ces armes, et je n'ai pas entendu que du bien. Il était fréquent qu'elles explosent alors qu'on tentait de les enterrer.

- Mes hommes sont prudents. Ils planteront un piquet à l'emplacement de chaque bombe durant tous les travaux.

Sanya approuva.

- Quand tout sera terminé, je ferai également amener des rochers. Les soldats auront plus de mal à faire progresser leurs machines. De plus, j'aurais espéré que vous pourriez me donner un coup de main.

- C'est-à-dire ?

Le roi se racla la gorge.

- Peut-être auriez-vous à votre disposition quelques sortilèges capables de nous aider ?

- Si seulement… J'aimerais tellement vous apporter une aide magique conséquente, mais je suis aux regrets de dire que mes capacités sont bien trop réduites pour cela. Je peux sentir et analyser la magie, car je la comprends mieux que personne, mais l'utiliser, il ne faut pas trop y compter, désolée.

À son grand soulagement, Aldaron ne chercha pas à en savoir davantage. Peut-être Kari lui avait-elle soufflé à un mot sur le sujet.

Sanya regarda encore un moment les ouvriers creuser des tranchées pour empêcher les tours d'assauts d'approcher des remparts, quand le roi reprit la parole :

- Alors ma dame, que pensez-vous de notre travail ?

- De l'excellent travail. Avez-vous songé à piéger la ville, dans l'hypothèse où les premières défenses se briseraient, et que l'armée ennemie s'avance jusqu'aux remparts du château ?

- Je compte le faire oui, une fois que la population aura diminué. Quand tous ceux sur le départ ne seront plus là, je commencerai à installer des pièges en ville pour ralentir une éventuelle progression.

- En cas, je n'ai pas d'autres suggestions à vous faire, vous avez fait un bon travail. Cela devrait nous aider à tenir le coup.

- L'emploi du « nous » me rappelle à quel point je suis désolé de vous faire venir ici alors que le siège attend également votre cité.

- Ma présence ne renversera pas le cours de la bataille, et mon royaume est entre de très bonnes mains. Vous en revanche, avez besoin de mon aide, et je peux modifier l'issu de la bataille qui nous attend.

- En effet. C'est pourquoi je vais vous laisser regagner le château afin de poursuivre votre enquête.

Alors que Sanya s'apprêtait à tourner les talons, elle se souvient de quelque chose de très important.

- Sire, vous avez dit que les anciennes catacombes possédaient un passage secret reliant à l'extérieur.

- C'est exact.

- Je compte m'y rendre aujourd'hui avec Connor, j'aurais voulu que vous me parliez un peu plus des défenses mises en place pour le protéger.

Aldaron se passa la main dans les cheveux.

- Mon grand-père était un homme prudent, il avait à sa cour un puissant mage. Un atout de taille qu'il gardait secret. Ce mage a placé une protection magique à la sortie du passage. On peut en sortir sans problème, mais quiconque y entre animé de mauvaises attentions est aussitôt carbonisé. Mais je suis moi aussi un homme prudent, et malgré cette protection, j'ai des gardes postés en continu dans ce passage.

- Cela semble impossible en effet que nos assaillants soient passés par là, mais Connor et moi allons étudier ça. Notre ennemi est lui aussi un mage très puissant, et cette femme aurait tout aussi bien pu trouver une parade. Elle est capable des pires choses possibles.

- Un génie de la magie, on dirait.

- Dur à admettre, en effet. Même si je la hais, je dois reconnaître son talent. Elle doit probablement être une de mages les plus puissants, ce qui m'amène à me demander comment Kalim a pu mettre la main sur elle, et comment en est-elle venue à un tel pouvoir sans formateur.

- Peut-être faut-il voir les choses sous un autre angle. La magie est un art au même titre que les autres arts. Et certaines personnes naissent avec un don extraordinaire ! Prenez l'exemple d'un peintre. J'ai connu un homme qui était né avec un pinceau dans les doigts ! Il dessinait à la perfection, sans jamais avoir suivi un seul cours, et il était capable d'aller toujours plus loin, d'apprendre seul ! Et c'est la même chose en musique, en écriture... et en magie.

Nous avons donc vraiment affaire à un génie de la magie. Ce qui la rend encore plus dangereuse. Où se trouve la bibliothèque ?

- Au centre de la ville, mes hommes vont vous y conduire. Pourquoi ?

- Si elle apprend seule, les livres doivent lui être d'une grande utilité. Peut-être est-elle passée par là.

Accompagnée de quelques soldats et du roi, Sanya se rendit donc immédiatement à la bibliothèque. Les hommes l'attendirent dehors, à l'exception d'un seul soldat pour sa protection, tandis qu'elle entrait dans la bibliothèque. Beaucoup moins grandes que celle de Sohen, les étagères étaient tout de même garnies de toutes sortes de livres et de parchemins, et pour une passionnée de lecture, les livres ne manquaient pas. Un bibliothécaire vint aussitôt à sa rencontre, lui demandant en quoi il pouvait la servir.

- Une femme serait-elle venue ici récemment ? Je veux dire, dans les deux derniers mois ? Une femme cherchant des ouvrages de magie ? Brune ?

– Quelle sorte de magie ?

– Je ne sais pas exactement, mais qu'elle cherche des textes sur de la magie rare, peut-être même interdite. Ou des livres sur des artefacts. Tout ce qui touche à la magie, même des livres plus insignifiants. Elle serait probablement venue plusieurs fois.

– Je suis navré ma dame, mais personne n'est venu pour de telles choses.

– Avez-vous eu des emprunts ces derniers temps pour de tels livres ? Même venant d'une personne répondant à une autre description.

– Vous savez avec la guerre, les gens ne viennent pas ici. Les ouvrages traitant de la magie ne sont pas bien vus depuis que l'Ordre... enfin, même si ça remonte à loin, les gens voient d'un mauvais œil la magie. Tous nos livres sur la magie sont conservés au même endroit, et personne n'est venu les consulter ni les emprunter. Pas à ma connaissance du moins.

– Puis-je voir vos rayonnages ?

– Bien sûr.

L'homme la mena dans une petite salle circulaire, éclairée par des flambeaux accrochés au mur. Les étagères contenaient beaucoup moins de livres que les autres.

– Tout ce que nous avons sur la magie est ici.

Passant une main au-dessus des ouvrages, Sanya ferma les yeux et essaya de trouver une trace lui indiquant qu'une magicienne était venue ici. Mais c'était comme si les livres n'avaient pas été ouverts depuis des années. Ce qui était peut-être sûrement le cas.

– Avez-vous des livres manquants ?

– Comment ça ?

– Dans tous vos rayonnages ? Est-ce qu'il y a des livres manquant à l'appel ?

L'homme soupira.

– Madame, à vue de nez comme ça je ne pourrais pas le dire, il faudrait que je compare avec notre liste...

– Faites.

Il écarquilla les yeux :

– Vous n'êtes pas sérieuse, c'est un travail colossal ! En quel honneur devrais-je faire ça ?!

– C'est un ordre.

Le roi Aldaron venait d'apparaître, au grand soulagement de Sanya.

Le bibliothécaire s'inclina bien bas, penaud.

- Ce sera fait mon roi... Ma dame, je vous ferai informer quand j'aurais refait le compte. Où dois-je faire parvenir mon message ?

- Au château. Adressez-le au roi.

- Ce sera fait.

- Je vous remercie de votre aide, dit-elle simplement en quittant la bibliothèque.

Alors qu'elle remontait à cheval, elle sourit au roi :

- Merci de votre aide. Je ne tenais pas vraiment à user de mon autorité royale, et à crier ma présence en ville.

- J'imagine, vous faites bien. Je suppose que vous avez fort à faire à présent, je ne vous retiens pas.

Sanya s'empressa de rejoindre le château, plus vite que nécessaire. En arrivant, elle était essoufflée. Interceptant un domestique, elle lui murmura :

- Dites à Connor que sa reine le demande.

- Bien Majesté.

Trouvant un petit coin tranquille près d'une fenêtre, la jeune femme s'assit sur un fauteuil qu'elle trouva là, en attendant son époux, ses gardes du corps l'encadrant. Une vingtaine de minutes plus tard, alors que Sanya perdait doucement patience, Connor s'approcha d'elle, droit comme un I.

- Ma reine m'a fait demander, et je suis à son service. Veuillez pardonner mon retard, noble dame.

Sanya sourit d'amusement.

- Ton retard sera peut-être pardonné. Mais parlons sérieusement. Aldaron m'a révélé l'existence d'un passage secret. Toi et moi allons l'inspecter.

- Je te suis.

Se tournant vers les soldats, la reine ordonna :

- Menez-nous aux anciennes catacombes, je vous prie.

Prenant les devants, les gardes les escortèrent jusqu'aux sombres couloirs sous les quartiers des domestiques. Les lieux étaient sombres et déserts, à l'exception de quelques gardes qui patrouillaient. Deux autres étaient postés devant une porte.

- Elle mène aux catacombes.

- Je vous remercie. Vous pouvez disposer, messieurs.

- Notre seigneur nous a ordonné de veiller sur vous, Majesté.
- Je sais, mais sans vouloir vous vexer, mon mari est capable d'assurer ma défense, mieux qu'à vous quatre réunis.
- Oui Majesté.

En voyant leur air bougon, Connor n'arrivait pas à déterminer après qui ils en avaient. Contre la reine qui les congédiait, contre eux-mêmes pour avoir failli à leur tâche, ou contre lui parce que sa présence leur rappelait à quel point ils ne faisaient pas le poids ?

Sanya, elle, s'en fichait comme d'une guigne et avait déjà ouvert la porte. Des escaliers en colimaçon les attendaient.

- En temps normal, je dirais honneur aux dames, mais je vais passer devant, lança Connor avec un sourire narquois.

La dépassant, il s'engagea le premier dans les escaliers.

- Fais attention à toi, c'est raide, lança-t-il.

C'est à ce moment-là qu'il faillit déraper lui-même. Sanya éclata de rire dans son dos.

- Tu disais ?
- Je n'aime pas les escaliers comme ça, c'est un coup à se rompre le cou.

La jeune femme lui caressa la nuque.

- Avance, au lieu de ronchonner.
- Tu as toujours le chic pour m'attirer dans des endroits pas très agréables !
- Vraiment ? Je n'ai pas souvenir que tu aies dit ça quand je t'ai attiré dans le lit la nuit dernière.
- Vu comme ça...

La descente leur parut interminable et ils poussèrent un soupir de soulagement à l'unisson en arrivant. Ils se trouvaient dans une immense salle souterraine, semblable à une grotte, éclairée par plusieurs torches.

- Pourquoi ne voulais-tu pas que les gardes viennent ? Sans vouloir te vexer, mais ce n'est pas le genre d'endroit qui me donne envie d'être intime avec toi, plaisanta le Maître des Ombres. (Il redevint sérieux.) En fait, je n'aime pas du tout ce coin. Ça me rappelle l'attaque des catacombes à Sohen. Et par qui ? Ludmila.
- Je sais Connor, mais elle arrive à faire entrer des gens ici d'une manière que je ne comprends pas. Je ne veux rien négliger, et je ne veux pas me retrouver dans un tel lieu avec des gens que je ne connais pas.

- Tu crois qu'il pourrait y avoir des traîtres ?
- Je ne sais pas, mais c'est une hypothèse à prendre en compte. Bon, Aldaron m'a dit que le passage est protégé par de la magie, donc reste derrière moi.
- Bien reçu.

Ils découvrirent d'autres salles, reliées entre elles par des tunnels. Des soldats y patrouillaient, ce qui rassurait et inquiétait la reine. Au moins purent-ils leur indiquer où se trouvait le passage secret, et Sanya s'empressa de s'y rendre. Deux gardes faisaient le guet devant l'entrée.

- Le champ de protection est là ? demanda la reine.
- Tout à fait Majesté. À quelques pas derrière nous.

La reine se détendit et observa d'un œil attentif. Elle discerna alors des ondulations dans l'air, comme si elle faisait face à un écran d'eau.

- Je le vois. Personne n'a tenté d'entrer, et personne n'est sorti ?
- Négatif votre Majesté. Personne hormis les domestiques chargés d'entreposer de la nourriture et de l'eau n'est descendu ici. Et personne n'est entré. Le passage continue et donne directement dans la forêt, hors de l'enceinte de la ville.

La reine inspecta longuement la barrière magique.

- Il n'y a aucune faille. Elle fonctionne très bien.
- Tu t'attendais à quoi ? demanda Connor.
- Je ne sais pas. Je voulais voir la configuration des lieux. Admettons que tu sois immunisé contre la magie Connor, aurais-tu pu entrer par-là ?

Le jeune homme réfléchit, inspecta les lieux d'un œil critique et se tourna vers les soldats.

- Montrez-moi comment se déroule la relève.

Les deux hommes hochèrent la tête et appelèrent leurs compagnons. Ils leur firent une démonstration sous le regard attentif du Maître des Ombres qui ne loupait aucun détail de leurs faits et gestes. Finalement, il secoua la tête.

- Non, à moins d'assommer les gardes, je n'aurais pas pu passer. Comme ce n'est pas arrivé, les assassins sont passés par ailleurs...

Sanya refit un tour, inspecta de nouveau la barrière protectrice, mais avec un soupir, elle dut bien admettre que sans une intervention intérieure, personne n'avait pu passer par-là. Quand on traversait une protection magique, sans la briser (ce qui en soit était très compliqué, voire impossible) cela laissait au moins une marque indélébile. Or la barrière était intacte. Après, Ludmila aurait pu trouver le moyen de contrer le sort, après tout, la barrière agissait que sur les personnes ayant de mauvaises attentions, mais même en réalisant cet exploit, encore fallait-il passer au nez et à la barbe des soldats, or si Connor ne le pouvait pas, aucun faux Maître des Ombres ne le pouvait. N'ayant plus rien à faire, Connor et elle remontèrent dans le château.

- Je ne vois pas comment il est possible de passer par là sans se faire remarquer et sans activer la barrière. Pour moi, la solution n'est pas là, annonça Sanya, mais je ne vais pas sous-estimer Ludmila, et garder en tête la possibilité qu'elle se soit montrée plus forte. Continuez de surveiller cette zone avec la plus grande attention, et faites-moi un rapport sur le moindre fait suspect, même le plus insignifiant.

Les soldats se tapèrent la poitrine du poing.

Alors qu'ils remontaient dans leurs quartiers pour se reposer un peu et réfléchir au calme, le roi Aldaron surgit devant eux, alarmé.

- Quelqu'un a volé mes dossiers personnels !
- Quoi ?
- Des plans de guerre, des rapports... on me les a volés !
- Où étaient-ils ?
- Dans mon bureau.
- Alors, menez-nous-y.

Le roi les entraîna dans ses quartiers d'un pas précipité, cachant très mal l'inquiétude et la peur qui grandissaient en lui. Ils arrivèrent alors devant la porte menant à son bureau privé, gardé par deux soldats qui se confondaient en excuse.

- Nous n'avons rien vu, Votre Altesse, nous le jurons sur nos vies ! Il ne s'est rien passé, absolument rien, nous n'avons vu personne passer hormis quelques gardes et domestiques. Et personne n'est entré !

Le roi chassa l'air de sa main pour qu'ils cessent de se lamenter, et se tourna vers Sanya.

- Sentez-vous quelque chose d'anormal ?

La jeune femme secoua la tête.

- Rien pour l'instant. Puis-je entrer ?

Le roi lui ouvrit la porte et s'effaça devant elle. La serrure n'avait même pas été forcée. Concentrée, Sanya inspecta les lieux d'un œil critique. Elle étudia le bureau.

- Où étaient vos documents ?
- Dans mes tiroirs, là. Ils étaient fermés à clé, comme d'habitude quand je suis arrivé. Mais il n'y avait plus rien dedans. Aucune serrure n'a été forcée.
- Qui détient la clé ?
- Moi. Seulement moi, et je la garde en continuité sur moi. C'est la magie.

Sanya passa une main au-dessus des tiroirs.

- Je ne sens rien, aucune trace d'un sortilège ayant permis d'ouvrir.
- Comment est-ce possible ?

Sanya fit signe à Connor de fermer la porte. Le roi les regarda les yeux écarquillés. La jeune femme ne comprenait pas trop ce qui se passait, c'était impensable. Comment Ludmila avait-elle réussi ce coup ? Il fallait que quelqu'un fasse preuve d'invisibilité, or c'était un sortilège totalement impossible, même pour un génie ! Sanya le savait bien. En partant de ce principe, alors tous les passages qu'ils avaient examinés avaient pu être empruntés sans que personne ne le remarque.

Ludmila les faisait tourner en bourrique.

Et ça ne laissait qu'une solution.

- Votre Majesté, je pense que plusieurs traîtres rôdent dans le château. À commencer par des gardes.

16

Le roi en resta abasourdi.
- Quoi ?
- Jusqu'à ce que j'en sache plus sur la magie qui est l'œuvre, il ne faut pas négliger cette piste. Un ou des traîtres pourraient tout expliquer. Quelqu'un de l'intérieur qui se sert de magie pour créer des brèches dans les défenses du château et faire entrer les assassins. Ensuite, Ludmila cache toutes les traces.
- Je doute qu'un magicien soit assez puissant pour ça, répliqua Connor. Ludmila, elle, l'est.
- Connor, as-tu entendu parler de parchemins magiques ?
- Non.
- En gros, certains magiciens parviennent à emprisonner un sort dans un parchemin, un sort très puissant. Il suffit alors de le lire pour libérer le sort.
- Alors elle s'y prendrait comme ça ?
- Possible. Elle fournit des parchemins à un traître qui ensuite s'en sert pour faire rentrer des assassins. Quant à votre bureau...
- Personne n'est autorisé à entrer !
- Vous en êtes vraiment sûr ? insista Sanya qui en doutait.
- Évidemment, il n'y a que moi et... enfin une domestique, juste pour le ménage une fois de temps en temps. Mais ils n'ont pas les clés, c'est impossible !
- Ne négligeons pas cette piste. Je vais tout faire pour

comprendre. Et Connor va tâcher de débusquer le traître, si traître il y a. Il interrogera tout le monde, espionnera, et s'il y a un traître, il le trouvera. Je suis navrée Aldaron, mais en l'état, il faut que vous fassiez enfermer vos deux gardes devant la porte, ainsi que cette domestique pour interrogatoire. Nous ne pouvons pas laisser passer ça. Ils peuvent très bien être de mèche avec Ludmila. Et il faut que je me penche sur l'histoire des parchemins. C'est peut-être ainsi que le ou les traîtres ont accès aux salles surveillées.

Aldaron se décomposa.

- Très bien, je… Oui, je vais faire enfermer et interroger ces trois personnes, pour commencer. Nous devons savoir s'ils sont eux-mêmes à l'origine de tout ça, ou si potentiellement un traître se balade avec des parchemins. Cela pourra faire beaucoup de monde à interroger au final. Par contre, j'ai toujours été contre la torture…

- Je le suis, encore plus depuis ma mésaventure. Je ne vous demande pas de les torturer, juste de les enfermer et de collecter leur version des faits. Nous comparerons toutes les versions, pour voir si quelqu'un diffère des autres, ou dit quelque chose de contraire. De plus, si un ou plusieurs traîtres potentiels sont enfermés, cela ralentira Ludmila. Nous allons également fouiller leur quartier à la recherche de la moindre correspondance, de cachettes ou de la présence de parchemin, enfin n'importe quoi de suspect. Il nous faut étudier l'emploi du temps des domestiques, savoir qui aurait pu emprunter ces couloirs récemment. De plus avec Connor, nous circulerons un peu partout, pour glaner des informations, voir si quelqu'un a eu un comportement suspect, une présence pour des tâches au moment du crime, ou au contraire une absence là où il y aurait dû avoir quelqu'un.

Connor s'approcha alors.

- Avez-vous pensé aux victimes ? Et si c'étaient eux les coupables ? Ils volent les papiers ou espionnent, mais découverts, ils se sont donnés la mort pour faire plus crédibles. Ou alors tout bonnement pour détourner notre attention. Puis on les enterre, et là, Ludmila les déterre pour récupérer les papiers.

- Elle ne pourrait pas entendre leur rapport.

- Et si elle était nécromancienne ? Après tout, elle a bien créé des êtres monstrueux. Elle les réanime et écoute ce qu'ils ont à dire.

- Une piste à creuser ! Je vais vous indiquer où ont été enterrées les victimes.

- J'irai les étudier voir si de la magie a été utilisée sur eux, affirma Sanya.

Cela faisait bien trop de possibilités, et elle craignait de ne pas trouver la véritable cause avant qu'il ne soit trop tard.

Tous ceux qui furent témoins de la scène furent sidérés de voir deux gardes et une domestique, ligotés et emmenés vers la prison, escortés par d'autres soldats et par le roi lui-même ainsi que de Sanya et Connor. On murmura sur leur passage, baissant les yeux quand le roi croisait leur regard. Nul doute que les commérages allaient se répandre, et ce n'était pas pour plaire à Sanya. Ludmila en entendrait parler, et si elle commençait à se sentir acculer, elle finirait par sortir les griffes. Et une mage en danger pouvait se révéler bien plus dangereux encore. La jeune femme était bien placée pour le savoir.

Pendant tout le trajet, les trois prisonniers ne cessèrent de clamer leur innocence et de supplier leur roi de faire preuve de clémence envers eux. La domestique, plus que les soldats, était au bord du malaise tant elle avait peur.

Une fois à destination, on les enchaîna dans des cellules séparées. Ils commencèrent par se réunir dans la geôle d'un soldat, refermant la porte derrière eux.

- Bon, voici la situation, lança le roi. De précieux documents ont été dérobés dans mon bureau. Toi et l'autre soldat enfermés à côté étiez de garde. Vous n'avez rien vu, rien entendu. Donc il y a deux solutions à cela, la première, c'est que quelqu'un s'est servi de magie pour entrer auquel cas vous avez été dupé. La deuxième, c'est que vous êtes de mèche avec la sorcière qui veut faire tomber mon royaume.

- Je vous jure que je n'ai rien fait !

- C'est ce que nous finirons par savoir.

Sanya s'approcha alors.

- Avant toute chose, je vais vous examiner, voir si vous avez sous l'emprise d'un quelconque sortilège. Si je ne trouve rien, cela ne voudra pas dire pour autant qu'aucune magie n'aura été à l'œuvre, mais sans autre preuve, vous resterez ici.

Passant ses mains sur le visage de l'homme, Sanya ferma les yeux et se concentra. Tendu, Connor posa une main sur sa dague, aux aguets. La jeune femme resta un moment inerte, comme si elle fut figée, avant d'ouvrir les yeux et de baisser ses mains. Elle se tourna vers le roi.

- Il n'a pas reçu de sortilège. Mais comme je l'ai dit, cela peut être autre chose, juste, il n'a pas été visé.
- Cela aurait mieux qu'il le soit.
- Effectivement.

La jeune femme se tourna vers le soldat.

- Je veux que vous me racontiez votre journée, dans les moindres détails. Je veux savoir où vous étiez avant de prendre votre poste devant le bureau du roi, qui vous avez rencontré, ce que vous avez fait. Et racontez-moi votre tour de garde dans les moindres détails, qui vous avez vu passer, si vous avez senti ou entendu quelque chose, même si ça peut vous paraître débile.

L'homme acquiesça et se lança. À côté du roi, un soldat tenait un calepin dans lequel il consignait tout ce que son camarade racontait. Dans l'ensemble, il n'y eut rien d'anodin. Il avait eu une journée typique pour un soldat, et dans l'ensemble, beaucoup de monde pouvait attester de sa présence. Une fois son tour de garde prit, il n'avait rien remarqué d'anormal, il avait vu quelques domestiques, les mêmes que d'habitudes, aux horaires habituels, et personne d'autres. Son camarade avait pris son tour de garde en même temps que lui, ne s'était jamais absenté. Ils avaient un peu discuté, discrètement, pour passer le temps, mais ni l'un ni l'autre n'avait commis de faits étranges, ou ne s'était retrouvé seul. La seule chose notable qu'il confia, ce fut de sentir mal à l'aise, à un moment donné. Il avait ressenti comme un courant froid, pendant quelques secondes, mais c'était tout. C'était reparti aussi vite que c'était venu.

Sanya nota ce dernier élément dans un coin de son esprit, car cela pouvait être de la magie. Il avait pu se passer quelque chose à ce moment précis, mais le soldat affirmait n'avoir vu ni entendu personne à ce moment-là. Quoi que cela puisse être, ce devait être extrêmement puissant.

Quand ils eurent terminé avec l'homme, ils le laissèrent dans sa cellule pour passer au suivant. Tout comme son compagnon, il avait eu une journée normale, et beaucoup de soldats l'avaient vu. Il raconta la même version de son tour de garde que son collègue, et avoua avoir lui aussi une sorte de froid qui l'avait fait trembler.

Puis vint le tour de la domestique. Elle était terrorisée, mais raconta toute sa journée avec de nombreux détails, affolée quand elle ne trouvait pas un mot ou hésitait sur un évènement.

Une fois que les trois personnes furent interrogées et leurs propos consignés sur papier, Aldaron garda avec lui les feuilles, pour que personne d'autre ne puisse y avoir accès et ainsi modifier certains évènements. Ils se réunirent dans le bureau du roi afin de parler plus sereinement.

- Qu'avez-vous pensé de tout ça ? demanda le monarque.

- Pour ma part, je ne pense personne coupable. Visiblement, de la magie a été à l'œuvre et je ne crois pas que cela vienne d'eux. De plus, pour la domestique, c'était trop flagrant. Si elle avait commis un tel crime, il était évident que les soupçons pèseraient sur elle immédiatement. Il aurait mieux valu qu'elle s'enfuît, or elle ne l'a jamais tenté.

- Peut-être prend-elle le risque pour endormir les soupçons, supposa Connor.

- Ça ne l'avancerait pas beaucoup, vu qu'elle devait se douter qu'elle resterait enfermée jusqu'à la fin de cette enquête. De toute façon, aucun de ces trois-là ne doit sortir des cachots avant la fin de cette histoire. Maintenant, il nous faut fouiller leurs quartiers à la recherche de preuves. Ensuite, nous commencerons à interroger plus de monde. Connor, pendant que tu fais ça, je vais aller examiner les corps.

- Pas question. S'il y a un ou des traîtres, aucun de nous deux ne doit rester seul. Je viens avec toi.

- Et moi, que dois-je faire pendant ce temps ? demanda le roi.

- Je suppose que vous avez beaucoup à faire. Mais si jamais vous aviez le temps d'aller voir les domestiques et de récupérer les emplois du temps, cela pourrait nous aider.

- Très bien, je file de ce pas. Si vous comptez examiner les corps, ils sont à la nécropole de la ville. Je vais demander à quelques gardes de vous y conduire.

Alors que la reine et son escorte prenaient le chemin de la nécropole, cette dernière sentit un mal de tête s'annoncer. Il se passait tellement de choses qu'elle ne comprenait et n'expliquait pas. Tant de choses reposaient sur ses épaules. C'était usant. Quoi qu'elle fasse, quoi qu'elle cherche, elle n'avait toujours pas l'ombre d'une piste pour trouver Ludmila.

Connor sentait les mêmes sentiments affluer en lui. C'était

frustrant et inquiétant ! La magicienne se jouait de lui, elle était là, tout près, sûrement qu'elle les observait même, et lui était complètement aveugle, sans savoir où chercher, sans savoir comment s'y prendre.

La route leur parut longue, tant ils avaient envie d'être fixés. Une fois sur place, les soldats les encadrèrent tandis qu'ils pénétraient dans la nécropole. La première pièce semblait être la pièce à vivre du prêtre chargé des corps, car l'ambiance, bien qu'étrange, restait néanmoins un peu chaleureuse, et on pouvait voir dans une alcôve plus loin une paillasse soigneusement faite.

- Que puis-je pour vous ? demanda une voix.

Un homme surgit devant eux, portant une longue robe marronne et un capuchon.

- Je suis ici sur ordre du roi, lança Sanya. Nous souhaiterions examiner les corps des domestiques assassinés il y a quelque temps au château.

- Une bien étrange requête. On ne me demande pas souvent ce genre de chose.

- Quelqu'un est-il déjà venu vous faire la même demande ? interrogea Connor.

- Pas que je sache. Mais vous savez, la nécropole n'est pas un lieu fermé au public, dans cette ville. Je reçois souvent des gens, qui viennent se recueillir auprès des leurs. Je ne reste pas toujours à leur côté, alors n'importe qui aurait pu venir ici, sous prétexte d'aller voir un proche, pour examiner les cadavres qui vous intéressent.

- Une femme brune peut-être serait venue il y a quelque temps ?

Le vieil homme ne put s'empêcher de rire.

- Des dizaines ! Mon garçon, je vois bien que vous cherchez si quelqu'un aurait pu en vouloir à vos morts, mais honnêtement, je ne peux vous aider. Je reçois souvent de la visite, hommes, femmes, parfois même des enfants. Vénérer nos morts est quelque chose d'important ici. Alors des femmes brunes, oui, j'en ai vu passer, je ne pourrais pas vous aider à trouver celle qui vous intéresse, ou vous dire si elle est venue.

Connor se rembrunit. Donc pour Ludmila, il n'y aurait rien eu de difficile à venir ici fouiller les corps.

- Pas de phénomène étrange, pendant vos visites ? De sensations étranges ?

- Comme si on faisait de la magie ? Non, pas le moins du monde, et en tant que prête des morts, j'y suis sensible, vous savez.

- Bon, et bien il ne me reste qu'à examiner les corps. Si vous pouvez nous y mener.

Les gardes expliquèrent au prêtre quels domestiques intéressaient les deux invités, et ce dernier hocha la tête.

- Suivez-moi en cas.

Il traversa la pièce à vivre, et ouvrit une lourde porte en fer, tout au fond. Derrière, un dédale de couloirs s'étirait devant eux. Sur les côtés, des alcôves étaient creusées, ou reposaient des cadavres, enfermés dans ces cercueils en bois. Le prêtre les mena jusqu'à ceux qui les intéressaient.

- Voilà, ce sont ceux de cette rangée. Je vous laisse le temps de finir, si vous avez besoin de moi, vous savez où me trouver.

Ce vieil homme, songea Connor, était futé. Il se doutait de la nature de leur mission, tout comme il se doutait que cela ne le regardait en rien et qu'il valait mieux pour lui ne pas regarder. Une fois hors de vue, Sanya passa les mains au-dessus du premier cercueil. Fermant les yeux, elle se concentra à fond pour sentir la moindre présence magique. Elle réitéra le mouvement pour chaque cercueil.

- Alors ? demande Connor.

- Je ne sens rien, s'énerva-t-elle. S'il y avait eu de la nécromancie, je le sentirais, c'est une magie puissante !

- Alors, ouvrons, regardons dans les poches des victimes, on ne sait jamais.

Sanya se tourna vers les gardes :

- Ici, vos morts conservent-ils leurs vêtements ?

- Pour les personnes importantes, on les habille de manière élégante. Pour un soldat, on revêt son armure. Mais pour de simples domestiques, on leur laisse les vêtements qu'ils portaient à leur mort.

- Sanya, cela ne sert à rien d'ouvrir, contredit son mari. Franchement, si Ludmila récupérait des notes dans les poches de ses alliés une fois morts, tu crois sérieusement qu'elle aurait laissé des preuves, comme les notes ou des parchemins, méticuleuse comme elle est ? Si elle se sert de la mort des victimes pour avoir des renseignements, et qu'elle n'use pas de nécromancie, alors elle doit venir ici, mais crois-moi, elle ne laisserait rien au hasard. Postons des gardes, et toute femme brune sera arrêtée à l'avenir. Mais inutile de fouiller tous ces cadavres.

À contrecœur, Sanya opina. Effectivement, Ludmila n'était pas stupide à ce point.

Alors qu'ils s'apprêtaient à faire demi-tour, quelque chose capta leur attention.

Venant d'un autre couloir, une ombre apparut devant eux, les mains cachées dans les poches de sa grande cape. Une capuche cachait une bonne partie de son visage, mais l'on pouvait apercevoir une peau pâle, dont les veines contrastaient par leur noirceur. Sanya et Connor échangèrent un rapide coup d'œil avant de tirer leurs armes, comprenant ce qui se passait. Les soldats dégainèrent leurs armes, mais les deux époux tendirent un bras pour le barrer le chemin.

- Ne l'approchez pas, vous y laisserez la vie à coup sûr.
- Qui est-ce ?
- Personne, souffla Connor. Un monstre créé par Ludmila. Une pâle copie d'un Maître des Ombres, mais tout de même suffisamment dangereux pour représenter une menace à ne pas prendre à la légère. Ces créatures sont redoutables. Cette sorcière les envoie pour assassiner.

Les soldats déglutirent, se dandinant d'un pied à l'autre.

Mais la créature ne bougea pas, se contentant de les regarder. Elle releva la tête, suffisamment pour apercevoir ses yeux. Connor et Sanya échangèrent un autre coup d'œil, surpris cette fois. Contrairement à d'habitude, la pâle copie n'exprimait aucune rage, aucun rictus mauvais. Mais plutôt... un regard vide, presque... désespéré. Elle ne fit aucun geste de menace, et d'ailleurs, ne portait pas d'armes.

- Que fais-tu là ? demanda Connor.

L'homme (car il avait été un homme autrefois), plongea ses yeux dans ceux du jeune homme.

- Partez. Partez loin d'ici, tant qu'il est encore temps.
- Qu'est-ce que ça veut dire ? s'écria Sanya. Pourquoi nous mettre en garde.

La créature se recula, doucement, en chuchotant :

- Partez. Quittez cet endroit. Avant qu'il ne soit trop tard pour vous.

Sans un bruit, il se recula encore, et disparut dans les ombres.

- Qu'est-ce qui vient de se passer ? demanda un des soldats.

- Je l'ignore, souffla la reine. Je ne comprends pas... Pourquoi cette chose veut qu'on fuie ? Pourquoi ne pas nous attaquer ? Elle est créée pour ça !

Connor réfléchissait. En regardant son époux, Sanya sut qu'il voulait lui parler, mais pas ici, pas devant témoin.

- Rentrons, lança-t-elle. Nous avons ce qu'il nous faut. Il nous reste encore beaucoup à faire.

Ils reprirent la direction du château, tous silencieux. Le trajet leur parut interminable, et si les soldats s'attendaient à voir surgir une menace à chaque instant, Connor semblait penser à tout autre chose, et Sanya n'était pas moins inquiète. Rien de tout ceci n'avait de sens.

Quand ils furent rentrés, les deux époux rejoignirent immédiatement leurs appartements, sans même chercher à faire leur rapport à Aldaron.

Une fois seul, Connor s'assit sur le bord du lit, les yeux plongés dans le vide.

- Rien n'a de sens, souffla-t-il. Ce n'est pas logique. Or elle fait preuve d'une grande logique, toujours.

- Sa logique n'est sûrement pas la nôtre.

- Sanya c'est plus que ça ! (Le jeune homme se redressa pour lui faire face) Regarde, deux fois que ses créatures nous tombent dessus. À Sohen, ils nous attaquaient, sans préambule, ils cherchaient à nous tuer par tous les moyens. Ils n'ont jamais hésité. Et là, par deux fois ils nous épargnent. Et plus même, ils nous avertissent, nous demandent de fuir !

- Tu crois qu'ils essayent de se libérer de Ludmila ?

Connor serra les dents.

- Je... Je n'aurais pas tout à fait dit ça... Je dirai plutôt que Ludmila se libère de ses maîtres.

17

Ludmila soupira. Cachée dans son repaire, réchauffée par sa seule magie, elle lisait les documents qu'elle avait obtenus. Des manœuvres de défenses, des informations militaires confidentielles. Un avantage considérable sur Aldaron. Savoir à l'avance comment il comptait réagir, cela pouvait se montrer décisif au cours de la bataille qui s'annonçait.

Les troupes d'Eroll arrivaient, et le siège débuterait dès qu'elles seraient là. À ce moment-là, Ludmila n'aurait pas d'autres choix que de se battre. Se battre à la vue de tous. Montrer son pouvoir.

Quelles autres options avait-elle ? Quel choix avait-elle ? Obéir, c'était la seule chose qu'elle pouvait faire.

Elle sortit alors une lettre de sa poche, la relut une dernière fois en soupirant.

Ludmila,

On m'a informé de tes derniers faits et gestes. On m'a informé également de tes dernières découvertes. Ainsi la reine Sanya est présente à Elbereth, et tu n'as pas jugé bon de m'en informer ? Dois-je te rappeler quel accord nous lie ? Ton roi t'a mise à mon service. Tu me fois obéissance, et même si j'accepte ton attitude incompréhensible, tes paroles et tes actes étranges, même si je t'accorde une certaine liberté de mouvement, n'oublie pas qui est le maître. Tu sers ton roi, en échange de quelque chose. Ai-je besoin de te rappeler cette chose ? Ai-je besoin de te rappeler que ton roi me sert, à présent ?

Je sais que tu n'aimes pas perdre de temps, alors je conclurais vite. Que tu le veuilles ou non, tu me feras part de toutes tes découvertes, en particulier Sanya. Tue-la, si tu y arrives. Et en échange, je ne demanderai pas au roi d'annuler votre accord. Tue Sanya, ou tu le regretteras amèrement.

L'empereur Eroll

La jeune femme serra les mâchoires. Du chantage, encore et toujours ! Un roi mourrait, et un autre venait de nouveau récupérer ses chaînes. Ainsi, jamais ne serait-elle libre ? Jamais ne serait-elle en paix ?

Elle écrasa la lettre dans sa main, et fit apparaître une flamme qui la réduisit en cendre.

- S'il n'y avait pas... Ce serez vous, en train de brûler !

Ludmila se redressa et s'étira. Les ordres étaient clairs. Elle devait s'occuper de Sanya. Mais si cette dernière décidait de partir ? Eroll ne l'enverrait pas à sa poursuite. Et ce serait un problème de moins. Et peut-être une solution de plus.

Elle, le plus grand génie de son temps, incapable de trouver une solution. Incapable de savoir quoi faire. Perdue, à se demander comment agir. À se demander si un jour tout ceci prendrait fin. De son point de vue, elle ne voyait que deux choses capables de l'aider à se tirer de sa situation.

La fuite de Sanya.

Ou sa capture.

Elle fit les cent pas dans la grotte, réfléchissant en maugréant, passant d'une idée à l'autre, analysant tout.

Et soudain, elle se retrouva face un homme, vêtu d'une cape. Un homme pâle et immobile.

- Alors ?
- Message transmis.
- Très bien. Il ne reste qu'à attendre quelques jours. Si Sanya ne part pas, je n'aurais plus le choix.

*

Les jours passèrent sans que Connor et Sanya ne trouvent d'autres pistes. Ils enquêtaient sur un éventuel traître, interrogeant soldats et domestiques, mais ses interrogatoires n'avaient mené à rien. Il n'y avait pas encore eu de nouveaux phénomènes anormaux, ni d'attaques ni de vol, mais ils restaient constamment sur leurs gardes. Ils ne se fiaient même plus aux soldats qui les escortaient où qu'ils aillent.

De plus, ils continuaient de se demander ce que cherchait réellement Ludmila. Visiblement, elle ne voulait pas les tuer. Mais pour quelle raison ? Que cherchait-elle ? Les deux époux ne pouvaient croire qu'elle veuille être de leur côté, autrement, elle se serait déjà rendue. La sorcière s'en était prise à Elbereth, mais restait à savoir dans quel but ? En quoi les laisser en vie importait dans son plan ? Quoi qu'il en soit, ce n'était pas une raison de la sous-estimer. Peut-être avait-elle besoin d'eux en vie, que ce soit pour ses propres intérêts ou les intérêts de ses maîtres, mais cela ne changeait pas le fait qu'elle soit une menace pour le royaume, et que cette menace devait être éliminée.

Perdue dans ses pensées, Sanya remontait un long couloir en direction de ses quartiers, où elle devait attendre Connor pour discuter entre eux de ce qu'ils avaient analysé, quand quelqu'un l'interpella. Se tournant, elle découvrit Kari qui courait à sa rencontre.

- Enfin je te trouve mon amie !
- Tout va bien ?
- J'ai une nouvelle à t'annoncer.

La reine se tendit, prête à entendre les pires nouvelles possibles.
- Connor...
- Connor va bien, ce n'est pas de lui dont je veux te parler. Mon époux a demandé aux seigneurs du royaume de l'épauler dans cette guerre, de mettre leurs soldats sous ses hordes, et ces derniers devraient arriver d'ici deux semaines pour combattre à nos côtés.

Sanya ne sut si c'était une bonne ou une mauvaise nouvelle. Avoir du soutien militaire était une bonne chose, mais avoir des nobles qui traîneraient dans ses pattes alors qu'elle essayait de déjouer un mauvais plan ne serait pas facile.

- Je n'ai guère le choix, soupira-t-elle.
- Je comprends que ça puisse t'ennuyer. Ces gens se comportent comme si rien n'avait d'importance à part leur petite personne, et ils

risquent de vouloir accaparer ton attention sans cesse. Je ferai ce qu'il faut pour que tu sois tranquille.

- Merci.

Kari se tordit les doigts, visiblement mal à l'aise.

- Quelque chose ne va pas ?

- Sanya, je… Je voulais m'entretenir d'une chose privée avec toi.

Pesant une main sur son épaule, la jeune femme la conduisit dans ses appartements, où elle la fit asseoir sur un fauteuil avant de prendre place devant elle.

- Je t'écoute.

- Comment dire ça de manière élégante... Il y a longtemps que mon époux m'a touché et… enfin, tu crois qu'il se lasse de moi ?

La détresse de son amie fendit le cœur de Sanya.

- Non, j'en doute. Il a beaucoup de responsabilités et beaucoup d'inquiétude, il ne doit pas avoir la tête à ça.

- Tu en as tout autant, peut-être même plus, et Connor aussi. Pourtant cela ne vous empêche pas de faire l'amour.

- Kari, je suis persuadée qu'Aldaron n'aime que toi, et qu'il ne se lasse pas de toi. Mais avec tout ce qui arrive, il n'a peut-être pas l'envie. Il doit sans cesse réfléchir et...

- Justement, ça le détendrait ! Je sais comment il est, il a besoin de tendresse. Mais cela fait si longtemps qu'il ne m'a pas touché. Et il n'en manifeste pas l'envie, même pas un tout petit peu ! Sanya écoute... je crois qu'il me trompe.

La reine écarquilla les yeux.

- Mais avec qui voudrais-tu qu'il te trompe ?

- Je ne sais pas, une servante, une noble dame... Mais je suis convaincue qu'il a quelqu'un. Il s'isole beaucoup ces derniers temps, et ne souhaite pas que je l'accompagne.

Sanya tiqua. Et si effectivement Aldaron trompait sa femme ? Et s'il amenait sa maîtresse dans son bureau, là où personne ne pouvait entrer et où personne ne pouvait le surprendre justement ? Ce qui expliquait qu'il ne veuille plus que sa femme vienne. Et ainsi... sa maîtresse aurait ensuite pu avoir accès au tiroir, d'une manière ou d'une autre. Se pouvait-il que cette maîtresse travaille pour Ludmila ?! Sauf que si c'était le cas, les gardes ayant probablement vendu leur silence, et Aldaron ne voulant pas se trahir, personne ne lui confirmerait cette hypothèse.

- Sanya, je vois tes craintes... tu penses que j'ai raison ?
- Je n'espère pas. Mais s'il avait une maîtresse, elle pourrait avoir accès au bureau d'Aldaron, pour que personne ne les surprenne lors de leurs ébats.
- Et elle aurait accès aux documents secrets !

Sanya prit son amie par les épaules.

- Écoute-moi Kari. Ces accusations ne sont peut-être pas fondées. J'enquêterai, sois-en sûre. Mais ne le blâmons pas tant que nous ne sommes pas sûres.
- Il faudra bien l'interroger.
- Je m'en occupe.

Kari eut un sourire timide.

- T'ai-je dit que tu es la seule sœur qu'il me reste ?
- Oui, tu me l'as dit, souffla la reine en enlaçant son amie.
- Liana me manque tant, tu sais, sanglota Kari.
- Moi aussi elle me manque. Mais elle est avec nous, toujours.

La jeune femme hocha la tête. Puis elle prit congé, laissant Sanya seule pour méditer à ça. La piste de la maîtresse était à explorer. Aldaron avait très bien pu se faire rouler dans la farine, et elle se doutait qu'il était prêt à tout pour que sa femme ignore cette aventure. Quitte à taire quelques informations... Après tout, elle avait déjà vu des malades, aux portes de la mort, taire des informations qui auraient pu leur sauver la vie par honte ou par fierté.

Quand Connor revint, il la trouva perdue dans ses pensées, réagissant à peine à son arrivée.

- Ça ne va pas ? demanda son mari.
- Kari pense que son mari la trompe...
- Si tel est le cas, je ne vois pas trop ce que tu peux faire.
- Tu ne comprends pas ? Si tu devais me tromper, ne voudrais-tu pas aller dans un lieu où toi seul es autorisé à aller ?
- Ça serait mieux évidemment, mais je... le bureau !
- C'est à ça que je pensais. S'il a effectivement une maîtresse, ça pourrait être elle, le traître. Et je ne sais pas comment faire pour le prouver.
- Tu veux que je le surveille ?

Sanya déglutit. Faire espionner un ami de longue date la répugnait. Mais l'avenir de Dryll en dépendait peut-être...

- Oui, souffla-t-elle au bord des larmes.

18

Aela et Reva auraient aimé quitter le château sans trop se faire remarquer, hélas c'était sans compter les conseillers qui couraient partout et avaient le chic de leur tomber dessus quand ils le désiraient le moins.

- Ma Dame, nous avons besoin de vous pour quelques décisions politiques.
- Voyez avec Damian, répliqua-t-elle.
- Mais la reine vous a confié le royaume c'est à...
- La reine m'a confié le royaume pour tout ce qui est militaire. Mon rôle est de diriger les attaques et les batailles à venir. Pour ce qui est finance et économie, voyez avec Damian.
- Très bien ma Dame...

Rouge de confusion, il s'en alla au pas de course. Aela poussa un soupir d'agacement.

- Tu doutes de tes capacités ? la taquina Reva.
- Jamais de la vie ! Mais la guerre est suffisamment préoccupante pour qu'en plus je me mette à réfléchir sur des sujets qui entre nous, ne valent pas la peine que je me concentre dessus. Damian s'en sortira très bien, il n'a pas besoin de moi pour gérer les finances. Qui plus est, je ne suis pas la mieux placée pour gérer ça...
- Franchement, je trouve vos histoires d'argent inutiles, elles créent plus de problèmes qu'elles n'en résolvent.
- Tu ne changeras pas le monde Reva. Et moi non plus. Mais si

les royaumes étaient gérés comme on gère un clan, ma foi ce serait mieux. (Elle sembla s'aviser de ses paroles) Ne va surtout pas croire que c'est une critique envers Sanya !

Reva éclata de rire.

- Bien sûr que non, je sais très bien que tu ne la critiquerais jamais.

Ils se remirent en chemin en continuant leurs discussions et quittèrent le château sans autre interpellation. Prenant des chevaux, ils se rendirent à Sohen pour y retrouver Faran, Il'ika et leurs recrues dans leur petit repaire. Sanya n'ayant pas donné d'autorisation, ni Aela ni Damian n'avaient exprimé l'envie de leur installer une pièce privée au château. Et il ne fallait pas compter sur les Maîtres des Ombres qui manifestaient ouvertement leur scepticisme. Alors même si leur cachette n'était pas des plus commodes, c'était toujours mieux que rien.

Quand ils furent arrivés, c'est Il'ika qui les accueillit, les faisant entrer avec empressement dans leur planque. Faran s'occupait de quelques novices, leur apprenant comment maîtriser la magie, tandis que d'autres étaient plongés dans une lecture sans doute passionnante. Remarquant les nouveaux venus, tous s'empressèrent de les saluer bien bas et avec respect.

Tandis qu'Il'ika, fidèle à elle-même, se mettait un débiter un long discours sur les progrès fulgurants et l'enthousiasme des recrues, Aela les étudia tous un à un. Ils étaient tous bien différents, certains encore un peu craintifs, d'autres plus à l'aise. Elle en repéra même un qui semblait vouloir étudier plus que n'importe quoi d'autre, et une autre qui lorgnait sur ses progrès, sans doute décidés à le battre rapidement. La compétition était une assez bonne chose, mais Aela savait d'expérience que ce n'était pas le meilleur moteur pour réussir à se surpasser sur le long terme. Mais après tout, ces deux-là semblaient jeunes, ce n'était pas très important. Elle ne vit aucune trace de malice dans leur regard, rien qui laissait entendre qu'ils étudier et analyser des proies potentielles. Tous semblaient visiblement ravis d'être ici, et s'adaptaient remarquablement bien aux règles de Faran et donc à ceux de la reine.

Un vase se brisa alors sans que personne ne le touche, et un jeune homme dont s'occupait Faran se mit à sourire de toutes ses dents !

- J'ai réussi ! clama-t-il.

Les autres lui donnèrent une tape sur l'épaule.

Aela ne partagea pas leur joie. Elle voyait toujours d'un œil mauvais la fondation. Dès qu'elle avait su, elle avait ordonné au forgeron de son village de fabriquer le plus d'armures « anti-magie », comme il les appelait, afin de pouvoir équiper tout son clan et le plus de généraux. Si Aela appréciait Faran et lui faisait confiance, elle n'avait en revanche aucune confiance dans ses recrues.

Durant les siècles précédents, la magie avait été partie intégrante de la culture des hommes, les rois et reines avaient toujours des mages à leur service, et avant la fondation de l'Ordre, chaque ville avait des « écoles » pour les magiciens. Et puis si la magie pouvait servir le mal, l'acier d'une épée pouvait le servir tout autant. Aela n'avait rien contre la magie. Au contraire, elle l'appréciait, elle aurait aimé connaître l'époque où la magie était aussi courante que tout autre art. C'était la mentalité de ceux qui se croyaient plus puissants qui la dérangeait. Au même titre qu'elle n'aimait pas former un guerrier qu'elle ne connaissait pas, elle n'aimait pas l'idée qu'on offre un tel savoir et une telle arme à de parfaits inconnus. Mais Aela faisait confiance à Sanya et Faran, à vrai dire, elle n'avait pas vraiment le choix.

- Je pense que nous serons prêts à nous défendre pendant le siège, conclut Il'ika. Bien sûr, nous sommes loin d'être de puissants magiciens, il nous faudrait évidemment des années et des années de pratique et d'expérience, et il y a toujours à apprendre, mais nous pourrons vous êtes d'une aide précieuse pendant la bataille. D'autant plus qu'Eroll possède des mages, nous pourrons vous offrir une résistance qui ne sera pas négligeable. Dans le pire des cas, nous serons au moins capables de vous apporter du temps face à des attaques magiques.

- C'est bon à entendre, approuva Reva.

Faran termina enfin ses entraînements et vint les rejoindre, saluant chaleureusement ses invités.

- Les choses avancent bien, dit-il.

- Il'ika nous a dit, oui, affirma Aela. Je te souhaite de réussir.

- Mais tout comme les Maîtres des Ombres, tu n'y crois pas. Je sais ce que tu ressens Aela, je sais que tu es méfiante de nature et que tu préfères te préparer au pire, mais j'espère pouvoir te prouver que tes appréhensions n'ont pas lieu d'être.

- J'espère que tu sauras gérer Faran, pour le bien de tous je l'espère de tout cœur.

- N'ait crainte, tout se passera bien, la réconforta Il'ika.
- Et Darek ? Est-il là ? Je crois savoir que les Maîtres des Ombres assistent souvent à vos entraînements.
- Non, et il n'y a personne aujourd'hui. Ils viennent que de temps en temps, pour éviter de trop oppresser les recrues. Pour le moment, ils n'ont rien remarqué d'alarmant, et n'ont aucune objection contre nos décisions, leur apprit Faran. Tous sont au courant de notre pacte bien sûr, mais les Maîtres des Ombres ne se montrent jamais. Il n'y a que Kelly et Mia qui ont réussi à faire preuve de sympathie.
- Ce sont des femmes d'une grande tolérance et d'une grande indulgence, souffla Il'ika. Elles ne nous haïssent pas et son véritablement d'accord pour nous laisser une chance.
- Je le sais. Mais ayez bien en tête que si les choses dérapent, elles ne feront pas partie de vos alliés. Et moi non plus. Malgré mon amitié pour vous.

Contre toute attente, Faran éclata de rire :

- Je suis habitué à recevoir de tel propos ! Ne vous en faites pas, je vous prouverai à tous que vous pouvez nous faire confiance. Mais parlons d'autre chose, comment ça se passe au château ?

Aela haussa les épaules.

- Il n'y a pas grand-chose d'autre à faire qu'attendre et se préparer.
- Des nouvelles de Sanya ?
- Mauvaises, oui. Ludmila est à l'œuvre, et la situation la dépasse. Connor est aussi perdu qu'elle, visiblement, il ne parvint à trouver aucune trace de cette garce. Dès qu'ils ont un semblant de piste, il n'y a aucun fait pouvant prouver leur théorie. En gros, ils savent que Ludmila est là, ils savent ce qu'elle fait, mais ne peuvent rien faire d'autre qu'attendre qu'elle fasse un faux pas. Elle semble avoir trop d'avance sur eux.
- Elle trouvera un moyen de lutter, j'en suis sûr, et Connor est avec elle pour l'aider.

Ils discutèrent encore un moment, puis Faran reprit ses entraînements. Il avait appris à ses recrues à se servir de l'air pour se défendre, comme former un mur aussi solide que de la pierre ou faire exploser des choses. Il leur avait appris à contrôler le feu, à soigner, à poser des protections magiques et à en désactiver, et également à se servir de leurs sens magiques et faire jaillir de la lumière de leur main. Les plus forts d'entre eux arrivaient parfois à lancer des éclairs, mais ne contrôlaient pas encore leur trajectoire, et d'autres parvenaient à solidifier tout ce qui était liquide.

Le plus dur restait tout ce qui s'appliquait à l'esprit, et même Faran avait encore du mal à faire ressentir des choses à un homme, comme la peur, la colère ou la douleur.

Quand il eut fait plusieurs démonstrations à Aela, la jeune femme décida qu'il était temps de partir, et prenant la main de Reva, elle quitta la maison. Ils retournèrent au château rapidement et parvinrent à gagner leur chambre sans rencontrer de conseiller.

- Aela ? demanda Reva alors que sa femme rangeait son manteau.

- Oui ?

- Cela n'a rien à avoir avec ce que nous venons de voir, mais j'ai souvenir que tu m'aies confié une fois être capable de lutter contre un Maître des Ombres. Est-ce vraiment le cas ou est-ce de la vantardise ?

La jeune femme sourit et réfléchit à sa réponse.

- Je suis vantarde, mais pas menteuse.

- J'en déduis donc que tu peux rivaliser avec eux. Mais comment ? Sans vouloir te vexer, tu n'as pas pu rivaliser avec les bandits qui t'ont attaqué.

- Ils avaient des archers Reva. Je n'ai pas le pouvoir des Maîtres des Ombres, je ne peux pas lutter contre des flèches. Je reste humaine, je ne suis pas immortelle, ou une déesse.

- Alors comment peux-tu résister aux Maîtres des Ombres ? Enfin... tu n'es pas invincible, et battre des Maîtres des Ombres revient à ça.

- Tu ne comprends pas.

- Explique-moi !

- Ce sont mes secrets, Reva.

- Tout ton clan est-il comme toi ?

- Certains oui, pas tous.

Le jeune homme se passa une main dans les cheveux.

- Ce sont les recrues que tu entraînes personnellement n'est-ce pas ? Tes guerriers d'élite. Tu les formes et tu leur apprends ta technique. Seulement les guerriers possédant cette faculté sont en courant.

Aela ne répondit pas, se bornant à ranger ses affaires comme si de rien n'était.

- Pour les battre, il faudrait que tu puisses... neutraliser leurs pouvoirs. Mais tu n'es pas magicienne. Et je sais que vos armes ne sont pas magiques n'ont plus, elles ont simplement la propriété de résister à la magie et donc...

Reva contempla la jeune femme qui éclata de rire devant toutes ses interrogations.

- Tu aurais la capacité innée de résister au pouvoir des Maîtres des Ombres ? Enfin... comme si leur pouvoir ne pouvait rien contre toi ? Comme si... comme s'il était incapable d'anticiper tes gestes ? Tu aveugles leur pouvoir, en quelque sorte. Les Maîtres des Ombres ne sont pas capables d'anticiper tes gestes, et donc vous êtes sur un pied d'égalité. Mais comment ? Ce n'est pas inné en fait, vu que tu l'enseignes… Où as-tu pu dégoter un tel savoir ? Je suppose que tu le tiens du même endroit que le secret des armures magiques. Je sais que c'est toi qui as trouvé cette technique et l'as enseigné aux forgerons, il y a longtemps. D'ailleurs, on m'a dit qu'avant de prendre les rênes du clan, tu avais beaucoup voyagé… C'est forcément là que tu as obtenu ce savoir.

- Tu réfléchis trop, Reva. Beaucoup trop.
- Non, non ! C'est logique ! Enfin, c'est du moins la seule explication que je vois.
- Reva.
- Donc ce serait ça, tu es comme invisible aux yeux de leurs pouvoirs, Il ne fonctionne pas avec toi... Ils n'anticipent pas tes gestes, du coup, face à toi, ils sont comme n'importe quel guerrier. Sans atout.
- Reva !
- Quoi ?
- Arrête ça, veux-tu ?
- Mais je...

Se jetant à son cou, elle l'embrassa avec toute la fougue dont elle était capable pour le faire taire.

- Ça suffit, souffla-t-elle. Arrête de parler et viens prendre un bain avec moi.
- Pourquoi tu changes de sujet ? Pourquoi ne me dis-tu pas ?
- Tu en sais suffisamment.
- Pardon ? Je sais juste que tu peux résister aux Maîtres des Ombres.
- Et c'est déjà bien assez ! Cette carte est secrète et elle n'a

d'intérêt que si l'effet de surprise est dans mon camp, tu comprends ?

- Je ne dirai rien.

- J'ai tenu le même discours à Connor. Si on t'injectait une potion de vérité, tu parlerais.

Reva se rembrunit. Son air peiné brisa le cœur de la jeune femme qui se blottit dans ses bras.

- Pardonne-moi. Mais je ne peux te révéler ça. Seuls mes guerriers d'élite, possédant ce don, sont au courant.

- Tes guerriers d'élite... Tout le monde peut postuler n'est-ce pas ? Ensuite tu sélectionnes les meilleurs, ceux à qui tu veux transmettre ce pouvoir. Et tu les entraînes.

Aela commençait à voir où il voulait en venir. Reva s'écarta et croisa les bras sur sa poitrine, un sourire en coin.

- Dans ce cas, j'en suis.

- Quoi ?

- Je veux postuler pour être un de tes guerriers. Je veux affronter ta sélection. Si je la passe, alors je saurais que je suis digne d'entendre ce secret.

La jeune femme était partagée entre l'admiration et l'agacement.

- Tu fais ça juste pour connaître mon secret. Je ne sélectionne pas des guerriers pour ça.

- Je fais ça parce que tu disposes visiblement d'un moyen efficace de protéger les tiens. Tu formes ceux qui peuvent défendre le clan tout entier contre n'importe quel ennemi. Ce pouvoir que tu possèdes semble être capable de rivaliser avec les plus puissants. Et il n'est pas inné, tu peux l'enseigner. Je veux connaître ce secret. Pas pour la curiosité, pas pour connaître ta carte maîtresse. Mais parce que je perçois que c'est un moyen des plus efficaces de protéger ceux qu'on aime. Et je veux protéger le clan, toi et notre enfant.

Une larme roula le long de la joue d'Aela.

- Eh bien soit. Tu feras partie du lot. (Elle eut un sourire carnassier), mais je te garantis que pour être sélectionné, ce ne sera pas de la tarte !

*

Une fois leur démonstration terminée, Faran et Il'ika étaient rentrés au palais. Leurs apprentis avaient tenu à rester encore un peu dans la planque, pour discuter et échanger, faire plus ample connaissance, et se donner des petites astuces pour mieux réussir.

Contents de voir que des liens se nouaient entre eux, et qu'ils prenaient à cœur leur nouveau rôle, les deux formateurs avaient accepté et les avaient laissés en paix.

En réalité, ce n'était pas la première fois que les magiciens se réunissaient de la sorte. Ils avaient déjà fait des petites réunions clandestines, à l'abri des regards et des oreilles indiscrètes, pour discuter de leur situation.

Si au départ, chacun avait eu du mal à exprimer son propre avis de peur de froisser les autres, la première intervention de Thorlf avait mis le feu aux poudres.

- On nous surveille et on nous contrôle comme des repris de justice. Nous ne sommes même pas maîtres de notre destin, ce sont des Maîtres des Ombres qui nous contrôlent, alors que leur passé n'est pas plus glorieux qu'eux !

Chaque jour depuis, les discussions se faisaient plus houleuses. Certains se voulaient conciliants et compréhensifs des mesures prises, mais pour la plupart, les esprits s'échauffaient. Thorlf, le premier à avoir lancé le sujet, regardait à présent ses camarades râler et injurier, n'intervenant que rarement, mais toujours de façon précise et efficace.

- On est censé leur apporter une aide importante, et les aider à sauver notre monde, pourtant on nous considère comme des criminels et des monstres qu'il faut surveiller étroitement, râla Illiam.

Les autres approuvèrent.

- On inspecte notre travail comme celui de prisonnier de guerre, pour décider s'il est utile de nous garder en vie ou non.

- Tu crois qu'ils nous tueraient si on n'était pas comme ils le voulaient ? hasarda un autre.

- Bien sûr l'appuya Felyn. Tu crois sincèrement que les Maîtres des Ombres nous laisseraient vivre ? Même la reine ne semble pas se soucier de nous, de ce qu'on peut lui apporter. J'ai entendu dire qu'à la base, elle ne voulait pas de notre ordre.

- Je ne vois pas pourquoi ce serait à la confrérie de nous surveiller et de nous contrôler ! Ils ne sont pas mieux que nous ! Pourquoi eux on leur accorde de l'importance et du pouvoir, et pas à nous ? rugit Maeva.

- Parce qu'ils usent de leur puissance pour diriger, souffla Illiam, inquiet. D'ailleurs, notre reine en a épousé un. Je suis sûr que c'était un moyen pour la confrérie de fourrer son nez dans les affaires politiques et d'en prendre le contrôle.

La discussion s'enflamma. Thorlf eut un petit sourire. Tous semblaient visiblement de son avis. Il avait su gagner des partisans, rien qu'avec quelques paroles bien placées. Le reste s'était fait tout seul.

Maintenant, les choses allaient pouvoir changer.

Il se leva et tous firent silence. Dans l'Ordre, il était le plus craint et respecté, car il était le plus fort d'entre et le plus intelligent d'entre eux.

- Écoutez, il est évident que jamais on ne nous laissera vivre en paix et exercer notre art. Il est évident que jamais nous n'aurons le droit d'atteindre notre apogée, de progresser et de trouver nos limites. Nous serons toujours sous leur contrôle, nous ne pourrons jamais prendre nos propres décisions.

Les autres acquiescèrent.

- Cela ne peut pas durer. C'est notre destin, notre vie. Et je sais quoi faire pour que notre situation a tous soit celle qu'elle devrait être, sans barrière, et sans menace ! Nous serons alors libres.

Les autres levèrent le poing en l'air et écoutèrent avec dévotion ses paroles.

19

Espionner Aldaron ne se révéla pas trop compliqué pour Connor, les gardes croyant qu'il cherchait des traces des assassins, ils ne lui posèrent aucune question et aucun doute ne fut soulevé. Le Maître des Ombres était décidé à trouver des preuves avant l'arrivée des seigneurs, car une fois qu'ils seraient tous là, nul doute qu'il aurait plus de mal à jouer la discrétion avec des gens qui pourraient lui coller au train.

Cela faisait deux semaines qu'il passait de très longues journées à essayer de prouver la culpabilité ou l'innocence d'Aldaron, tout en retournant la ville à la recherche de Ludmila. Kalena lui filait un coup de main, mais sans l'odeur de la sorcière, ses capacités étaient limitées. Pour Ludmila comme pour Aldaron, Connor n'avait rien trouvé et la frustration commençait à devenir irritante. Il avait également cherché du côté des domestiques sans rien trouver.

Sanya avait finalement eu le courage d'interroger directement le roi, et celui s'était rebiffé sous l'accusation.

- Comment pouvez-vous penser ça de moi ?!

- Je ne pense rien, mais vu la situation, je n'écarterai aucune possibilité. Si vous avez une maîtresse, il faut me dire si elle a accès à votre bureau. Je ne dirai rien à Kari, vos problèmes de couple ne regardent que vous, mais pour le bien de Dryll et de tous nos royaumes, je dois savoir !

Aldaron avait inspiré bruyamment pour essayer de repousser sa colère. Connor, dissimulé non loin, s'était tenu prêt à agir en cas de besoin.

- Je ne trompe pas ma femme ! J'aime Kari depuis le début, je n'ai pas besoin d'une autre femme ! Pourquoi ferais-je une telle chose ?

- Aldaron, ne le prenez pas mal, mais vos excuses ou explications ne me concernent pas. Ni vos justifications.

- C'est Kari qui vous a mis le doute ?

- Elle est très affectée par le fait que vous ne passez pas beaucoup de temps auprès d'elle, et que vous ne fassiez jamais l'amour. Elle avait peur que vous la trompiez, et je pense que vous pouvez comprendre ce qu'elle ressent ! Depuis la mort de sa sœur, Kari a besoin de beaucoup d'attention.

- Je sais... ce n'est pas contre elle, je l'aime vraiment... mais je n'ai pas le temps.

- C'est à elle qui faut le dire. Vos problèmes sont les vôtres, ce que je veux savoir, c'est si vous avez une maîtresse ayant accès à votre bureau.

Aldaron baissa les yeux.

- Non, je n'en ai pas.

- Bon, dans votre intérêt, j'espère que vous êtes sincère.

- Vous ne me faites pas confiance ?

- En temps de guerre, et quand des traîtres rôdent, il ne faut pas laisser l'amitié détériorer la raison.

- Effectivement...

Depuis, Aldaron n'avait plus fait de remarques, laissant Sanya travailler sans jamais l'interrompre. Il semblait également plus... distant et renfermé, comme si le fait qu'elle puisse douter de tout le monde le mettait mal à l'aise.

- Ah ! Te voilà !

Connor fut tiré de ses pensées quand Sanya apparut devant lui, lui bloquant le passage.

- C'est fou ce que tu peux être difficile à trouver, je devrais te relier à corde. Ou sonner une cloche chaque fois que j'ai besoin de toi.

- Oui Votre Majesté, je suis votre serviteur, se moqua-t-il en s'inclinant.

- Idiot ! Je voulais te dire que les seigneurs arriveront dans une paire d'heures.

- Quoi, déjà ? C'était prévu pour la soirée !
- Ils ont dû chevaucher plus vite que prévu. Moi non plus ça ne me plaît pas d'avoir des gens dans les jambes, mais nous devons faire avec.
- Je descendais au quartier des domestiques, espionner une dernière fois. Mais sinon, je pense qu'il faut en conclure qu'Aldaron n'a pas de maîtresse.
- Oui, je pense aussi. Fais un dernier tour alors, ensuite nous retournerons en ville avec Kalena. Ludmila ne s'en tirera pas comme ça.
- Je te retrouve à la porte principale dans une demi-heure.
- Ne me fais pas trop attendre, glissa-t-elle en l'embrassant.

Quand sa femme fut partie, Connor se dirigea vers le quartier des domestiques. Sans un bruit et sans être vu, il entreprit de fouiller une fois encore les petites chambres à la recherche d'indice. Il restait néanmoins attentif au moindre bruit, se cachant parfois in extremis alors qu'un domestique faisait irruption dans la pièce.

Bredouille, il gagna les cuisines, déjà bourdonnantes d'activité. Se dissimulant dans un coin sombre, il épia les conversations.

- Skjal va arriver dans quelques heures, gloussait une jeune femme. Il est rudement beau pour un noble !
- Pas mon style, répliqua une seconde. Je préfère mon bon roi.
- Il est inaccessible, il aime trop notre reine. Non, moi je dis, les nobles sont une bonne option.
- Nous ne sommes rien de plus que des catins pour eux.
- Quelle importance, du moment qu'on passe une belle nuit ?
- Moi j'aime mieux le mari de la reine Sanya. Vraiment beau cet homme !
- Et tu dis que c'est Aldaron qui est inaccessible ? se moqua l'autre. Tu as plus de chance d'attraper de la fumée à main nue que de coucher avec lui. Sans compter que la reine a l'air de le garder jalousement et que si elle t'entendait dire que tu veux coucher avec son mari, je ne suis pas sûre qu'elle fasse preuve de douceur envers toi. On raconte qu'elle a un caractère bien trempé quand quelque chose ne lui plaît pas !

Les deux femmes rirent de bon cœur. Plus loin, un groupe d'homme bavardait plus discrètement, parlant de leurs familles et de leurs activités. Rien d'intéressant. Connor quitta donc les cuisines et se dirigea vers la porte principale.

- Si en deux semaines je n'ai rien trouvé contre lui, c'est qu'il n'a pas de maîtresse, admit-il quand il fut près de Sanya. De plus, selon les commérages, il est reconnu pour être « inaccessible ». Je pense que nous pouvons mettre un terme à cette enquête et chercher ailleurs. Du nouveau de ton côté ?

- Pas vraiment. Je ne parviens pas à savoir à quoi correspondent les traces de magie, Ludmila est bien trop habile et nettoie trop bien ses pistes. Elle me complique vraiment la tâche, déjà que je ne suis pas aux meilleures de ma forme, dirons-nous.

- Bon, eh bien allons en ville voir ce qu'on peut trouver.

Ne s'embarrassant pas d'escorte, ils gagnèrent les rues de moins en moins animées d'Elbereth et entamèrent leurs recherches. Comme d'habitude, ils firent les auberges et les tavernes en premiers, interrogeant clients et employés, mais personne ne put les renseigner. Connor avait déjà filé les taverniers et les employés voir s'ils partaient rejoindre Ludmila, et Kalena avait fouillé la ville de nuit des centaines de fois à la recherche d'odeur particulière, mais c'était comme si la sorcière n'avait jamais mis les pieds ici. La louve avait donc entrepris de fouiller les forêts environnantes, sans plus de succès.

Sanya et Connor déambulèrent donc dans les rues, ne sachant plus vraiment quoi faire. En l'absence de nouvelle piste, ils se trouvaient dans une impasse et ne savaient plus où chercher ni quoi chercher. Ils refirent donc un tour des auberges sans trop espérer, puis passèrent par les tavernes, la bibliothèque et enfin les boutiques d'alchimiste.

Connor poussa alors un long soupir en s'étirant, tandis qu'ils marchaient dans des rues quasiment désertes.

- Je commence à en avoir assez, grommela-t-il. Sanya, on devrait se prendre quelques heures de détente avant l'arrivée des seigneurs. Nous n'avons pas de nouvelles pistes ni aucun résultat. Ça ne sert à rien pour le moment.

- Tu veux qu'on attende qu'elle frappe de nouveau ?

- Tu vois mieux à faire ? Nous avons déjà tout fait. Tu peux y passer des heures si ça te chante, les résultats resteront les mêmes. Alors je suis d'avis d'attendre qu'elle frappe de nouveau, de façon à dégager une nouvelle piste. Vu les mesures de sécurité qu'on a prises, elle ne fera pas un sans-faute éternellement !

Sanya eut un sourire amusé.

- Tu dois avoir raison. Que veux-tu faire ?
- Même s'il fait horriblement froid, je suis d'avis que l'on aille se balader un peu dehors. Ensuite (il passa un bras autour de sa taille) peut-être pourras-tu nous réchauffer un peu...
- Oui, je ferai une bonne flambée, suggéra Sanya en toute innocence.

Connor leva les yeux au ciel et elle éclata de rire, se serrant un peu plus contre lui.
- Je verrai ce que je peux faire...

Profitant d'un peu d'intimité, ils quittèrent donc la ville et se baladèrent un moment dans les plaines enneigées. Kalena finit par les rejoindre, réclamant des caresses de la part de Sanya comme lorsqu'elle était jeune louveteau.

Mais soudain, son pelage se hérissa et elle adopta une posture défensive devant ses amis, les crocs dévoilés. Une femme approchait d'eux, sa capuche rabattue sur son visage, marchant d'une démarche souple et légère. Ses pieds ne laissaient aucune empreinte dans la neige.

Connor tira ses dagues et fit reculer Sanya derrière lui.
- Arrêtez-vous ! tonna-t-il.

La femme éclata de rire :
- Tu ne ferais pas de mal à une vieille amie ?

Lorsqu'elle fut à quelques pas, l'inconnue rabattit son capuchon, dévoilant son visage sans âge.
- Sériel ? s'étonna Sanya. Que fais-tu ici ?

Contournant Connor, elle approcha de l'envoûteuse. La fille d'Abel la dévisagea longuement. Ni morte ni vivante, cette puissante femme avait décidé d'épargner la vie de Sanya si en échange celle-ci faisait en sorte de retrouver sa famille morte depuis des centaines d'années.
- Crois-moi, je ne serais pas venue ici sans une bonne raison. Il fait un froid de loup ! D'ailleurs, en parlant de loup, aurais-tu l'obligeance de calmer le tien ? demanda l'envoûteuse à Connor.

Elle lui adressa un sourire enjôleur qui le mit très mal à l'aise. Jetant un coup d'œil à Kalena, il lui dit de se tenir tranquille.
- Voilà qui est mieux ! Bon, revenons à nos moutons. J'ai un message pour vous.
- Un message ? demanda Sanya, soupçonneuse.
- De ma part. Tu n'es pas sans savoir que je pratique la magie et

pas forcément celle la plus connue.

- En effet, je suis au courant.

- Savais-tu que j'ai eu une liaison avec Tahi, notre dieu du temps ?

Sanya arqua un sourcil.

- Non, tu ne savais pas... J'étais triste, mon époux me manquait et j'avais cruellement besoin de réconfort... physique. Tahi ressemblait à mon époux, alors je me suis laissée aller. Il m'a enseigné quelques trucs utiles.

- Sériel, si tu veux parler de ma vie sexuelle, sache que je n'ai pas besoin de tes conseils !

L'envoûteuse éclata d'un rire franc !

- Ce que ton franc-parler peut être amusant parfois ! Je me doute que tu n'as pas besoin de conseils, et sache que je n'ai que faire de ton intimité. Ce n'est pas ça que Tahi m'a enseigné. Il m'a appris à discerner certaines choses au-delà du futur. Tu le sais Connor, n'est-ce pas ?

Le jeune homme tressaillit. Il se souvenait parfaitement de ce qu'elle avait vu en lui. Sa quête était vouée à l'échec, il était censé souffrir, perdre tous ses proches et voir le monde s'écrouler autour de lui.

- Tu sais que je ne te crois pas.

- À ta guise. Mais je vais tout de même vous mettre en garde. Et cette mise en garde s'adresse à toi, Sanya.

La reine resta de marbre.

- Mon pouvoir m'a révélé certaines choses. Tu ne triompheras pas Sanya, tu ne triompheras pas de la sorcière que tu traques depuis si longtemps. Car elle a en sa possession une arme que tu ne peux pas combattre. Tu seras trahie, par l'être qui t'est le plus cher.

Sans aucune émotion, Sériel dévisagea Connor. Celui-ci sentit ses jambes se dérober. Jetant un regard éperdu à Sanya, il constata qu'elle n'était pas loin de tomber à genoux non plus.

- Ne crois pas que je me réjouis de la situation. Mais c'est un fait. Tu trahiras ta femme. Que tu le veuilles ou non.

- Comment pourrais-je faire une chose pareille ?! Je l'aime plus que tout, plutôt mourir !

- Ta mort ne résoudra rien. Par amour ou par ambition, tu la trahiras.

- De quelle manière ? parvint à souffler Sanya.

- Je n'en ai pas la moindre idée. Je ne suis pas voyante. Je sens simplement qu'il te trahira.

Sanya secoua la tête et s'écarta de Sériel.

- Je ne te crois pas ! C'est faux ! Jamais il ne ferait une telle chose !

- Pourquoi ne pas me tuer sur le champ alors ? gronda Connor.

L'envoûteuse lui jeta un regard empli de sympathie.

- Je ne serai pas ton bourreau.

- Je ne la trahirai pas...

- Si, tu le feras. Je ne sais pas comment ni pourquoi, mais tu le feras, aidant ainsi celle que vous nommez Ludmila.

- Aide-nous à la coincer ! supplia Sanya.

- Aucune chaîne, aucune prison ne pourra retenir cette femme. Seule une magie très puissante peut faire une telle chose, magie que personne n'a ici.

- Mais toi tu l'as !

Sériel secoua la tête.

- Si je le fais, il faudra me tuer pour la libérer. Et si Connor est amené à te trahir pour aider cette Ludmila, alors je suis en danger. Je sais qui il est, et je sais n'avoir que peu de chance face à lui. Je ne prendrai pas ce risque. Désolée mon amie, il faudra faire face seule.

Sanya avait des larmes plein les yeux. Connor tremblait de tous ses membres.

- Je ne ferai pas ça...

- Oh que si. Tu ignores pourquoi, mais quand le moment viendra, tu seras prêt à nous trahir. Je devais vous prévenir. En espérant que ça change quelque chose.

Sans plus d'explication, elle tourna les talons. La reine voulut se précipiter à sa suite, mais l'envoûteuse avait déjà disparu. Alors elle se jeta dans les bras de son mari.

- Sanya, je te promets que jamais je ne ferai une telle chose !

- Je sais mon amour, je sais. Je placerai ma vie entre tes mains et il n'y a personne en qui j'ai le plus confiance. Sériel n'a que senti. N'accordons aucun crédit à ses révélations, tu veux ?

Elle lui jeta un regard suppliant, s'accrochant à son cou avec désespoir.

- S'il te plaît, n'y crois pas et n'y pense pas. Je t'aime et je te fais confiance, c'est tout ce qui compte.

- Jamais je ne pourrai te trahir, jamais. Je t'aime trop.

- Je sais... alors, ne pensons plus à ça. Et n'en parlons à personne.
- Crois-moi ma chérie, je donnerai cher pour oublier cette entrevue.

Il l'embrassa, laissant rouler ses larmes sur ses joues. Non, il ne la trahirait pas, c'était impossible. Il fallait oublier ça, Sériel se trompait forcément.

Ils restèrent longtemps dehors, plus longtemps qu'ils ne l'auraient cru, à se convaincre mutuellement que Sériel n'avait pas pu voir un tel avenir. Comme elle l'avait dit, elle n'était pas voyante, elle devait donc se tromper.

Quand ils retournèrent au château en fin de soirée, quelle ne fut pas leur surprise de découvrir que les nobles étaient déjà arrivés !

20

- Ah ! Votre Majesté, je commençais à me demander où vous étiez passée ! s'écria Aldaron venu les accueillir.
- Mon mari et moi-même étions occupés.
- Mes invités sont arrivés, laissez-moi vous les présenter.

Feignant d'être ravis, les deux jeunes gens suivirent le roi sans faire d'histoire dans un grand salon. Une bonne dizaine de nobles se trouvaient là, bavardant allègrement avec un verre de vin en main. La reine Karl se trouvait parmi eux, discutant avec un groupe de femmes qui riaient aux éclats. Si les hommes d'affaires avaient pour la plupart amené leur femme avec eux, aucun enfant n'était présent. Connor en fut secrètement ravi, car il se souvenait encore des caractères insupportables de ceux de Sohen.

Dès qu'ils virent les nouveaux venus, tous se tournèrent vers eux avec un regard surpris.

- Messieurs, Mesdames, je vous présente la reine Sanya d'Eredhel et son époux Connor. Ils sont ici pour une affaire importante.

Les nobles s'inclinèrent devant la reine et son époux en lançant quelques phrases protocolaires auxquelles ils répondirent avec un sourire quelque peu forcé.

Sanya n'aimait déjà pas beaucoup la noblesse en temps normal, mais savoir que ces personnes risquaient de lui courir entre les jambes l'irritait passablement. Heureusement, elle se contrôlait parfaitement et répondait d'une voix douce dénuée d'animosité. Connor en fut soulagé, car il savait qu'avec l'approche de la guerre, sa femme était de plus en plus sur les nerfs et avait du mal à se contrôler.

Les seigneurs se présentèrent un à un à la reine avec plusieurs courbettes, introduisant également le nom de leur épouse, et la reine les remercia tous de leur présence avec une infinie patience. Elle fit donc la connaissance de Ramir, Philippe, Jorey, Galdur, Hulrod et Yngvil, des seigneurs de Dryll, ainsi que leur charmante épouse dont les noms lui échappaient encore.

- Heureuse de faire votre connaissance à tous, conclut la reine. Laissez-moi donc vous présenter mon époux, Connor de Jahama.

Ils s'inclinèrent devant lui quoique sans grande joie.

- Nous avons entendu parler de votre récent mariage, Votre Majesté, lança Yngvil. Mais nous n'avons pas vraiment eu les détails... votre mari est vraiment... je veux dire...

- Oui, mon mari n'est pas de haute naissance. Son seul lien avec la noblesse est notre mariage, et je dénue à quiconque le droit de faire un seul commentaire.

- Loin de nous l'idée de vous offenser, vous et votre mari, répliqua Hulrod.

- Parfait dans ce cas. Malheureusement je suis ici en mission, je n'aurai que très peu de temps à vous consacrer, et je vous saurais gré de ne pas nous importunera inutilement, mon mari et moi-même.

- Naturellement.

Aldaron frappa alors dans ses mains et invita tout le monde à se joindre à sa table.

Durant les jours qui suivirent, Sanya essaya tant bien que mal de continuer sa traque, mais comme elle l'avait prévu, les invités ne pouvaient s'empêcher d'entamer la conversation avec elle quand elle le voulait le moins. Et puis ils traînaient partout, elle les croisait presque à chaque détour de couloir, ce qui commençait à l'irriter très sérieusement. Il était presque impossible de se concentrer sur des traces de magie déjà très maigres avec des pairs yeux rivés sur elle et des messes basses résonnant un peu trop fort à ses oreilles. Évidemment, elle ne se permit aucun commentaire, car Aldaron, inquiet par le traître qui rôdait dans le château, voulait qu'elle ne donne aucune raison aux seigneurs de songer à trahir le roi, si ce traître venait à aborder les invités.

Connor ne chômait pas non plus, même si les attentions des femmes commençaient à le troubler. Elles lui tombaient dessus trop souvent à son goût, voulant absolument discuter avec lui. Elles roucoulaient et battaient des cils, portant des robes plus décolletées les unes que les autres. Il n'y avait pas moyen de les éviter. Tous ces nobles ne pouvaient pas comprendre que l'enjeu de leur mission était légèrement plus important que leur manie puérile d'être partout et de tout savoir ?

Et pour couronner le tout, d'autres incidents avaient eu lieu, des plans volés, des gardes assassinés, et aucun d'eux n'étaient en mesure de comprendre ce qui se passait ! Tout portait à croire qu'un traître rôdait bel et bien, et il était impossible de mettre la main dessus.

Alors qu'il s'apprêtait à regagner ses quartiers pour se reposer un peu, Connor tomba sur l'une des femmes des nobles, une certaine Kataria.

- Oh ! c'est vous que je cherchais, s'écria-t-elle comme si elle ne s'attendait pas à le trouver là.

- Navré, mais je dois filer.

- Allons, vous avez bien un peu de temps ! Je n'en ai pas pour longtemps.

- Bon... que désirez-vous ?

Kataria s'approcha un peu plus de lui en roulant des hanches, posant une main sur le bras du jeune homme.

- Mon mari me délaisse cruellement, et j'ai entendu dire qu'après vos multiples explorations, vous connaissiez le château comme votre poche, ainsi que la ville. J'aimerais que vous me fassiez visiter, histoire que je puisse voir un peu la belle ville d'Elbereth.

- Je n'ai pas le temps.

- Allons, je suis sûre que vous allez bien trouver un peu de temps... (Elle s'approcha un peu plus, le forçant à se plaquer contre le mur.) Vous ne le regretterez pas.

- La seule femme avec qui je passe du temps est ma femme, répliqua Connor.

Kataria sembla ignorer la remarque et entreprit de glisser une main sensuelle sous la chemise du jeune homme qui se tortilla pour lui échapper sans la blesser. Mais avec une force insoupçonnée, elle se colla contre lui, effleurant son visage du sien. Connor jetait des regards éperdus autour de lui.

— Un homme aussi beau que vous ne devrez pas se contenter d'une seule femme. Allons, ça ne vous engage à rien, et personne ne saura.

— J'aime Sanya.

— Mais enfin qui parle d'amour ? Je veux juste du plaisir avec un homme tel que vous.

Quand elle l'embrassa, Connor resta pétrifié d'horreur, ne sachant comment réagir pour se tirer de là. La repousser l'aurait blessé, et Aldaron lui avait formellement interdit de blesser ces gens-là.

Des pas se firent entendre et Sanya apparut. Elle écarquilla les yeux en découvrant son mari dans les bras d'une autre femme. Celui-ci repoussa maladroitement Kataria, rouge de confusion. N'ayant pas vu la reine, celle-ci parvint à lui arracher un autre baiser.

— Ôte tes mains de mon mari si tu ne veux pas connaître ma colère, gronda Sanya.

Kataria sursauta et s'écarta d'un bond. Quand elle découvrit la reine, ses yeux brillant de rage et ses mâchoires crispées, elle balbutia :

— Votre Majesté, je... veuillez me pardonner.

— Ne t'approche plus jamais de lui, est-ce bien clair ?

— Très clair Votre Majesté.

Et elle détala sans demander son reste. Sanya planta alors son regard dans celui de son époux, sa rage ne s'étant absolument pas atténuée.

— Une explication peut-être avant que je ne te jette de notre chambre ?

— Sanya !

Connor était si désespéré qu'il ne savait pas comment réagir. Il voulut prendre sa femme par les épaules, mais elle recula.

— Tu dois me croire, je t'en prie, je n'ai pas voulu ça, c'est elle qui a commencé, et je ne savais pas comment me tirer de là sans faire de scandale ! Pardonne-moi, je t'en prie !

Comme elle ne disait rien, il tomba carrément à genoux et enfouit son visage contre ses jambes. Alors, tellement paniqué à l'idée de la perdre, il pleura.

— Je t'en prie mon amour, jamais je ne voudrais te tromper, je t'aime trop pour ça, tu es tout pour moi. S'il te plaît, crois-moi, je n'ai pas voulu ça, je n'y ai pris aucun plaisir, mais je ne savais pas quoi faire !

Contre toute attente, sa femme éclata de rire. Stupéfait, Connor se redressa, ne comprenant plus rien.

- Oh excuse-moi mon amour, c'était une blague, de très mauvais goût je sais, mais je ne pouvais pas m'en empêcher. Si tu avais vu ta tête !

Il fallut au jeune homme un temps infime pour comprendre.

- Espèce de...

Sanya ria de plus belle quand il voulut l'attraper pour lui faire regretter cette farce, et elle détala à toute jambe. Ignorant les regards stupéfaits des gardes et des domestiques, ils se coururent après jusqu'à que la reine entre en trombe dans sa chambre, son mari sur les talons. Il referma la porte derrière lui et pointa un doigt accusateur sur sa femme :

- Tu as la moindre idée de la peur que tu m'as flanqué ?!
- Oh oui, j'en ai une vague idée. C'était tellement hilarant !
- Hilarant hein ?

Il la saisit à la taille et la jeta sur le lit pour la chatouiller jusqu'à ce qu'elle criât grâce.

- Idiot, tu n'as tout de même pas cru que je pensais que tu avais trouvé du plaisir à embrasser cette catin ? lança-t-elle en prenant son visage entre ses mains.

- Eh bien si, justement.

- Franchement Connor, elle n'a pas le quart de ma beauté et encore moins le quart de mes prouesses ! se vanta-t-elle en riant.

Connor savait très bien qu'elle se moquait de lui en disant ça, mais il était décidé à entrer dans son jeu.

- N'ayant pas eu le temps d'essayer – à cause de toi – je n'ai pas pu essayer.

Sanya arqua un sourcil.

- Dans ce cas... (elle le renversa sur le lit et se pencha vers lui) laisse-moi te prouver que j'ai raison...

Avec un grand sourire, elle l'embrassa passionnément.

Plus tard, alors que Connor caressait les cheveux de sa femme, blottie dans ses bras, il ne put s'empêcher de soupirer :

- Ils vont me rendre fou, ces seigneurs de pacotilles.
- Et moi donc ! Mais rassure-toi, ils partent bientôt.

- Vraiment ? Je pensais qu'ils resteraient superviser.

- Connor enfin ! Ils sont bien trop lâches pour rester dans un château allant bientôt subir un siège. Ils repartiront le plus vite possible et laisseront leurs troupes sous le commandement d'Aldaron.

- Eh bien bon débarras. Plus tôt ils seront partis, mieux je me porterai.

- Et donc !

Ils restèrent un moment enlacés jusqu'à ce que Sanya rompe ce tendre répit.

- Il faut que j'y aille, j'ai promis à Aldaron que je viendrai avec lui pour exposer nos plans de défenses aux seigneurs.

Elle embrassa son mari et se leva pour enfiler ses vêtements. Puis elle quitta la chambre à regret et prit la direction de la salle de réunion. Alors qu'elle passait devant le bureau privé du roi, gardé par deux soldats, la jeune femme vit Kari en sortir, un livre dans les mains.

- Oh, Sanya, je suis contente de te voir ! s'exclama-t-elle.

Elle referma la porte et vint aussitôt à sa rencontre. Sanya en resta ébahi. Kari avait l'autorisation d'entrer dans ce bureau !

- Ça va ? s'enquit la reine.

- Oui, très bien, mentit-elle. Et toi ?

- Rien de palpitant. Aldaron m'a demandé de lui prendre ce livre, il s'est remis à la lire des choses autres que des rapports, ça fait plaisir.

- Je te comprends.

- Et toi, rien de nouveau ?

- J'en ai peur. Mais je trouverai.

- Ça ne fait aucun doute ! Tu es bien la meilleure. Bon je file, les autres femmes m'attendent et tu sais aussi bien que moi qu'elles aiment parler dans le dos des autres. J'aime leur laisser le moins de temps possible pour parler de moi.

Elle étreignit son amie et partit presque au pas de course. Sanya restait figée à la contempler. C'était impossible ! Pas Kari !

Oubliant Aldaron, elle retourna en courant dans sa chambre et se jeta dans les bras de son mari qui finissait tout juste de s'habiller. Elle éclata en sanglots contre sa poitrine.

- Enfin Sanya, que t'arrive-t-il ?

- Kari ! Kari a accès au bureau d'Aldaron ! Elle peut aisément lui voler ses plans. Connor, ça explique tout ! Que je sois maudite, je ne pourrai jamais accuser ma meilleure amie de traître...

21

Faran était nerveux alors qu'ils chevauchaient tous vers l'est. Il'ika ne cessait de lui murmurer des choses à l'oreille, et les autres magiciens autour d'eux ne semblaient pas forcément plus à l'aise, même si brillait une certaine hâte dans leurs yeux.

Aela les observait avec une très grande attention, car rien ne devait lui échapper. Les magiciens étaient en route pour leur mission, leur dernier test, qui allait décider en quelques sortes de leur sort. S'ils se montraient utiles et donc dignes de l'aider, ils resteraient. S'ils échouaient, Aela s'était alliée à la confrérie pour les chasser loin d'ici.

Elle avait déjà fait passer des tests aux magiciens avec les Maîtres des Ombres, visant principalement à voir jusqu'où allait leur loyauté, et pour le moment, ils semblaient tous sincères et prêts à tout pour le royaume.

Maintenant, restait à savoir s'ils étaient capables de se battre pour lui. Restait à savoir si l'Ordre était aussi efficace que le prétendait Faran, s'il avait assez de cran pour faire ce qui devait être fait. Si ce n'était pas le cas, Aela ne s'encombrerait pas d'eux.

Faran rapprocha son cheval du sien, tendu.

- Tu ne nous donneras pas d'autres directives ?
- Il n'y a rien à ajouter. Je dois voir jusqu'où tes apprentis sont capables d'aller. J'ai un problème à régler, et vous allez le régler pour moi. Faites comme bon vous semble tant que ce soit rapide et

efficace.

- Tu sais, je ne suis pas sûr que se servir de leurs nouveaux pouvoirs pour tuer soit bon pour eux.

Aela lui jeta un regard froid.

- Nous sommes en guerre Faran, tâche de ne pas l'oublier. Tu as voulu fonder l'Ordre pour nous aider, soit. Tes magiciens n'auront donc pas d'autres choix que de tuer des ennemis. Tu t'attendais à quoi ?

- Eh bien... peut-être aurait-il pu avoir une autre utilité...

- Tu te mens à toi même. Pour tout ce qui est de la furtivité, de l'espionnage et tout ça, il n'y a pas mieux que les Maîtres des Ombres. Tes magiciens n'ont pas d'autres choix : s'ils veulent servir la reine, ils devront combattre l'ennemi. À leur manière, certes, et ils accompliront probablement des choses que des hommes ordinaires ne pourraient pas, mais le résultat sera le même. Ils vont devoir tuer. Nous n'avons pas le temps pour s'occuper d'une simple école ne visant qu'à apprendre. Tu voulais l'Ordre pour aider à triompher, alors maintenant il faudra assumer ce choix et agir dans ce but. Triste réalité je te l'accorde, mais c'est ainsi. Et ne t'avise pas de te plaindre, je n'ai pas choisi d'entrer en guerre. Maintenant si tu penses que tes apprentis ne sont pas à la hauteur, on fait demi-tour et je leur souhaiterai personnellement un bon retour chez eux.

- Tu es dure.

- Ah oui ? Parce que j'ai un autre choix peut-être ? Nos vies sont en suspens Faran. Pour gagner une guerre, il ne s'agit pas d'être tendre et intentionné, mais d'être ferme et de savoir faire ce qu'il faut. À commencer par ne pas s'encombrer de ce qui est inutile et qui demande du temps pour rien. Si on veut gagner, il faut être efficace, et je ne perdrai pas plus de temps à surveiller des gens qui ne me seront d'aucune utilité. Pas plus que je ne te laisserai faire le professeur si c'est pour ne jamais m'aider à gagner. Ne le prends pas personnellement, mais les choses fonctionnent ainsi. Nous devons nous concentrer sur la victoire et sur ce qui nous permet de l'obtenir. Tout ce qui n'a pas d'utilité est une perte de temps, et une perte de temps durant une guerre peut nous être fatale. Donc soit tes magiciens se montrent utiles, me prouvent que m'occuper d'eux vaut le coup, soit je les abandonne, je dissocie l'Ordre et tu le reformeras quand la guerre sera finie. Ce n'est pas négociable. Et s'ils décident de me chercher des ennuis, je les éliminerai, purement et simplement.

- Ils réussiront. Ils le feront.

- S'ils tiennent à garder leur rang, ils ont tout intérêt. Je ne tolérerai aucune erreur.

Le magicien lui jeta un regard scrutateur. Aela se comportait de façon bizarre depuis quelque temps. Elle, d'habitude si sûre d'elle et quelque peu vantarde, il fallait bien le dire, était devenue tendue et crispée. Elle était presque toujours sur la défensive, n'aimait pas que des étrangers s'approchent trop près d'elle, n'hésitait pas à prendre des décisions drastiques, parfois dures sans éprouver de remords, et plus que tout, elle qui n'était presque heureuse qu'au cœur d'un combat, ne semblait plus très prête à affronter un ennemi.

Faran se disait parfois qu'elle avait un comportement de louve qui...

Lui venant une idée, il étendit ses sens magiques et fit un examen de la jeune femme. Ce qu'il découvrit le laissa sans voix, puis fit naître un sourire sur ses lèvres.

Aela était enceinte. Pas étonnant qu'elle prenne la mouche dès que quelque chose la contrariait, qu'elle soit sur la défensive et qu'elle ne tolère aucune erreur militaire. Plus qu'un royaume, c'était l'avenir de son enfant qui était en jeu, et elle était décidée à tout faire pour qu'il voit le jour dans une ère de paix.

Faran se garda de la féliciter. Il ne savait pas comment elle allait réagir. Elle était parfois imprévisible, surtout quand elle se demandait si un danger la guettait ou non et il était décidé à lui prouver que l'Ordre n'était pas un danger, mais un allié. Lui montrer qu'un magicien pouvait savoir des choses qu'elle tenait secrètes aurait bouleversé la jeune femme.

Ils arrivèrent à destination plus tôt que prévu.

- Laissez les chevaux là, ordonna Aela.

Ils attachèrent les bêtes, puis gravirent la colline qui leur faisait face, terminant à plat ventre sur la fin. Prudemment, ils jetèrent un coup d'œil en contrebas.

Un camp était installé juste là. Des bandits, emmitouflés dans des peaux de bêtes, astiquaient leurs armes ou s'empiffraient et buvaient dans de grands éclats de rire. Ils étaient nombreux, une trentaine peut-être.

- Les scélérats, grogna Aela. Ils se sont acoquinés à l'empire, ils étaient déjà une plaie avant, mais maintenant c'est une infection à son stade ultime ! Des pilleurs à gage... Bande d'abrutis...

Reva posa une main sur son dos pour la calmer. La jeune femme se tourna vers les magiciens qui attendaient ses ordres.

- Ces pleutres doivent savoir ce qu'ils en coûtent de piller et massacrer sans vergogne, qui plus est pour l'empire ! Vous vous y prenez comme vous voulez, mais je ne veux plus jamais entendre parler d'eux ! Du travail rapide et efficace. Et si ce n'est pas trop demandé, assez proprement. L'hiver est déjà rude, je ne veux pas avoir une épidémie à cause de ces cadavres dégoûtants. Ah oui, et pas de fuyard. Que ces idiots n'aillent pas alerter l'empire de notre nouvelle arme. Est-ce clair ?

Tous hochèrent la tête.

- Cela vaut mieux pour vous. Ce sera votre test final. Tâchez de ne pas le rater. Eh bien, allez-y.

Tandis qu'Aela, Reva et quelques guerriers restaient là pour surveiller, les magiciens se déployèrent en silence pour encercler le camp.

L'attaque arriva vite, plutôt précise. Cela commença par une sorte de créature qui, surgissant de nulle part, se jeta sur les bandits qui poussèrent des cris de frayeur. Une bête hideuse, un démon, un chien malformé, Aela ne savait pas que c'était, mais ça faisait son effet.

Occupés à pousser des hurlements en essayant de tuer cette chose, les bandits ne virent pas les magiciens qui les encerclaient. Quand ils les virent, ce fut déjà trop tard.

Ce fut un concert de cris, une explosion de sort. Des langues de feu fusaient, des objets lévitaient, des bandits se retrouvaient à genoux à hurler sans que personne ne les ait touchés, des sortes de faux invisibles qui tranchaient net les membres.

Les magiciens se démenaient comme des diables, attaquant sans relâche, repoussant maladroitement les bandits qui s'approchaient trop grâce à quelques sorts. Faran criait des ordres, dans l'ensemble, il arrivait relativement bien à coordonner les attaques, chaque magicien jouait un rôle, ils n'attaquaient pas de-ci de-là comme l'envie leur prenait. Le jeune professeur connaissait visiblement bien les atouts et les défauts de chacun de ses membres, car Aela remarqua rapidement des spécialités parmi les membres de l'Ordre. De plus, il leur avait assigné des rôles, tandis que certains se concentraient sur l'attaque, d'autres semblaient s'occuper de veiller sur leurs arrières et de les guider.

Même si les sorts semblaient maladroits et pas très au point, au moins faisaient-ils mouche. Enfin, quand les magiciens parvenaient à viser : Aela avait vu plusieurs lances de feu se perdre dans le vide et des sorts peu efficaces qui n'avaient fait qu'érafler les bandits.

Mais ces derniers n'avaient pas l'ombre d'une chance. Tandis que les mages attaquaient, Il'ika se tenait en retrait, les couvrant des attaques ennemies. Ses sorts à elle étaient précis et s'ils n'étaient pas vraiment conçus pour l'offensive, elle s'en servait avec habileté.

Quand le dernier bandit tomba, il ne s'était pas écoulé dix minutes. Épuisés, les magiciens s'écroulèrent par terre. Certains tombèrent carrément dans les vapes, et d'autres vomirent. Il'ika passait parmi eux, leur apportant ses soins. Seul Faran tenait encore debout, évaluant les dégâts. Avant qu'Aela ne fût à sa hauteur, il brûla les cadavres. Ainsi, aucune maladie ne se répandrait.

Sentant les guerriers approcher, il les fixa longuement, attendant le verdict. Aela observa le champ de bataille, puis les magiciens éparpillés dans la neige. Elle échangea un regard avec Reva qui acquiesça.

- Vous avez mérité une place à nos côtés, lança la guerrière à tous. Vous nous avez prouvé que vous pouviez nous être d'une grande aide. (Elle se tourna vers Faran) Tu peux garder les commandes de ton Ordre. Mais les Maîtres des Ombres continueront de vous surveiller. Quant à moi, je ne baisserai pas ma garde. Au moindre faux pas, soit sûr que j'agirai.

- Il n'y en aura pas.

- Bien.

- Aela, puis-je envoyer des renforts à Sanya ? Je suis sûre que cela lui serait très utile.

- Fais donc. J'espère que tu sais ce que tu fais.

- Évidemment.

22

- As-tu des pistes intéressantes ?

Sanya sursauta en entendant la voix de Kari derrière elle. La jeune femme contempla la reine d'Elbereth sans trop savoir quoi dire. Sa détresse devait se lire dans ses yeux, car Kari s'inquiéta :

- Tu te sens bien, je te trouve bizarre depuis deux jours.
- Ça va, je crois. Non je ne trouve pas. Je fais du sur-place. Je n'ai aucune piste valable, et si rien de nouveau n'apparaît, je ne suis pas sûre d'arriver à comprendre ce qui se passe.
- Et ces livres ?
- Je les ai fait porter de la bibliothèque. Ils traitent tous de magie. Je pensais pouvoir trouver des informations utiles, mais hormis m'abîmer les yeux, je ne trouve rien.
- Tu devrais te reposer un peu. Connor a accepté de s'entraîner à l'épée avec Aldaron, pourquoi n'irons-nous pas passer un moment ensemble ?

Sanya sentit ses joues la picoter et une boule se forma dans son ventre. C'était trop pour elle, elle ne pourrait pas supporter d'être dans la même pièce que son amie, la sœur de sa meilleure amie, en sachant qu'elle devrait peut-être l'accuser de traîtrise.

De plus, elle n'avait pas envie de paresser. Il y a quelques jours, des éclaireurs avaient rapporté que l'imposante armée d'Eroll arrivait, qu'elle serait d'ici quelques jours. Le siège était pour bientôt, Sanya n'avait pas de temps à perdre.

- Sanya, je sais parfaitement à quoi tu penses, souffla Kari. Je sais que les soldats d'Eroll seront là d'un jour à l'autre, et le temps qu'ils préparent leur assaut, le siège sera bientôt là. Mais tu dois souffler un peu, ton esprit est en ébullition, ça ne donnera rien de bon. Allons, oublie tout une heure ou deux et viens avec moi.

- Bon, très bien, capitula Sanya qui en avait effectivement marre. Mais si nous allions plutôt les voir ?

- C'est une bonne idée, oui. Cela fait longtemps que je n'ai pas vu mon mari se battre, et encore moins perdre. Ça me ferait une très bonne anecdote.

Sanya sourit :

- Tu n'as pas confiance en lui ?

- Bien sûr que si, mais je ne suis pas aveugle au point de croire qu'il peut vaincre un Maître des Ombres.

Escortées de quelques gardes, les deux femmes rejoignirent la cour d'entraînement. Kari passa alors son bras sous celui de Sanya.

- Ça m'a manqué de ne plus te voir, tu sais. J'aimais nos moments avec Liana et toi. Je m'en souviens comme si c'était hier.

- Moi je me souvenais que Liana et toi adoriez me coiffer. J'avais parfois l'impression d'avoir à faire à des gamines, la taquina Sanya. Et d'être un jouet entre vos mains.

- Tu ne peux pas comprendre. C'était une sorte de prestige !

- De prestige ?

- Oui. Nous au moins, nous avions eu la chance de coiffer la déesse du vent.

Sanya leva les yeux au ciel.

- C'est bien ce que je disais, des gamines.

Kari éclata d'un rire complice. Quand elles débarquèrent dans la cour d'entraînement, Connor et Aldaron étaient déjà en train de se battre. Comme il fallait s'y attendre, il menait le jeu, mais laissait néanmoins une chance à Aldaron de ne pas trop se ridiculiser.

- Où l'as-tu rencontré déjà ? souffla Kari.

- À Jahama. Je me suis fait attaquer par un Ddraig, il m'a trouvé et m'a soigné. Je suis restée chez son frère le temps de guérir, et lui prenait très grand soin de moi. Après il m'a emmené chez lui, pour me prêter des affaires pour le voyage du retour, mais je savais que je ne repartirais pas sans lui. S'il n'avait pas été un Maître des Ombres, j'aurai trouvé autre chose.

- Même si tu n'avais rien trouvé, je pense qu'il t'aurait suivi.

- C'est ce qu'il me répète sans arrêt. Il n'empêche qu'il m'a fichu une belle trouille.
- Comment ça ?

Sanya éclata de rire.

- J'étais aux portes de la mort, et là, j'ouvre les yeux, et je vois ce si beau visage près du mien. Comprends-moi, j'ai cru que j'étais morte !

Kari joignit son rire au sien. Intrigué, Connor tourna la tête vers elles, ce qu'il regretta aussitôt quand Aldaron en profita pour l'attaquer.

Tandis que la reine se perdait dans la contemplation de son époux, l'esprit de Sanya était en ébullition. Elle devait parler à Kari, elle devait lui faire part de ses soupçons, mais elle redoutait tellement de le faire qu'elle en avait horriblement mal au ventre. Si elle faisait ça, si elle se trompait, jamais elle ne pourrait se le pardonner. Mais avait-elle le choix ?

Les larmes au bord des yeux, elle serra les doigts de son amie.

- Kari...

Sa voix était enrouée, une boule avait pris naissance dans sa gorge.

- Quoi ?
- Kari, je t'en prie, je dois te parler...
- Qui a-t-il ?

Devant l'air torturé de Sanya, elle se sentit mal à l'aise.

- Il faut que je sache... dis-moi la vérité, je t'en prie. Est-ce que... est-ce que c'est toi qui a volé les plans de guerre de ton mari, dans son bureau ?

Kari lâcha Sanya. Elle la fixa avec des yeux écarquillés d'incompréhension.

- Tu es en train de...
- Il faut que je sache.

Le rouge monta aux joues de la reine ! Elle voulut exploser de rage, mais se retint légèrement pour ne pas alerter tout le monde.

- Tu m'accuses de traîtrises, c'est ça ? Tu penses que c'est moi qui vole les plans, qui tue les gens, qui suis responsable de tous ces... phénomènes ?! Je ne peux pas y croire ! On se connaît depuis si longtemps ! Tu devrais avoir honte Sanya, comment peux-tu m'accuser ?!

Les larmes aux yeux, la jeune femme se composa un masque

impérial.

- Vu la situation, il est plus que probable qu'un traître rôde. Au départ je soupçonnais une maîtresse, que Aldaron aurait amenée dans son bureau pour être tranquille. Connor l'a espionné et n'a rien trouvé. Et la dernière fois je t'ai vu entrer. Tu en as l'autorisation. Vous avez demandé mon aide pour comprendre ce qui se passe ici, j'étudie toutes les pistes, et l'une d'elles est que tu serais effectivement un traître.

- C'est n'importe quoi ! Tu t'entends parler ?! Pourquoi ferais-je ça ? Je ne te reconnais pas Sanya... Comment peux-tu penser une chose pareille ? Tu ne me fais donc pas confiance ? Alors que nous étions comme des sœurs ! Te crois-tu donc à ce point supérieure pour pouvoir débiter de telles horreurs ?!

- Cela n'a rien à voir...

Kari avait des larmes pleins les yeux et bouillait de rage et de désespoir.

- Je te faisais confiance, j'aurai mis ma vie entre tes mains et toi... toi tu me plantes un couteau dans le dos ! Tu vas me faire espionner maintenant ? Tu vas essayer de m'écarter de mon époux ? Je t'aimais Sanya et toi... toi tu...

- Kari..., souffla la jeune femme en essayant de lui prendre la main.

- Laisse-moi ! Je ne veux plus jamais te parler ni te croiser ! N'essaye plus de me trouver, espionne-moi si ça te chante, mais n'attend plus rien de moi. Je te croyais quelqu'un de confiance, quelqu'un sur qui je pouvais compter... en fait non. Tu n'hésites pas à croire que je puisse vouloir la chute de mon royaume, la mort de mon mari... Tu n'as aucune confiance en moi...

- Kari attend...

- Tu voulais ta réponse, la voilà : non, je n'ai pas trahi mon royaume ! Satisfaite ? Tu y gagnes la vérité. Mais tu y perds mon amitié. Bien sûr, ça aurait été ton cher mari, jamais tu n'aurais douté de lui, tu aurais préféré empaler vif celui qui oserait l'accuser, mais que suis-je réellement à tes yeux, hein ? Un outil ! Tu te servais juste de moi pour glaner des informations sur le Quilyo, le reste n'avait aucune importance à tes yeux.

Elle se détourna violemment, les yeux embrumés de larmes. Sanya ne dissimulait pas les siennes. Son ventre était extrêmement douloureux, elle avait envie d'éclater en sanglots, de disparaître, d'oublier tout ça !

Alors que Kari tendait la main vers la porte pour s'y engouffrer, celle-ci s'ouvrit précipitamment, manquant de renverser la reine. Un garde se tenait là, une pochette en cuir à la main.

- Majesté, veuillez me pardonner. (Il s'inclina et se tourna vers Sanya) Le maître bibliothécaire de la ville nous a chargés de vous remettre ceci. D'après son messager, il a fini l'inventaire, et a trouvé qu'un livre manquait à l'appel. Il a fait des recherches sur ce livre, et a réussi à trouver les parchemins originaux, conservés dans les archives. Il nous a chargés de vous transmettre une copie qu'il a rédigée lui-même. En espérant que cela puisse vous aider.

Sanya sentit son cœur rater un battement. Enfin tenait-elle une piste ? Ludmila aurait-elle tenté un sortilège trop puissant pour le réaliser sans un guide ?

Elle prit la pochette, lourde et épaisse, et remercia le soldat qui prit congé. Aldaron et Connor vinrent la rejoindre.

- Pensez-vous trouver quelque chose ? demanda le roi.

- J'espère en apprendre plus ce qu'elle fait. Si j'en sais davantage sur la magie qu'elle emploie, peut-être pourrons-nous faire lumière sur tout ça. En espérant que cela pourra permettre de la coincer. Restez extrêmement prudent, que des gardes vous accompagnent à chaque instant. Si Ludmila se sait coincée, elle passera sûrement à l'attaque.

- Vous avez raison. Je vais gagner mes quartiers, fin de l'entraînement. J'ai encore beaucoup à faire. Tu viens Kari ?

Le roi fit signe à ses gardes de venir et prit sa femme par le bras. Cette dernière jeta un regard noir à Sanya avant de disparaître.

Quand elle fut seule près de son mari, Sanya se laissa tomber dans ses bras et éclata en sanglots.

- Tu lui as dit, n'est-ce pas ?

- Oh Connor, tu n'as pas idée à quel point je m'en veux ! Le pire c'est que je me dis de temps en temps que si elle réagit comme ça, c'est que j'avais raison ! C'était ma plus proche amie et je l'ai perdu, je n'ai pas eu confiance en elle, je...

- Chut, Sanya calme-toi. Il fallait que tu en aies le cœur net. Elle finira par comprendre.

- Je doute. Elle est tellement remontée contre moi ! Et moi j'ai l'impression d'être un monstre. Accuser ma propre amie de traître et de meurtrière !

Elle pleura de plus belle contre Connor qui lui caressait doucement le dos.

- Sanya écoute-moi. On va monter dans la chambre et tu vas de détendre dans un bain bien chaud. Ensuite tu liras ce livre, qui t'apportera sûrement une réponse, et tout rentrera dans l'ordre.

Toujours agrippée à son époux, la reine se laissa reconduire dans leur chambre, peu soucieuse des regards surpris des gardes. Connor la fit asseoir sur le lit, et à genoux devant elle, il écarta quelques mèches de son visage.

- Arrête de te rendre malade Sanya. Nous sommes en guerre et le doute n'est pas permis. Tu devais savoir, tu devais en être sûre.
- Comment gagner une guerre si je me mets à dos tous mes alliés ?

Quelqu'un entra brusquement dans la chambre sans prendre la peine de frapper. Stupéfait, Aldaron se tenait là, dévisageant Sanya comme s'il la voyait pour la première fois.

- Kari m'a dit...
- Je suis désolée Aldaron, mais je n'avais pas le choix.
- Pourquoi elle ?
- Elle avait accès à votre bureau...

Aldaron digéra calmement l'information. Contre toute attente, il s'assit près de la reine et posa une main apaisante sur son épaule.

- Écoutez Sanya, je sais que vous faites tout cela pour nous protéger. Vous avez renié une très longue amitié pour nous sauver. Je ne peux vous en blâmer.
- J'ai accusé ma meilleure amie...
- Nous sommes en temps de guerre et il est parfois nécessaire de commettre de tels actes. Kari est remontée, mais je suis sûre que le moment venu elle vous pardonnera. Vous ne faites pas cela par cruauté, mais par nécessité. Elle s'en rendra compte.
- Pourquoi ne pas m'avoir dit plus tôt qu'elle avait accès à vote bureau ?
- Pour les mêmes raisons que Kari vous a dit que jamais vous n'auriez accusé Connor. Je l'aime, et je me fie aveuglément à elle. Je ne voulais pas qu'elle soit soupçonnée. J'ai été stupide moi aussi. Je n'aurais pas dû perdre de vu que parfois, les trahisons peuvent survenir des êtres auxquels on s'y attend le moins. J'aurais dû m'en rendre compte plus tôt. J'aurais dû vous le dire, on en aurait parlé et peut-être ça se serait passé différemment... Mais vous savez ce que

c'est, l'amour.

- Oui...

- Je sais que ça a été dur pour vous, je sais que vous vous en voulez et que vous vous faites horreur, mais ne devait pas ressentir tout ça. Vous faites votre devoir. Kari le comprendra. Elle saura faire passer le bien du royaume avant ses propres amitiés.

- Tout ce que je veux, c'est qu'elle me pardonne un jour... mais moi, le pourrais-je ? Je n'ai pas eu confiance en ma propre amie.

- Tout le monde peut douter parfois, ça arrive. Mais cela renforce les liens. Vous verrez. Plus tard, cela renforcera vos liens avec Kari. Douter est normal. Surtout par les temps qui courent. Ne vous blâmez pas. Reposez-vous, et demain, ça ira mieux.

Jetant un coup d'œil entendu avec Connor, il sortit en silence de la chambre.

- Va te laver, suggéra Connor. Je vais te faire monter de quoi manger tranquillement ici. Ensuite, tu liras ton livre.

- Je n'ai pas faim.

- Avec tout ce qui se passe, tu ne dois pas rester l'estomac vide.

- Bon... d'accord...

Accoudée au rebord du bassin, Sanya restait pensive, les yeux dans le vague. Si ses larmes s'étaient enfin taries, elle n'arrêtait pas de revoir le visage décomposé de Kari, et cela la rendait malade. Elle en avait le cœur brisé de lui infliger ça.

« Arrête », se réprimanda-t-elle.

Cela ne servait à rien de se lamenter, ce qui était fait était fait. Aldaron ne lui en voulait même pas. Elle avait agi comme il se doit. Quand tout serait fini, quand elle aurait enfin compris ce qui se tramait ici, elle pourrait enfin regarder de nouveau Kari et lui demander pardon un millier de fois.

Soupirant, elle s'enfonça dans l'eau resta quelques secondes et refit surface, écartant ses cheveux de la figure. Elle se détourna pour récupérer son pain de savon, et tomba nez à nez avec un homme au visage si horrible que son cri refusa de sortir de sa gorge !

L'homme se tenait accroupi sur le bord du bassin, une lame à la main, les yeux vitreux voir voilé, un méchant sourire dévoilant des trous dans ses gencives aux lèvres. Il avait la tête d'un cadavre en décomposition et ses cheveux pendaient lamentablement sur son visage maigre.

Sanya se recula précipitamment dans l'eau. L'homme ricana et bondit sur elle. Poussant un petit cri, la jeune femme s'écarta comme elle le put. La lame lui érafla le bras, mais quand elle voulut attraper l'homme pour le couler, elle ne rencontra que du vide !

Elle se recula avec horreur en contemplant l'homme disparaître dans l'eau sans faire le moindre bruit, sans créer le moindre remous. Il jaillit de nouveau et se propulsa vers elle, cabré en avant, frôlant à peine la surface de l'eau.

La reine plongea et nagea aussi vite que possible à l'opposé. Immergeant bruyamment, elle jeta un rapide coup d'œil derrière elle en se hissant sur le rebord du bassin.

L'assassin fonçait déjà sur elle. Sanya voulut attraper sa dague, mais quelque chose d'invisible s'abattit sur son ventre, lui coupant le souffle et l'envoya volée dans les airs. Elle s'écrasa dans l'eau. Alors qu'elle se redressait tout juste, l'homme hideux était là, prêt à abattre sa lame sur elle. Dans un geste désespéré, Sanya leva sa paume et une rafale de vent frappa son assaillant. La magie le toucha, le jetant plus loin.

Déjà mort, cet homme ne ressentait pas la douleur. Étalé sur le carrelage, il se releva comme si de rien n'était et flotta de nouveau en direction de Sanya.

C'était impossible ! Cela ne laissait qu'une seule explication, elle avait affaire à un fantôme ! Voilà qui expliquait bien des choses. Aucune arme n'était efficace, seule la magie pouvait venir à un bout d'un fantôme.

La jeune femme savait comment faire, mais elle doutait de réussir. Un sort trop dur pour elle... Mais quel choix avait-elle ? Si elle ne faisait rien, elle allait mourir. Connor ne pourrait rien pour elle, elle refusait de l'appeler, de peur qu'il soit tué.

Non, elle pouvait agir seule. Elle en avait la force.

Elle esquiva la première attaque du fantôme, tandis les mains et se concentra de toutes ses forces. Appelant à elle tout ce qui lui restait de magie, elle invoqua le sort capable de neutraliser un fantôme, essayant tant bien que mal de le canaliser dans ses mains.

Le sort était trop complexe, elle n'avait plus assez de puissance pour le créer. Elle sentait quelques filaments de magie s'assembler, prendre forme, mais cela ne serait pas suffisant. Elle voyait le fantôme arriver, et elle sut qu'elle ne pourrait rien y faire.

Au tout dernier moment, elle sentit une force étrangère investir son corps, une force qui se prêtait à elle, lui donnant le reste de pouvoir dont elle avait besoin. La magie s'accumula et dans un cri, Sanya libéra le sortilège. Elle fut propulsée en arrière. Touché au cœur, le fantôme poussa un bref cri strident avant de se dématérialiser.

Reprenant ses esprits, toujours dans l'eau, Sanya regarda autour d'elle. Ses yeux tombèrent alors sur Sériel, qui se tenait là, une serviette dans les mains. Lentement, la reine sortit de l'eau et l'envoûteuse la recouvrit.

- Merci, souffla Sanya.
- Je ne pourrai pas toujours te venir en aide, car ce n'est pas mon rôle.
- Pourquoi m'as-tu secouru alors ?
- Car rien d'autre hormis moi n'aurait pu te sauver. Et si tu es morte, qui m'aidera à rejoindre mon mari et ma fille ?

Sanya bâtit des cils pour être sûre de ce qu'elle voyait, mais Sériel avait déjà disparu.

Un fantôme. Elle avait été attaquée par un fantôme. Il fallait qu'elle prévienne Connor et Aldaron de sa découverte sur le champ.

Sans même penser à s'habiller, elle débarqua seulement vêtue d'une serviette dans les couloirs.

23

En voyant sa femme arriver au pas de cours, pratiquement nue, Connor resta stupéfait, ne comprenant pas ce qui lui prenait.
- Sanya, tu te sens bien ?
Il remarqua alors sa mine déconfite.
- Qu'est-ce que tu as ?
- Attaquée ! J'ai été attaqué dans la salle de bain par un fantôme ! Il était là, il a voulu me tuer, je ne pouvais pas le toucher alors j'ai usé de magie, mais je n'étais pas assez forte, et là Sériel est apparue et m'a aidé et...
- Oula doucement mon amour ! Tu as été attaquée ? À l'instant ? Enfin pourquoi n'as-tu pas appelé quelqu'un ?
- Personne ne pouvait rien et j'étais capable de me débrouiller, tu... enfin on s'en fiche ! Un fantôme ! Connor, Ludmila envoie des fantômes ! Tout s'explique ! La solution est dans le livre, si elle se sert de fantôme pour nous espionner, elle a dû comprendre que j'avais repéré son erreur et a tenté de me tuer avant que je ne puisse révéler son stratagème ! Connor, dis-moi que le livre est toujours là !

Le jeune homme désigna la pochette sur le bureau.
- Oui, il est toujours là, j'étais en train d'y jeter un œil.
Les yeux de la jeune femme s'illuminèrent.
- Quelle idiote je fais ! Bien sûr ! Des fantômes ! Voilà pourquoi les voleurs et assassins disparaissaient si vite ! Voilà comment ils

entraient dans le bureau et volaient les plans ! Oh vite, je dois prévenir Aldaron, tout de suite ! Viens avec moi.

Elle fonça sur la pochette pour la garder auprès d'elle, car Ludmila pouvait tenter de le lui reprendre, et tourna les talons, se hâtant de franchir la porte. Connor la rattrapa de justesse et la tira à l'intérieur.

- Je ne pensais pas qu'un jour tu serais préoccupée au point d'oublier de t'habiller ! Je sais que c'est important, mais je t'en prie mets au moins une chemise et un pantalon !

- Heu oui, tu as raison.

Laissant tomber sa serviette, la jeune femme courut jusqu'au placard, dégota une des chemises de Connor et s'en vêtit prestement.

- Des sous-vêtements peut-être ? suggéra son mari en voyant la chemise blanche s'imbiber d'eau, révélant ainsi ses seins.

- Ah. Oui.

Elle enfila donc des sous-vêtements, remit la chemise et un pantalon.

- Allez, vite !

Sans se soucier de tremper ses vêtements ni le sol, Sanya saisit la main de son époux et se rua dans les couloirs. Arrivée devant les appartements royaux, elle frappa lourdement, impatiente.

- Que voulez-vous ? s'enquit le roi.

- C'est moi, j'ai des nouvelles très importantes !

La porte se déverrouilla et Aldaron apparut sur le seuil, surpris de découvrir Sanya dans une telle tenue vestimentaire et surtout surpris devant son air tellement pressé. Les yeux rougis, assise sur le lit, Kari n'en était pas moins intriguée.

- Des fantômes ! s'écria Sanya sans préambule en agitant sa pochette de cuir. Ludmila se sert de fantômes pour entrer dans le château. Personne ne les voit, et quand ça arrive, ils peuvent disparaître d'un seul coup. Ils entrent dans toutes les pièces sans se faire voir, volent tout ce qu'ils veulent et rapportent le tout à leur maîtresse. Ils tuent également au passage ! Voilà comment Ludmila accède à tous vos plans, comment elle s'introduit ici ! Grâce à des fantômes !

Il fallut un moment à Aldaron pour assimiler l'information.

- Comment savez-vous ça ?

- J'étais en train de me laver, et j'ai été attaqué par un fantôme ! Elle a dû vouloir m'éliminer avant que je ne révèle tout.

Le roi se gratta pensivement la tête.

- Mais c'est impossible... les remparts... les remparts sont protégés magiquement. Aucun fantôme ne peut les pénétrer, c'est le mage de mon grand-père qui s'en est chargé.

Sanya se rembrunit. Cela ne dura pas longtemps. Elle claqua soudain des doigts :

- Bien sûr ! L'étrange trace de magie que j'ai sentie dans l'ancienne salle de torture, les cris que le garçon a entendus... mes fantômes passent par-là ! Ludmila leur a sûrement ouvert un portail et la réponse est dans ce livre !

La reine rayonnait d'une joie presque enfantine d'avoir résolu l'énigme et Connor se demandait vaguement si elle n'allait pas lui faire une crise d'hystérie. Mais elle se reprit très rapidement, réadoptant son calme souverain.

Aldaron osa sourire timidement :

- Alors... ça va se finir, hein ? Tout ceci...

- Oui. Dès que je serai avec quoi travaille Ludmila, nous pourrons peut-être savoir où la trouver.

- La chasse n'a rien donné...

- Je la trouverai. Tout ça va vite finir, c'est promis.

Aldaron éclata de rire :

- Enfin ! Par les dieux que ça fait du bien de savoir enfin ce qui se passe ici !

Sanya partagea son sourire, avant de rencontrer le regard de Kari. Celle-ci la toisait.

- Kari je..., commença la jeune femme.

- Laisse-moi. Je ne veux pas te parler. Pas encore.

- Sache que je suis désolée, Kari.

La reine ne s'attarda pas davantage. Suivie de Connor, elle regagna leur chambre et s'affala sur le lit.

- Je savais qu'elle ferait un faux pas, souffla-t-elle.

- Tu es brillante.

Sanya lui adressa un regard narquois.

- Je sais. (Elle se redressa) Bon ce n'est pas que, mais j'ai du travail à faire.

Elle se redressa, s'installa à son bureau et commença à feuilleter les parchemins que lui avait fait transmettre le bibliothécaire.

- Quoi ? s'indigna Connor. Tu ne vas pas commencer de suite ! Tu dois manger je te rappelle.

- Plus tard.

- Au moins, sèche-toi ! Ça goutte de partout, tu es trempée, tu vas attraper froid et tu ne pourras plus rien faire.

Mais Sanya ne réagissait pas, absorbée par son ouvrage. Elle était pire qu'un chien de chasse, elle n'en démordait pas, et quand elle trouvait quelque chose, elle s'acharnait jusqu'à pouvoir l'exhiber, sans se soucier d'autres choses. En particulier de ses besoins.

Soupirant, Connor trouva une serviette et entreprit de sécher les cheveux de sa femme. Elle ne semblait même pas s'en rendre compte. Même quand il la déshabilla pour la sécher entièrement et la vêtir avec une chemise de nuit un peu plus chaude, elle ne broncha pas, comme si elle n'avait pas conscience de ce qu'il faisait.

- Pire qu'un bébé, souffla-t-il.

- Je ne suis pas sourde.

Connor sourit dans le dos de sa compagne. Il la força ensuite à manger bien qu'elle protesta puis la laissa enfin tranquille. S'étendant sur le lit, il se blottit contre son oreiller, essayant de vider son esprit. Mais le sommeil fut plus fort et il ne résista pas.

- Je l'ai !

À son cri, Connor se réveilla en sursaut.

- Quoi ? Qu'est-ce qu'il y a ?

C'était l'aube, et Sanya rayonnait comme une enfant.

- Regarde. (Elle lui désigna une image représentant un médaillon en forme d'œil.) Le Talisman des âmes. Artefact très ancien et peu connu, on sait juste de lui qu'il viendrait du royaume des morts. L'attirer dans notre monde est dangereux, car il enrage les esprits libérés dans notre monde et les font devenir agressifs, persuadés qu'on leur veuille du mal... voilà ! Le Talisman a la particularité de faire apparaître des fantômes dans un endroit donné, dans un rayon de dix kilomètres à vol d'oiseaux. Ce livre explique tout ce que le Talisman était capable d'accomplir.

Sanya poussa un long soupir victorieux.

- Ludmila se sert de ça. Le Talisman des âmes. Je ne connais pas son empreinte, je ne peux pas le repérer, mais il est également dit que le Talisman émet de très vives lumières et un bruit sourd quand il est utilisé. Donc Ludmila est dans un endroit isolé. Visiblement, le protocole d'utilisation est très complexe.

Elle prit un peu de temps pour lire une feuille, Connor bouillant d'impatience derrière elle.

- C'est impossible…
- Quoi ?
- De ce qui est écrit, le Talisman aurait été crée il y a de ça tellement longtemps ! Visiblement, le Glacier n'aurait pas été créé magiquement pour protéger la ville de toutes intrusions par les côtes… mais pour protéger le Talisman. Les mages de l'époque, et cela remonte bien avant la création de l'Ordre, auraient scellé le Talisman à l'intérieur du Glacier, afin que personne ne puisse le trouver. De ce que je comprends, ils estimaient que le renvoyer dans le royaume des morts était trop dangereux, car les nécromanciens n'auraient aucun mal à le récupérer. Alors ils ont préféré le sceller. Ensuite, les mages ayant rédigé ce livre auraient tenté de le récupérer, sans succès. Visiblement, longtemps après son scellement, l'Ordre en a entendu parler et voulait le récupérer à tout prix. Ils disent que cela aurait pu permettre de grande, blabla je ne te lis pas tout. Mais en gros, ce livre serait écrit par des sorciers appartenant à l'Ordre, ils y ont consigné tout ce qu'ils savaient du Talisman, et il cherchait un moyen de le rappeler, le faire revenir. Ils n'ont jamais réussi à le récupérer, alors qu'ils savaient visiblement quoi en faire ensuite. Ludmila est un pur génie pour avoir réussi cet exploit. Manifestement, elle est bien la plus puissante de tous les temps.
- Tu t'égares.
- Pardon… Bref, de ce que je vois, le Talisman est lié à Dryll. En fait, il est lié à un endroit très particulier qui se trouve sous le glacier. En gros, à l'époque, il ne pouvait être utilisé que dans cet endroit donné, à cause d'une fracture qu'il y aurait entre le monde des morts et le monde des vivants. Mais l'Ordre semblait penser que du fait que nos mondes ne font qu'un, tout en existant de manière différente, je te passe les détails, si on utilise le Talisman, précisément au-dessus de son lieu d'action, alors peut importe la hauteur, on peut utiliser l'artefact.
- Je ne comprends pas.
- En gros, ils disent que le Glacier est là pour faire un rempart entre nous et le Talisman, mais également un rempart entre le Talisman et l'unique endroit où il peut être utilisé. Sauf que les mages de l'époque n'auraient pas prévu que peu importe l'altitude

qu'on a par rapport à ce point précis, du fait de l'alignement du monde des vivants et des morts, si on se trouve exactement au-dessus du point d'utilisation, on peut utiliser le Talisman. (Sanya reprit son souffle, éberluée). C'est juste incroyable ! Je crois que le Talisman est même plus vieux que moi !

Sanya continua encore un peu sa lecture, pour en apprendre davantage.

- Bref, conclut-elle finalement, Ludmila n'a pas le choix. Pour utiliser le Talisman, elle doit se trouver à un point précis, et ce point et sur le Glacier ! Donc forcément, c'est là qu'on la trouvera ! Connor ?

Sanya se retourna et étouffa un cri. Son mari avait disparu.

*

Connor entamait l'ascension du glacier par un chemin étroit, ignorant les remarques négatives que lui transmettait Kalena, trottant devant lui. Oui, il savait qu'à son retour, il se prendrait une belle volée bien méritée de la part de sa femme, oui celle-ci le bouderait pendant une semaine, et non, il ne regrettait pas de l'avoir laissée en arrière.

Ludmila avait tenté de la tuer. Dans ces conditions, que la jeune femme se jette dans sa gueule était la pire idée que Connor puisse supporter. À lui de trouver et d'éliminer cette mage de malheur. Bien sûr, les soldats s'y étaient déjà rendus, mais n'avaient rien trouvé, et Kalena n'avait rien flairé non plus. Mais en lisant par-dessus l'épaule de Sanya, Connor avait vu la carte, et l'emplacement du point précis d'utilisation du Talisman. Personne n'avait été aussi loin dans les recherches ce qui expliquait qu'on ne l'ait jamais trouvé.

Le Maître des Ombres accéléra le pas, resserrant son manteau autour de lui. Le vent était mordant, mais fort heureusement, la neige ne tombait pas aujourd'hui. C'était déjà ça.

Lorsqu'il arriva enfin au sommet du glacier, ce qu'il vit le laissa sans voix. Une immense étendue de blanc lui faisait face. De la glace, recouverte par un monticule de neige formant parfois des dunes dans lesquelles venait jouer le vent, les façonnant à sa manière. Un paysage gelé, mais empli de beauté. De temps en temps, la neige ne recouvrait pas une plaque de glace et il dérapait, manquant de peu de s'écraser dans la neige. Kalena se moquait ouvertement de sa maladresse.

Ça ne te gêne pas de savoir que Sanya pourrait être sur cet immense glacier sans que tu tombes sur elle ?

Elle est bien plus débrouillarde que moi dans le froid et connais la région. Si quelqu'un doit se perde, ça sera moi, pas elle.

Pas tant que je serai là. Et n'aie crainte, je flairerai l'odeur de Sanya et je le retrouverai quoi qu'il arrive.

Ils avancèrent donc dans ce paysage blanc pendant des heures. Le vent s'était levé, leur soufflant de la neige au visage. Rabattant son capuchon sur son visage, Connor jeta un coup d'œil à la louve qui humait l'air.

Tu sens quelque chose ?

Oui, je sens enfin quelque chose. L'odeur d'une femme.

Ludmila ?

Je pense. Viens, suis-moi, on doit approcher du point que tu as vu sur la carte.

Suivant son amie, Connor s'empressa de reprendre le chemin. Rester immobile dans ce froid était une torture, ses mains et ses pieds étaient extrêmement douloureux. Il accéléra le pas, jetant des coups d'œil derrière lui. Mais la neige tourbillonnait follement, il ne distinguait rien. Il n'entendait même pas un cri. Même si elle était folle de rage, Sanya n'était pas stupide au point de l'appeler si près du repère de Ludmila.

Le jeune homme sût qu'il était arrivé quand il vit le pelage de Kalena se hérissait. Face à eux était construite une sorte de grotte dans la neige, un abri sûrement magique. Alors, c'était ici que vivait Ludmila depuis tout ce temps.

Tirant ses dagues, Connor s'approcha dans le plus grand des silences. L'intérieur était semblable à une grotte, avec pour seule différence que les murs et les stalactites étaient en glace. La neige avait également été déblayée. Un feu crépitait au centre, diffusant une douce chaleur. Ludmila n'était pas en vue.

Je ne sens pas sa présence à l'intérieur, assura Kalena.

Connor entra avec précaution, suivi de la louve. Des objets étaient entassés un peu partout, allant du plus fascinant aux plus banals, de la nourriture était entreposée de-ci de-là. Au fond, une couche en peau de renne était aménagée. Mais ce qui retint le regard du Maître des Ombres était le grand triangle de bougie et de crâne, au centre de la pièce. Et au milieu trônait un médaillon en forme d'œil. À mieux y regarder, la grotte elle-même avait été précisément conçue autour de ce point. Des entailles étaient visibles dans la glace, sûrement pour mesurer la distance entre bougies et crânes, et calculer le point précis où devait être le Talisman.

Connor s'approcha prudemment, restant en dehors du triangle. Il se sentait glacé de l'intérieur en s'approchant de l'artéfact et il lui semblait entendre des murmures.

Prends-le et filons d'ici !

Le jeune homme hocha la tête et se dépêcha d'attraper le Talisman pour le fourrer dans sa poche, ignorant cette impression de froid et de mal-être qui le saisissait.

- Bonjour, Connor.

Le Maître des Ombres fit volte-face, Kalena dévoila ses crocs dans un grondement sonore.

Ludmila se tenait devant l'entrée de la grotte, son visage complètement impassible. Elle était vêtue d'une peau de renard blanc, ses cheveux noirs cascadaient librement dans son dos. Elle aurait pu être belle si son regard n'était pas aussi étrange. Calculateur, mais surtout vide. Comme si la jeune femme ne ressentait rien en cet instant précis. Pourtant, le jeune homme frissonna face à ces yeux. Bleus glacés, ils le transperçaient, l'analysaient, ne ratant aucun détail. Se pouvait-il que rien ne puisse leur échapper ? Ludmila semblait être du genre à ne rien rater, à ne rien oublier. Connor, qui la découvrait pour la première fois, ne savait plus quoi penser d'elle. Elle était si étrange, son aura ne ressemblait à rien de ce qu'il avait connu. Alors qu'il s'était attendu à une aura de force maléfique, de la vanité, de la cruauté, il ne décela rien de tout ça. Juste un vide d'émotion, et surtout, un esprit affûté sûrement en constante activité. Avait-elle une mémoire parfaite ?

- J'ai beaucoup entendu parler de toi, tu sais. T'observer était un souhait, je te l'avoue.

Sans réfléchir, le jeune homme alla saisir le médaillon et menaça la sorcière d'approcher.

- Tu comptes aller où avec ça ?
- Je vais mettre fin à ton massacre, grinça-t-il.
- « Mon massacre ? » Oui, on peut voir les choses ainsi, malheureusement. Que comptes-tu faire, me tuer et partir avec cette chose ?

- J'y compte bien et tu le mérites.

Ludmila émit un petit rire, vide de toute émotion.

- Si seulement tu savais vraiment ce que je mérite ou non. Au final, tu es comme tous les autres, tu ne vois pas plus loin que ton nez. Mais après tout, je me fiche pas mal de ce que les gens pensent. Je n'ai rien contre toi, Connor, ni ta femme, sache-le. Si vous m'aviez écouté la première fois, rien de tout ça ne serait arrivé. Pourquoi est-ce qu'il a fallu que vous restiez ici ? Pourquoi n'êtes-vous pas parti comme je l'avais demandé ? Je n'aurais pas eu à vous tuer... maintenant qu'Eroll sait parfaitement que Sanya est ici et le restera, je n'ai pas d'autre choix que d'agir ! Je dois lui livrer Sanya, comme ma mission l'exige, et te tuer.

- Que racontes-tu là ? Si nous étions partis, Dryll serait tombé.

- Idiot, Dryll tombera, quoi qu'il arrive ! Ta femme et toi auriez pu accomplir bien plus en fuyant et en restant en vie, qu'en défendant une ville perdue d'avance. Je ne voulais pas de ça, mais vous ne me laissez pas le choix. Je dois ramener Sanya à Eroll, maintenant. Et tu dois mourir.

Connor aurait prendre la mouche, mais quelque chose le faisait tiquer, quelque chose l'interpellait. Il s'était imaginé tant de choses sur Ludmila, l'avait haïe au plus haut point, et maintenant qu'il la découvrait, elle semblait... désespérée.

- Qui es-tu Ludmila ? tenta-t-il. Tu es la femme la plus puissante, visiblement, alors pourquoi n'as-tu aucun choix ?

Quelque chose n'allait pas. Ludmila aurait dû avoir le choix. On ne pouvait pas dompter une femme de cette envergure, pas avec les moyens magiques dont disposait Conrag, ou même Eroll. Si la jeune femme ne voulait pas, pourquoi le faisait-elle ?

- Que t'on promit ceux qui t'envoient ? Pourquoi leur obéir ?

- Je sais ce que tu fais. Tu tentes de me comprendre, pour influencer mon esprit. Je n'ai pas besoin de ton empathie ou de ta pitié. Tu ne peux rien pour moi, du moins, tu ne peux plus rien à l'heure actuelle. Je fais ce qui doit être fait, t'expliquer ne m'apportera rien.

Connor comprit qu'il se tramait quelque chose d'important, il venait d'entrevoir une solution, une nouvelle possibilité pour l'avenir. Mais Ludmila, bien déterminée, ne lui laissa pas le temps de réfléchir à une stratégie. Son sort se matérialisa lentement dans sa main.

Connor, sois prudent !

Le jeune homme ne perdit pas de temps. Il ne pouvait pas raisonner la magicienne. Pas dans de telles conditions. Il n'avait plus le choix. Alors il attaqua avant qu'elle ne le fasse. Mais Ludmila l'attendait. Son sort ne partit pas tout de suite. Quand le jeune homme fut à sa portée, il bondit sur elle aussi vite que possible. Elle répliqua en tendant la main devant elle, mais Connor évita l'éclair meurtrier. Le deuxième en revanche lui percuta les côtes et il s'écrasa quelques mètres plus loin.

Aboyant de rage, Kalena se jeta sur la sorcière, mais connut le même sort. Gémissant de douleur, affalée par terre, la louve eut du mal à se redresser.

De nouveau sur ses jambes, Connor étudia la situation d'un œil nouveau. Ludmila était trop puissante pour lui.

- Ainsi est faite la vie, tu ne peux rien contre moi. Franchement Connor, tu crois vraiment que tu m'aurais trouvé si je n'avais pas voulu que tu me trouves ?

- Pourquoi m'avoir laissé approcher ? Tu ne veux pas parlementer, alors pourquoi t'être laissée trouver ?

- Tu ne t'es pas dit que c'était un piège ? Mais avant toute chose, tu vas me rendre ce qui m'appartient.

Connor fourra le médaillon dans sa poche et défia Ludmila d'approcher.

- Ne joue pas les idiots. Tu ne me vaincras pas. Tu en déjà fais les frais. Rends-moi ça.

- Viens donc le chercher.

- Je n'entrerai pas dans ton jeu. Connor, que sais-tu réellement de ce Talisman ?

- Il permet de matérialiser des fantômes dans un endroit précis.

- Exactement. Mais sais-tu qu'une fois matérialisés, les fantômes ne retournent pas d'eux-mêmes dans leur monde ? Ils restent errer ici, attaquant tout sur leur passage. Une calamité, une vraie plaie. Seul le Talisman peut les contrôler.

- Où veux-tu en venir ?

- Tu ne peux pas le sentir, mais moi si. Les fantômes sont là. Tu n'es pas assez puissant pour utiliser le Talisman, ni même Sanya, du coup, sans alimentation magique, il perd son contrôle sur eux. Les fantômes s'agitent autour de toi. Le pire... c'est quand ils verront Sanya.

Connor devint livide.

- Eh bien oui, la dernière fois que j'ai usé du Talisman, c'était pour ordonner qu'on me ramène Sanya. Du coup, quand ils la verront, ils se déchaîneront sur elle, car je n'aurai plus le Talisman pour les contrôler. Obsédés par elle, ils oublieront leur véritable mission et la mettront en pièce. Tu veux un aperçu ?

Ludmila tendit la main, et Connor tomba à genoux. Sous ses yeux, une scène prit forme. Sanya, accourant auprès de lui. Des fantômes hurlant de rage et de folie, se jetant sur elle. La jeune femme tomba au sol, recroquevillée sur elle-même, criant de douleur, se faisant lacérer, frapper, les fantômes plongeaient leurs dents dans la chair sans qu'elle puisse les toucher en retour. La neige sous elle était devenue rouge, et bientôt, Connor ne reconnut même plus sa propre femme.

Il hurla de terreur. La vision prit subitement fin, et il se redressa e chancelant.

- Ta femme arrive Connor, je la sens. Si tu ne me donnes pas le Talisman pour que je contrôle les fantômes, ils la déchiquetteront.

- Tu mens !

- Ah oui vraiment ? Veux-tu prendre le risque de le savoir ?

Connor hésita, prenant le Talisman dans sa main, il le serra très fort. Si Ludmila disait vrai, les fantômes tueraient sa femme. Ils la tortureraient jusqu'à ce qu'elle meure. Mais si la sorcière mentait et qu'il lui remettait la Talisman, elle aurait de nouveau les moyens d'infiltrer le château. La guerre serait perdue.

Non, pas la guerre, une bataille seulement. Si Dryll tombait, Eredhel et Jahama tiendraient toujours. Il y aurait encore une chance de bouter Eroll hors du continent. Mais si Sanya mourait, il n'y aurait plus personne pour rétablir la paix entre les panthéons. Si Sanya mourait, la paix mourrait avec elle.

Ce n'était pas tant l'issu de la guerre qui comptait, mais l'issu de son combat à elle.

Elle devait vivre.

Connor regarda Ludmila dans les yeux, et quelque chose passa entre eux. Il comprit ce qu'elle ressentait. Contrainte de faire quelque chose qu'elle ne voulait pas, ne désirant pas prendre un risque qui aurait pu nuire à la personne qu'elle aimait. Le jeune homme vivait la même chose. Peut-être Ludmila mentait-elle, mais il ne pouvait pas courir le risque. L'enjeu était trop important.

Les larmes aux yeux, Connor s'approcha de Ludmila et tendit le Talisman.

- Tiens, souffla-t-il. Garde-le. Il vaut mieux qu'il soit entre tes mains…

Un cri glacé retentit derrière eux. Faisant volte-face, il découvrit Sanya, les yeux écarquillés de terreur, chancelante !

- Comment peux-tu... je te faisais confiance Connor !

Le jeune homme sentit un pieu s'enfoncer dans son cœur.

- Sanya attend, tu n'as pas compris...

- Oh ça non, je ne comprends pas ! cracha-t-elle. Je t'ai tout donné, ma vie, mon cœur, mon âme, et toi, tu me trahis au profit de cette garce ! Je te hais, tu m'entends !

Éclatant en sanglots, la jeune femme tourna les talons et détala en courant.

- Sanya attend ! Kalena, rattrape-la !

La louve s'empressa d'obéir. Ludmila retint alors Connor en érigeant un mur d'air devant lui.

- Voilà pourquoi je voulais que tu me trouves. Quand j'ai su que vous étiez sur la piste du livre que j'avais volé, j'aurais pu le remettre à sa place pour que vous ne me trouviez jamais. Mais je savais que le temps que cette information arrive, j'aurais déjà accompli pas mal de choses. Et puis, je me suis dit que c'était une chance. Car si en plus je lançais une attaque sur Sanya, au moment où elle obtiendrait le livre, je savais que tu partirais sans elle, pour ne pas lui faire courir de risque. Je t'ai beaucoup observé et tu es trop prévisible. Tout comme elle, car je savais qu'elle te suivrait. Je voulais qu'elle soit seule, pour pouvoir l'attraper. Diviser pour mieux régner comme on dit. Je suis navrée de t'infliger ça. Je ne peux plus rien pour vous. Hormis de dire que tu as été trop puissant pour que je te tue, que je n'ai pu avoir que ta femme. Cette fois, saisis la chance que je te donne, Connor. L'avenir de Sanya repose sur toi.

Et avant que le jeune homme ne puisse comprendre ce qui se passait, un poing d'air s'abattit sur ses tempes, l'emportant dans les ténèbres.

24

Sanya courait dans la neige, aussi perdue que furieuse ! Que Connor ait pu faire une telle chose la mettait hors d'elle, autant que ça l'emplissait d'une détresse infinie. L'homme à qui elle avait tout donné venait de tout jeter aux orties pour cette saleté de sorcière. Ainsi donc, Sériel ne s'était pas trompée en énonçant ses visions. Connor l'avait trahi.

Incapable d'aller plus loin, la jeune femme tomba à genoux et hurla de toutes ses forces, son cri se répercutant très loin autour d'elle. Le vent se leva, soulevant quantité de neiges tout autour d'elle, et elle laissa libre cours à son désespoir, libérant le peu de magie qu'elle avait en elle. Le vent s'enroula autour d'elle, mais ne répondit pas à sa colère comme elle l'aurait voulu. Il ne lui obéit pas. Bien au contraire, il s'atténua, pour devenir plus doux, plus conciliant, murmurant à l'oreille de sa déesse.

Les larmes coulèrent le long des joues de Sanya. Et avec elles, sa colère. Le vent l'apaisa, la réconforta. Quand la rage fut passée, Sanya eut l'impression de voir à nouveau. Elle soupira.

- Oui, tu as raison. Je m'emporte.

Avec plus de détachement, elle analysa ce qui venait de se passer. Connor avait beaucoup d'avance sur elle, et la conversation avec Ludmila semblait avoir été longue. La jeune femme n'en avait entendu qu'une infime partie. Elle ne savait rien de ce qui s'était passé, de ce qui s'était dit, et voilà qu'elle jugeait son mari ! Le considérant comme un traître ! Sans rien savoir de ce qui avait pu arriver.

- Quelle idiote je fais !

Comment avait-elle pu se laisser aveugler de la sorte ? Préférer croire un semblant de conversation à laquelle elle n'avait pas assisté, plutôt que de faire confiance à l'homme qu'elle aimait ? Il n'y avait que la reine des imbéciles pour faire une chose pareille.

Elle se redressa d'un seul bon, essuya sers dernières larmes et fit volte-face.

- Connor !

Elle partit en sens inverse, courant pour le retrouver. Peu importait d'être déjà fatiguée par l'allée, il lui fallait retrouver Connor au plus vite, s'excuser, faire front ensemble contre Ludmila. Elle l'avait laissé seul face à elle, comble de l'idiotie. Pourvu qu'il ne lui soit rien arrivé !

Elle l'appela encore, dans l'espoir qu'il l'entende, qu'il la retrouve avant cette sorcière. Le vent continuait de souffler, faisant tourbillonner la neige devant ses yeux. Bientôt, elle dut plisser les yeux, puis s'abriter avec sa main. Il soufflait beaucoup trop fort, trop soudainement, et Sanya n'y était pour rien. Sa colère enfla quand elle comprit ce qui se passait.

- Tu oses utiliser mon propre pouvoir contre moi ? cria-t-elle.
- Pour ça, il te faut déjà un pouvoir.

La voix venait de partout. Pas cassante ni tranchante, juste une simple constatation. Qui submergea Sanya.

- Le vent est à moi. Je suis le vent !
- En cas je serai celle qui attrapera le vent pour la première fois de l'histoire.

Sanya sentit une présence tout près d'elle, omnisciente. Elle se tourna dans tous les sens, mais ne vit rien que de la neige voler tout autour d'elle.

Puis soudain une forme se matérialisa tout prêt, une femme, floue. La jeune femme tira son arme, se jetant sur elle avec la ferme intention de la tuer avant qu'il ne soit trop tard.

Mais quand elle commença à discerner les traits de la sorcière, sa vision se brouilla, son esprit s'engourdit. La dernière chose qu'elle vit, ce fut la neige, quand elle s'écrasa par terre.

*

Quand Connor reprit conscience, il se leva péniblement, cherchant à tâtons les dagues qui lui avaient échappé des mains. Les souvenirs lui revinrent brusquement en mémoire, et il étouffa un cri d'horreur en se souvenant que Sanya s'était enfuie avec Ludmila sur les talons.

Depuis combien de temps ?

Sans même réfléchir, Connor se rua dehors et fut aussitôt accueilli par une forte bourrasque de vent qui lui projeta de la neige en pleine figure. Plissant les yeux, essayant de distinguer quelque chose devant lui, il se mit à hurler :

- Sanya !

S'il n'avait pas été inconscient trop longtemps, elle était peut-être encore dans les parages.

- Sanya ! Kalena !

Ni l'une ni l'autre ne lui répondit. Ludmila semblait avoir disparu elle aussi. Le vent avait effacé toutes les traces, si bien que le jeune homme déambula à l'aveuglette au milieu du blizzard, se demandant ce qu'il allait bien pouvoir faire. Il devait retrouver sa femme coûte que coûte ! C'était une tête de mule, mais elle était intelligente. Elle comprendrait bien vite qu'il ne l'avait pas trahi et elle reviendra vite le chercher. Il devait la retrouver avant Ludmila !

Quel idiot il était ! S'il était parti avec elle, elle aurait su la vérité, elle ne serait pas enfuie en interprétant mal ses paroles. Dire qu'il lui avait promis de ne plus la laisser en arrière, et il avait rompu sa promesse. Mais cette fois, cela risquait d'engendrer bien des dégâts.

- Sanya, je t'en prie, réponds-moi !

Il n'y eut aucune réponse. Si Ludmila lui était déjà tombée dessus, elle ne lui répondrait pas. Et s'il avait été inconscient plus longtemps qu'il ne le pensait, elle n'était déjà plus là depuis un moment. Mais il ne pouvait s'empêcher de l'appeler, d'espérer qu'elle lui répondrait et courrait à sa rencontre.

Un espoir vain.

Même Kalena ne lui répondait pas, il eut beau lancer son esprit à sa rencontre, il ne la trouva pas. Ou elle était trop loin, ou bien...

Non, Connor refusait de penser à une telle hypothèse. C'était impossible.

Il ne sut combien de temps il erra ainsi dans la tempête, mais une chose était sûre, il était perdu et aller mourir là. Il était complètement gelé, ses jambes n'arrivaient pratiquement plus à avancer, son souffle glaçait ses poumons. Il trébucha une fois, puis une deuxième. Il avait tellement mal qu'on aurait dit des centaines de couteaux lui lacérant la peau.

À quatre pattes, il gémit faiblement le nom de sa femme.

« Quand le froid s'abattra sur toi pour t'emporter, utilise l'Onde et la vérité s'ouvrira à toi. »

Ce que lui avait confié Nahele dans sa lettre lui revint brusquement en mémoire, il n'aurait su dire pourquoi. Lui faisant confiance, il laissa l'Onde se déverser en lui, puis jaillir hors de lui. S'abandonnant totalement, il erra dans ce bien-être qu'était de baigner dans ce délicieux pouvoir.

Soudain, une silhouette apparut, un peu devant lui, sur les hauteurs d'une petite dune de neige. La silhouette d'une femme. Une femme aux cheveux clairs.

- Sanya, articula-t-il.

Avec de gros efforts, il se mit debout et tituba vers la jeune femme. Immobile, celle-ci attendit qu'il soit à sa hauteur pour se détourner et filer légèrement.

- Attends-moi !

Le Maître des Ombres la suivit maladroitement, ayant tellement froid qu'il ne parvenait plus à réfléchir. La femme l'entraînait quelque part, et sans chercher à comprendre, il la suivit docilement.

Au cœur de la tempête se dessina alors l'entrée d'une grotte qui s'enfonçait sous terre. La femme y pénétra sans un regard pour lui. Mais qui était-elle ? Ce n'était pas sa femme. Il la suivit tout de même, le corps tellement douloureux qu'il était prêt à tout braver pour un peu de chaleur. Et de la lumière émanait de la grotte.

Une fois à l'intérieur. Il resta stupéfait, manquant de tomber à la renverse.

Il faisait très chaud à l'intérieur, pourtant aucun feu ne brûlait. Partout autour de lui il y avait des meubles, où reposaient toutes sortes d'objets, des urnes, des armes très anciennes, des outils, des vêtements, des parchemins et des journaux. Sur l'un des murs était accrochée une immense fresque, dont les dessins ressemblaient fortement à ceux du temple de Kiona, dans les Royaumes Oubliés.

Il vit également un drôle d'objet de forme circulaire, comme une boule de cristal qui scintillait, posée sur un socle et protégée par des tentacules d'acier.

Mais le plus beau, le plus fascinant était cette boule de lumière, en fond de la salle, qui irradiait tant de chaleur et de force. Connor se sentit attirer par elle, comme si une partie de lui-même y était rattachée. Des filaments dorés se détachaient pour tourbillonner autour.

S'approchant, il toucha les objets du bout des doigts.

- Quel est cet endroit ? souffla-t-il.

La femme s'approcha de lui. Ce n'était pas Sanya, pourtant elle lui ressemblait un peu, dans son maintien, son regard, et sa chevelure. Une femme noble et puissante dont le savoir était sans limites. Pourtant elle était étrange. Elle ressemblait plus à un fantôme qu'à un être vivant. En la détaillant mieux, Connor se rendit compte qu'elle flottait légèrement au-dessus du sol.

- L'Onde m'a appelée et me voilà, lança-t-elle d'une voix mélodieuse.

- Et qui êtes-vous ?

- Je suis la vérité.

Le jeune homme ne voyait pas où elle voulait en venir. Elle s'approcha de lui et posa une main sur son front.

- Je le sens en toi.

- Qui ?

- Nahele. Mon chef-d'œuvre.

- Je ne comprends pas ce que vous essayez de me dire.

- Parce que tu n'écoutes pas.

La femme lui désigna la salle d'un geste du bras.

- Ces dessins, je sais que tu les as déjà vus.

- Oui, dans notre repère et à Kiona.

- Kiona... mon temple. Qu'as-tu appris là-bas ? Et dans ton repère ?

Connor se passa une main dans les cheveux.

- Eh bien... Les dessins dans notre repère parlent de quelque chose nommée Elle, qui aurait été détruite. Et il aurait été bâti en sa mémoire, enfin je crois. Quant à Kiona, Reva m'a dit qu'il y a très longtemps, quand les Nouveaux hommes ont voulu anéantir les Premiers, la Nature aurait créé des sortes d'armes, pour lutter contre les dieux. Des hommes avec un pouvoir capable de rivaliser avec les dieux, ou quelque chose du genre.

- Oui, les Protecteurs, les Ashaisha... les Maîtres des Ombres.

Connor lui jeta un regard stupéfait.

- Je pensais que c'était évident, souffla la femme. Regarde cette fresque, c'est ton histoire. Les Maîtres des Ombres étaient autrefois des gens normaux faisant partie des Anciennes civilisations. Les dieux sont alors arrivés. Furieux de ne pas soumettre les peuples, qui refusaient de croire en eux, ils détruisirent la civilisation pour en bâtir une nouvelle. À cette époque, Baldr et Abel avaient déjà façonné d'autres dieux et des humains, afin de les aider à mater ces gens. La Nature confia alors à ses plus valeureux guerriers, un grand pouvoir, l'Onde, pour les aider à renverser les dieux. Ils parvinrent à en tuer, mais ce ne fut pas suffisant. À la fin de la guerre, voyant venir l'échec, et de peur de perdre de précieux pouvoirs, les grands prêtes d'autrefois ont rassemblé leurs Ondes à tous dans ce sanctuaire pour la sauvegarder et la protéger des dieux afin qu'un jour, un autre termine le travail. Plus tard, la Barrière fut érigée, ce qui compliqua le contact que pouvaient avoir les anciens hommes avec l'Onde. Évidemment, Abel et Baldr ont rayé cette partie de l'histoire d'un accord commun, pour éviter qu'on ne remette en doute leur puissance. Même les dieux actuels ignorent ce qu'il s'est réellement passé, et qu'il y a eu avant eux un seul et unique panthéon.

» À présent, l'Onde dans ce sanctuaire se repend à travers le temps pour imprégner certains descendants des anciennes civilisations. Elle s'est beaucoup plus développée sur les quatre royaumes, car comme tu le sais, beaucoup de survivants ont réussi à se cacher, par la volonté de la Nature, qui pensait que la bataille contre les dieux aurait lieu ici. Mais les magiciens et les guerres ont compliqué les choses. L'Onde se repend toujours autant, mais la plupart des survivants ont été massacrés et ceux dignes du pouvoir sont rares. Voilà pourquoi peut possède tes facultés, Connor. Les Ashaisha avaient plusieurs temples où ils priaient la Nature pour savoir comment agir. Plus tard, leurs héritiers gravèrent leur histoire sur les murs de ces temples pour que jamais on ne les oublie. Ton repère est le vestige d'un de ces temples. Ce Elle, ça fait référence à l'Onde. Je sais également que vous vous tatouez des symboles sur le torse. Tu devines à présent qu'ils représentent vos origines. Heureusement pour vous, Baldr et Abel n'ont pas fait le lien entre les Maîtres des Ombres et les Ashaisha. Mais ils comprendront rapidement…

Le jeune homme s'assit lourdement par terre, incapable de tenir debout.

- Alors... ma Confrérie... sa vocation est d'anéantir les dieux ?

- Au départ, tel fut votre devoir. Mais la Nature comprit que ce n'était pas un meilleur acte que celui des dieux. Les Maîtres des Ombres ont le pouvoir de lutter contre les dieux eux-mêmes, aussi, le moment venu, ils devront se battre pour eux. Pour garantir la victoire de celle qui peut arranger les choses.

- Sanya ?

- C'est effectivement le nom que vous lui donnez. Une déesse digne de fraterniser avec la Nature. Les Maîtres des Ombres ont été créés pour vaincre les dieux. Aujourd'hui, ils seront ses armes. Un jour, elle comprendra comment se servir d'eux, et ce jour-là, la Nature l'y préparera.

- Pourquoi n'y a-t-il que moi qui puisse savoir ? De quoi dois-je sauver la Confrérie, pourquoi Nahele...

- Imagine ce que certains pourraient faire s'ils avaient conscience qu'ils peuvent détruire les dieux... Une telle information doit rester secrète jusqu'au dernier moment. Quant à Nahele, il était le plus puissant, mais ce n'était pas à lui d'instaurer la paix. C'est à toi.

- Je suis son descendant ?

- Oui. Tous ont prédit ta venue. Les Maîtres des Ombres, les Anciennes civilisations. Tu auras un rôle important à jouer. Le rôle de Nahele était de te préparer le terrain, si on peut dire. Il a mis sur pied la confrérie, il a tout appris de l'Onde, afin que ses découvertes finissent par te revenir. Il a fait en sorte que tu aies tout ce qu'il faut pour vaincre les dieux, une armée de Maître des Ombres et la pleine maîtrise de ton pouvoir.

- Je ne comprends pas, ce n'est pas à moi de combattre, c'est à Sanya.

- Comme je te l'ai dit, Sanya devra utiliser les Maîtres des Ombres. Et elle ne vaincra que grâce à toi. Grâce aux deux choses que tu lui transmettras et à ta simple présence.

- Quoi donc ?

- Le Savoir et la Puissance. Le moment venu, tu comprendras. Par ailleurs, tu es son arme. Si elle veut gagner, elle devra t'utiliser d'une manière bien précise, et ainsi, vous triompherez, et tu restaureras la gloire des Anciennes civilisations. Vous êtes faits pour combattre ensemble, vous êtes liés d'une manière que tu n'as pas conscience. Tel est votre destin. Vous êtes unis depuis bien plus longtemps que votre rencontre. Depuis votre naissance, vous êtes ensemble. Votre lien est puissant. Ne t'es-tu jamais demandé pourquoi elle était si importante à tes yeux, alors que tu ne la connaissais même pas ? Pourquoi tu avais ce besoin vital de la sauver et d'être avec elle ?

- Un coup de foudre.
- C'est bien plus que cela. Vous êtes liés par le destin, et dès l'instant où vous vous êtes vu, cela a scellé votre avenir. Il n'y a qu'ensemble que vous triompherez.
- Et de quoi suis-je censé sauver la Confrérie ?
- Du néant.

Le jeune homme se redressa doucement et se massa les tempes. Les Maîtres des Ombres, créés à la base pour lutter contre les dieux, devraient combattre pour l'un d'eux afin d'assurer sa victoire. Et lui, il lui permettrait également de gagner, en lui donnant le savoir et la puissance. Mais quel savoir ? Et la seule puissance dont elle avait besoin était son pouvoir, et il ne savait pas où était le Quilyo ! De plus, elle devrait l'utiliser, ils devraient combattre ensemble pour triompher. Comment diable pouvait-il l'aider dans un combat auquel il ne pouvait pas participer ? Et les Maîtres des Ombres ? Que devaient-ils accomplir pour elle ?

Tout ça était insensé !

Il se tourna alors vers la boule de lumière, y cherchant un peu de réconfort. Soudain il comprit.

- C'est l'Onde ?
- Exactement. Protégée des dieux depuis des millénaires. Imprégnant ceux qui sont dignes de combattre pour la Nature.

Connor laissa libre cours à son pouvoir. Une vague de puissance pure déferla alors en réponse sur lui, l'accueillant et le protégeant. Une force comme jamais Connor n'avait senti. Son propre pouvoir lui paraissait dérisoire par rapport à cette puissance phénoménale. Résultat de toute la force des prêtres de l'époque, des plus puissants Ashaishas. Aujourd'hui, cette force était ici, alimentant sa confrérie.

- Nahele est déjà venu ici.
- Bien sûr. C'est ici même que je l'ai guidé, ici même qu'il a tout appris sur ce qu'il est vraiment. Un lourd secret que tu ne devras partager aux autres que le moment venu. Moment que tu redouteras, car il entraînera des choses que tu détesteras, mais indispensables à la victoire de Sanya.

- La Nature mise beaucoup sur elle ?

- La paix. Nous sommes différents, mais ne devons pas nous haïr. Nous ne devons pas nous repousser, nous entre-déchirer. Nous devons être en paix et partager ce monde, maintenant que nous sommes réunis. Sanya a la conviction nécessaire à un tel projet. Et elle a en elle le pouvoir nécessaire.

- Comment le savez-vous ?

- Comme toi tu es né pour un dessin bien particulier, elle a été créée pour ce grand projet.

- Créée ?

La femme eut un sourire mystérieux.

- La naissance de Sanya n'est pas un hasard. Ce qu'elle croit connaître de ses origines est faux. Elle est l'œuvre de Lysendra, mais il ne m'appartient pas d'en parler. Nous nous sommes arrangés ainsi.

- De quoi parlez-vous ? Avec qui vous êtes-vous arrangés ?

- Lysendra elle-même. La Nature et elle veulent unir leur monde, se partager cet univers. Mais pour réussir, il faut que l'avenir soit façonné directement par leurs créatures, c'est-à-dire les dieux, et vous les Maîtres des Ombres, pour unir tous les peuples. Lysendra a donc fourni son arme pour ce grand projet, Sanya, et j'ai fourni la mienne, toi. Vous êtes fait pour combattre ensemble et rétablir l'équilibre des mondes. Il n'y a qu'ensemble que vous triompherez. Grâce à votre puissance combinée, et à la Confrérie. Nahele a mis tout cela sur pied pour toi, ne l'oublie pas. Il savait qu'elle était le but de sa vie, et il te connaissait mieux que tu ne l'imagines. Il t'a légué sa puissance, son savoir, pour que tu sois le fer de lance de Sanya. À vous deux, vous avez ce qu'il faut. Vous êtes les deux facettes d'une même pièce. La représentation de deux mondes unis. Mais assez parler. Il est temps pour toi de filer, Nahele. Ta femme a besoin de toi. Sors, et on te guidera à elle.

Le jeune homme tourna les talons à grand regret. C'était trop de chose, mille questions se bousculaient dans son crâne. Avant de sortir, il se tourna une dernière fois vers la femme qui lui souriait.

- Ne perds pas de temps, Nahele.

- Pourquoi m'appeler ainsi ?

- Vous partagez la même Onde, la même essence. Tu es lui et il est toi.

- J'ai une dernière question.

- Je t'écoute.

- Savez-vous ce que représente la salle Obscure ?
- Bien sûr que je le sais. L'œuvre de Nahele. Il l'a bâti et l'a scellé avec son Onde pour que toi seul puisses entrer.
- Pourquoi faire tant d'effort ?
- Cette salle devait servir à protéger son Onde jusqu'à ta naissance, pour que personne, par quelque moyen qu'il soit, ne puisse altérer le pouvoir qui devait te nourrir. C'était le but de la salle Obscure. Et te conduire ici, évidemment. Un lieu ou passé et futur pouvait se rencontrer pour former le présent.

Connor sourit.
- C'est vous, n'est-ce pas ? Vous êtes la Nature.

La femme sourit est acquiesça.

25

Déesse du vent et des tempêtes, reine d'Eredhel, deux titres prestigieux qui laissaient imaginer une femme pleine de charisme ! Et non une femme ligotée et jetée en travers d'une selle de cheval, kidnappée par une magicienne de bas étage. Sanya poussa un soupir d'agacement en faisant le point sur sa situation.

Ludmila la retenait captive. Lorsqu'elle s'était éveillée, elle se trouvait déjà sur ce cheval, le corps alourdi et endolori. Une rapide inspection lui avait appris qu'elles avaient quitté le glacier.

- Tu soupires tellement fort que tu risques de créer une tornade, lança Ludmila.

Son ton était neutre. Ce n'était pas une pique, une raillerie, quelque chose destinée à se moquer de Sanya, et celle-ci le remarqua, maintenant que son calme était revenu. Elle ne put néanmoins s'empêcher d'être légèrement agressive dans sa réponse :

- Tu aimes rappeler aux gens que tu les domines en tout point.
- Je ne domine personne. Il y eut une époque où j'aurais pu. Peut-être d'ailleurs aurais-je dû dominer le royaume dans lequel je vivais, instaurer mon règne dès le début. Si j'avais agi, bien des choses seraient différentes aujourd'hui.
- Et au lieu d'avoir un tyran, on aurait eu une reine démoniaque.
- Je ne suis pas un démon.

Sanya soupira :

- Je ne sais pas si tu le fais exprès, ou si tu ne comprends pas le second degré.

- Les choses sont ce qu'elles sont. Pourquoi devraient-elles avoir des degrés ?

La jeune femme haussa un sourcil. Malgré sa haine envers cette magicienne, elle ne pouvait s'empêcher d'être surprise. Elle semblait avoir une façon de voir les choses bien différentes du commun des mortels.

- Tu aurais sûrement plongé le royaume dans le chaos, je suis contente que tu ne sois jamais devenue reine, soupira Sanya.

- Parce que le règne de Kalim et celui de son abruti de fils ne sont pas chaotiques ?

Sanya tiqua. Pour la première fois, elle décelait une émotion. De la colère ? Elle se souvint qu'une fois, Connor avait évoqué la possibilité que Ludmila soit contrainte de travailler pour le royaume de Teyrn. Cela pouvait-il être possible ? Sanya se demandait comment une mage d'une telle trempe puisse recevoir des ordres. Avec une telle puissance, qui pouvait se dresser contre elle ?

Mais après tout, il suffisait parfois de pas grand-chose pour contrôler un être vivant. Et malheureusement, à Teyrn, les monarques étaient spécialistes dans le domaine.

La jeune femme se décida donc à en apprendre davantage sur son ennemie. Les insultes, les menaces, les railleries n'avaient aucune prise sur Ludmila. D'un côté, elle menait la dance, et de l'autre, elle semblait percevoir les paroles différemment. La reine, dès son réveil, c'était empressé de l'injurier, puis de se moquer, seulement rien n'atteignait la sorcière, qui parfois ne comprenait pas les moqueries. Quoi qu'elle répondît, elle semblait toujours sincère, et ne comprenait absolument pas le second degré.

Après avoir poussé son étude, Sanya en était venue à la conclusion que cette femme était très particulière. Elle soupçonnait peut-être un problème mental, mais qui avait fait de sa ravisseuse un véritable génie. Dans sa façon de parler et de réfléchir, Sanya était convaincue d'avoir affaire à une personne à l'intelligence hors du commun, qui voyait le monde d'une manière radicalement différente de ses congénères. Elle semblait ne rien comprendre aux liens émotionnels, ou du moins, avait une vision très carrée.

Elle était sans arrêt plongée dans ses pensées, et parfois, elle n'entendait même pas les répliques cinglantes de sa proie.

- Tu cherches à m'étudier ? lança soudain Ludmila, faisant sursauter Sanya.

- Je me demande quelles peuvent être tes aspirations. Tu es visiblement un génie. Tu pourrais renverser le gouvernement. Tu pourrais être une femmeque l'on craint plus que tout, ou que l'on admire plus que tout. Or tu ne fais rien de prodigieux. Enfin, pour toi-même. Tu te contentes de suivre les ordres. De ce que je sais, les génies n'aiment pas beaucoup l'autorité et font souvent les choses pour eux. Pourquoi te contentes-tu de ça, alors que tu pourrais tout avoir ?

- J'avais tout. Tout ce dont j'avais besoin.

- Et tu ne l'as plus ?

- Non. Enfin, en partie.

- Qu'est-ce que ça t'apporte de travailler pour Kalim ?

- Et pourquoi pas ?

Sanya soupira d'agacement.

- Je voudrais mieux te cerner. Tu as des pouvoirs extraordinaires. Dans ce monde mortel, tu fais office de demi-dieu. Pourquoi te contentes-tu d'être un larbin ?

- Tu voudrais que je plonge le monde dans la terreur ?

- Je ne te dis pas ce que je veux, je te demande pourquoi tu te contentes d'être une esclave alors que tu pourrais t'envoler.

- Je ne suis pas un oiseau. On ne peut pas voler.

Sanya jura.

- Il y a des fois où je t'étranglerai, quand tu parles comme ça.

Ludmila lui tourna un regard très surpris.

- Ce que je dis n'est pas vrai, peut-être ? Pourquoi vouloir m'étrangler ? C'est une vérité très simple. Même si je voulais, je ne peux pas voler. Biologiquement, c'est impossible.

- C'est une façon de parler, une façon de dire que tu pourrais être libre de toute entrave.

- Encore une fois, c'est impossible. Ma condition humaine fait que je suis entravée, d'une façon ou d'une autre.

- Sérieusement Ludmila, tu le fais exprès ? Pourquoi ne pas vivre pour toi et faire ce que tu veux ?

- Tu essayes de m'amadouer pour que je te libère.

- J'essaye de comprendre les raisons qui t'animent. Moi, à ta place, je ferais en sorte que personne ne puisse me dicter d'ordre. Les rois et reines auraient peur de moi.

- Les gens ont toujours eu peur de moi. Et ça m'est égal. Pour répondre à ta question, n'as-tu jamais rien fait par amour ?

Sanya hocha un sourcil, surprise.

- Bien sûr que si. Mais je n'ai pas asservi et menacé l'équilibre du monde.

- Si vous m'aviez écouté, toi et Connor, moi non plus je n'aurais pas menacé l'équilibre du monde.

- Tu plaisantes ?!

Ludmila secoua la tête.

- Je vous avais dit de fuir. Si vous l'aviez fait, vous seriez vivants, loin d'ici. Vous auriez pu sauver Sohen, Eredhel, et ensuite avoir les moyens de vous battre contre Eroll. Mais par amour pour cette cité qu'est Elbereth, te voici captive, contrainte de m'obéir. Finalement, ton parcours n'est pas si différent du mien.

- Quels sont tes intérêts à nous voir vivants ?

Ludmila ne répondit pas.

Sanya était perdue. Ses certitudes concernant son ennemie étaient en train de s'étioler. Elle avait d'abord cru la jeune femme cruelle, puis froide et implacable. Pour accomplir tout ce qu'elle avait réalisé, il fallait avoir un esprit sacrément tordu. Mais la façon dont Ludmila parlait ne correspondait pas du tout à cette image de vile sorcière.

Elles chevauchèrent encore longtemps dans le silence, s'éloignant de plus en plus du glacier. Sanya voyait la ville d'Elbereth s'éloigner au loin. Et plus encore, c'était Connor qui était loin d'elle. Mais elle ne devait pas flancher. Il saurait la retrouver, elle le savait, et surtout, elle n'était pas sans ressources. Elle trouverait le moyen de se libérer. Et mieux encore, elle percerait le secret de Ludmila. Elle devait la percer à jour, pour pouvoir l'exploiter à son tour.

- Comme si tu pouvais lire en moi, lança la mage. Tu te fatigues pour rien, tu sais.

- Je ne lis pas en toi.

- Vous êtes tous pareils. Vous pensez tous que je ne vois rien, que je ne comprends pas vos façons de faire. Beaucoup de choses m'échappent, mais je ne suis pas stupide. Je sais quand quelqu'un cherche quelque chose de moi. Vous faites tous pareils…

Sanya s'apprêtait à répondre, mais elle s'interrompit en découvrant ce qui l'attendait. L'horreur l'a saisi, elle n'était pas prête pour ça. C'était trop tôt !

L'armée d'Eroll était là, son campement établi dans une vaste plaine, milliers d'hommes grouillant parmi les tentes et les feux de camp, attendant patiemment que le jour de l'assaut sonne.

Son apparition dans le camp ennemi fit sensation. Alors qu'ils étaient tous en train de se préparer à la guerre, les soudards se retournèrent sur le passage de Ludmila et de sa prisonnière. Des sourires narquois apparurent sur les livres, quelques gloussements furent émis. Sanya sentit la colère monter en elle, ainsi que le désespoir. Elle aurait voulu déverser sa haine sur ce camp, retrouver sa magie, pour leur faire goûter son pouvoir. Car aucun dieu ne pouvait prétendre posséder une colère aussi dévastatrice que la sienne.

Mais bizarrement, personne ne s'approcha, alors qu'elle s'attendait à sentir des mains baladeuses, ou des coups de poing. Même des crachats, à la rigueur. Là, tous restaient à bonne distance de la cavalière. Stoïque, Ludmila ne leur accordait aucun regard. Elle semblait ne pas les voir, et même lorsque certains tentaient de lui barrer le passage pour approcher Sanya, elle ne ralentissait pas sa monture, manquant de peu de les renverser. Et elle était insensible à leurs insultes.

Grosse surprise pour la reine d'Eredhel, elle entendit clairement des soudards insulter gratuitement et cracher ouvertement sur sa ravisseuse. Visiblement, au lieu d'être respectée, cette dernière était haïe par ses paires.

- Les abrutis aiment rarement la présence de personne intelligente auprès d'eux. Ça leur rappelle à quel point ils sont insignifiants, expliqua Ludmila à la question muette de sa captive. Alors ils préfèrent essayer de me rabaisser à leur niveau, sans succès. Cela pourrait être drôle si ce n'était pas si exaspérant pour l'avenir de l'espèce humaine.

Sanya eut presque envie de rire. Ludmila avait une façon bien à elle d'interagir avec le monde. Elle se fichait complètement de l'avis des autres.

- Je suppose que tu devras me tenir à l'œil maintenant ? Pour éviter que je ne m'enfuie.

- Tu n'irais pas loin, mais oui, je suis obligée de rester à ton chevet.

La jeune femme en fût secrètement ravie. Cela lui permettrait de percer son secret, de la comprendre, et qui sait, peut-être la retourner contre Eroll.

Ludmila la conduisit jusqu'à une grande tente que Sanya identifia de suite comme la tente du général des armées. Elle mit pied à terre, et fit basculer la reine de cheval. La tenant par l'épaule, elle la fit se relever, et se présenta devant les gardes.

- Je dois parler au général.

L'un des hommes entra dans la tente, avant d'en ressortir avec un autre, plus grand et plus fort, portant un heaume argenté à forme de tête de lion.

- Eh bien, eh bien, je vois que finalement, tu auras été utile, Ludmila.

- Si vous êtes assez stupide pour ne pas voir ma contribution, je ne peux rien pour vous. Mais passons, voici Sanya, comme convenu.

L'homme grimaça, s'apprêta à saisir la magicienne par le cou, puis se ravisa.

- Je devrais te faire écarteler pour mes hommes que tu as tués sans aucune explication.

- Mais vous ne le pouvez pas. Bref, je me devais juste de vous prévenir. Sanya restera dans ma tente, sous ma surveillance, et je vais rédiger mon rapport à Eroll.

Et sans attendre l'aval de son supérieur, elle saisit Sanya et tourna les talons. La magicienne n'avait même pas besoin de faire preuve de force pour contrôler la reine, la menace de sa magie était amplement suffisante. Qui plus est, même si Sanya se libérait de son emprise, elle n'irait pas bien loin dans ce camp. Elle suivit donc docilement sa geôlière, analysant discrètement les lieux. Savoir où elle se situait exactement dans ce camp pourrait lui être utile si une occasion d'évasion se présentait.

Ludmila la mena jusqu'à sa propre tente, où elle l'enchaîna au pilier central qui soutenait l'édifice. Elle lui donna à boire, avant de s'installer à son bureau pour rédiger quelque chose.

- Comment as-tu pu utiliser le talisman des âmes ? Comment as-tu su ? Personne n'y était arrivé avant toi.

Trop absorbée, la jeune femme eut un geste agacé, comme si elle chassait une mouche. Sanya attendit donc qu'elle eût fini, puis qu'elle ait remis sa lettre à un garde, posté devant sa tente.

- On te retient prisonnière ?

- Non, pourquoi ?

- Alors pourquoi as-tu un garde devant ta tente ?

Ludmila eut un petit sourire.

- Disons que le général a un peu peur de moi et qu'il préfère me tenir à l'œil. Officiellement bien sûr, ce garde est juste là pour satisfaire à toutes mes requêtes, mais dans les faits, il est un petit espion de pacotille. Comme s'il pouvait comprendre quoi que ce soit à ce que je fais.

- Comment as-tu pu percer le mystère du talisman ? L'Ordre des magiciens lui-même s'est cassé les dents dessus.

La magicienne haussa les épaules.

- Le nombre, ou se faire appeler « Ordre », ne confère pas pouvoir ou intelligence.

Le plus étonnant était que ce fut dit sans aucune vanité, aucun orgueil. Juste une simple affirmation, une constatation des plus basiques aux yeux de la jeune femme.

- Tu ne vas rien me dire ?

- Te faire étalage de mon pouvoir ne m'apporterait rien, donc non.

Ludmila se cloîtra ensuite dans un mutisme absolu, des heures durant. Elle travaillait visiblement sur des projets magiques, étudiant livres, parchemins et artefact. Parfois, elle touchait le talisman des âmes, qu'elle gardait accroché à son cou, avant de se replonger dans sa lecture. Sanya eut beau lui parler, c'était comme faire face à un mur. La magicienne semblait avoir complètement oublié son existence, ne pensant qu'à une chose, ses expériences. Des fois, elle restait immobile, les yeux dans le vague, pendant plusieurs minutes, avant de saisir un carnet et de griffonner dedans.

Sanya ne la lâchait pas du regard, intriguée. Le cerveau de cette femme semblait fait uniquement pour la réflexion magique. Elle ne vivait que pour ça. Alors qu'est-ce qui pouvait la pousser à servir à Conrad et Eroll ? Elle possédait suffisamment de connaissances et de pouvoir pour ne rien avoir besoin d'eux. Gouverner ne l'intéressait pas, elle critiquait ouvertement les soldats et ses dirigeants, et ces derniers semblaient l'éviter comme la peste. Elle ne recevait aucune visite, aucune livraison. Elle n'avait même pas de cobaye dans sa chambre, alors qu'elle travaillait sur des copies de Maîtres des Ombres. Que lui rapportait cette association ?

Ludmila semblait être le genre de personne solitaire, tournée uniquement vers ses recherches sans rien se soucier d'autres. Elle se souciait visiblement peu de ses propres besoins, comme l'attestait son estomac qui criait famine depuis des heures. Si elle n'avait besoin de personne, pourquoi se mettre sous les ordres de quelqu'un ?

En la découvrant dans son environnement, Sanya songea à une autre hypothèse. Elle s'était toujours attendue à faire face à une magicienne assoiffée de puissance, sadique, désireuse de contrôler, et au lieu de ça, elle avait face à elle une femme, qui ne vivait que pour la magie, et ne semblait décidément pas apprécier Teyrn ou Aurlandia. Une femme extrêmement solitaire, qui n'avait rien à faire dans un camp militaire, et qui ne montrait aucun signe de cruauté ou de méchanceté.

Elle n'était même pas endoctrinée, vu qu'elle semblait détester ses employeurs. Il ne restait donc qu'une seule hypothèse.

Conrad, et son père avant lui, détenait quelque chose de très cher aux yeux de la jeune femme, et lui faisait du chantage pour la faire obéir.

26

Alors que Connor émergeait de la grotte, Kalena se rua vers lui, manquant de le faire tomber.

Je te sentais, mais ne te voyais pas ! Tu étais sous mes pieds, mais je ne pouvais t'atteindre !

Le jeune homme sentit une vague de soulagement le submerger en découvrant sa louve en vie. Il avait redouté qu'elle ne soit morte, mais elle était bien là auprès de lui.

J'étais dans un lieu que moi seul pouvais découvrir, lui expliqua-t-il. *J'aurai beaucoup de choses à te dire, ma belle Kalena. Mais pour l'instant il nous faut trouver Sanya.*

Je n'ai pas pu agir. Ludmila lui a mis le grappin dessus sans que je ne puisse rien faire. Je voulais la suivre, mais elle était à cheval, et je ne voulais pas m'éloigner de toi. Quand je suis revenue, tu n'étais plus là ! Il ne faut pas traîner.

Allons-y de suite.

Pour Connor, le trajet lui parut interminable. Ce qu'il venait d'apprendre ne le quittait pas, mais bientôt, la peur pour Sanya fut plus grande. Il devait la tirer des griffes de Ludmila avant que celle-ci ne la livre à Eroll. Il frémissait à l'idée de ce qu'il adviendrait alors.

Il accéléra le pas.

De plus, restait le mystère encore entier de Ludmila. La magicienne lui avait clairement laissé la vie sauve. Et elle lui avait dit que la survie de Sanya dépendait de lui. Elle lui laissait l'opportunité de venir la sauver. Mais pourquoi ferait-elle ça ? Qu'avait-elle à gagner ?

Connor était convaincu que ce n'était pas un piège. Le tuer, ou le capturer, elle aurait pu le faire. Si elle l'avait laissé vivre, c'était clairement pour qu'il sauve Sanya. Pourquoi voulait-elle ça ? Que mijotait-elle ?

Une espionne ? tenta Kalena.

Non, une espionne nous aurait donné des informations anonymes. Nous n'avons jamais rien eu de tel.

Peut-être essaye-t-elle de trahir Conrag ? Elle veut se servir de toi pour le renverser ?

Avec son pouvoir, elle aurait pu.

Ce n'est pas une déesse. Aussi puissante soit-elle, elle reste mortelle, et le nombre peut venir à bout d'elle. Aussi forte soit-elle, elle a sûrement besoin de soutien pour tenter un coup d'État ou une rébellion.

Dans ce cas, pourquoi ne pas nous avoir parlé de ses projets pour qu'on l'aide ?

Par peur que cela se sache. Par peur que si les choses ne fonctionnent pas comme prévu, vous puissiez avouer sous la torture. Après tout, un secret partagé n'est plus un secret.

Kalena marquait un point, Connor dut bien l'admettre. Pour que Ludmila ait besoin de lui, cela signifiait qu'elle n'était pas loyale à Teyrn. Si elle ne disait rien de ses plans, c'était sûrement pour garantir ses arrières en toutes situations. Mais dans ce cas, pourquoi travailler pour Kalim et maintenant Conrad, si elle ne leur était pas loyale ?

Pour mieux les renverser ? Attaquer de l'intérieur ? supposa Kalim.

Ou alors, il détient un otage. Kalim avait peut-être capturé quelqu'un qui lui était cher, la forçant ainsi à collaborer. Si elle refuse de parler, c'est pour que cette personne ne court aucun danger. Ludmila tente de la libérer par la ruse, en se servant de nous, mais ne veut surtout pas éventrer son plan.

Tu penses que c'est ça ?

Connor se souvient alors d'un détail qui fit sens dans son esprit.

Ce n'est pas la première fois que Kalim ferait ça. Mia, une amie, était captive du roi, pour forcer sa mère à obéir. C'est bien le style de cet enfoiré. Il a dû faire la même chose pour Ludmila. Il détenait quelqu'un de sa famille, et maintenant, Conrad a repris le flambeau.

Sûr de sa découverte, Connor accéléra le pas. Il détenait une information cruciale pour l'avenir des royaumes. Un moyen d'inverser la balance. Si ces suppositions étaient fondées, alors il y avait un moyen d'obtenir l'appui de Ludmila. Et cela changerait bien des choses.

Il espérait que Sanya serait venue à la même conclusion que lui, et qu'étant sa captive, elle aurait davantage l'occasion de parler à la magicienne pour la convaincre qu'ils pouvaient l'aider, si elle leur offrait son soutien.

Alors qu'ils redescendaient du glacier, le vent apporta l'odeur de milliers d'hommes à Kalena. Elle gémit en comprenant, et transmit immédiatement une image mentale de ce qu'elle captait à son ami. Connor serra les dents. Il savait que l'armée était proche, mais il ne s'attendait pas à ce qu'elle soit aussi près. Le siège était pour bientôt, il espérait qu'Aldaron était fin prêt. Le jeune homme n'avait pas le temps de l'avertir, normalement les sentinelles devraient vite relayer l'information, et quand bien même, sauver Sanya était une priorité. Si elle tombait entre les mains d'Eroll, celui-ci ne ferait pas deux fois la même erreur, et alors, on pourrait dire adieu à la liberté.

Tant pis donc pour Aldaron, Connor continua sa route avec Kalena, se devant de ne pas ralentir et ne pas laisser plus d'avance à Ludmila. Eroll n'étant pas sur place, cette dernière devrait sûrement faire un rapport à l'empereur pour le prévenir de sa prise. Entre temps, Sanya devrait donc en toute logique rester prisonnière, sous haute surveillance dans le camp.

Malgré la difficulté, c'était à ce moment que Connor pourrait la sauver. Avec le siège qui débuterait, la surveillance ne serait pas aussi efficace que voulu, et ce serait sa meilleure chance de la sortir de là.

Ignorant comment il allait s'y prendre, il refusa de paniquer et courut derrière Kalena. Il aurait tant aimé avoir Darek et Kelly auprès de lui. Il aurait voulu leurs lumières, leur aide. Avec eux, ils auraient réussi à coup sûr. Cette fois-ci, il était complètement seul. Il n'avait personne, aucun allié pour le soutenir, pour participer à sa mission comme la fois dernière. Pas d'Aela, ou de Kelly. Pas de soldats. Juste lui. Pour la première fois, il mesura pleinement l'impact d'être un Maître des Ombres à part entière, et cela lui fit peur. Pas de mentor auprès de soit pour conférer conseils ou se sortir d'une mauvaise passe. Personne sur qui se reposer ou s'appuyer. Juste cette solitude. À cet instant, pour Connor, elle était un gouffre qui commençait à l'effrayer. Malgré tout ce qu'il avait affronté, il ne s'était encore jamais rendu compte à quel point travailler seul pouvait être difficile et stressant. De plus, il n'avait pas le droit à l'erreur.

Il ressentit alors une vague apaisante le submerger, le soulager de sa solitude et sa détresse.

Je suis là, moi aussi. Tu n'es pas seul Connor, jamais. Tu peux réussir. Et Sanya est également pleine de ressources, elle saura venir à toi au besoin. Et n'oublie pas, il est peut-être toujours temps de retourner la tête de cette sorcière.

Comment la convaincre ? Comment la faire parler ?

Parle-lui de Mia. Dis-lui que tu sais ce que Kalim lui fait subir. Vas-y au bluff. Elle est très intelligente, mais visiblement peu douée en matière de sentiments. Peut-être ne verra-t-elle pas que tu mens, si tu es convaincant.

Quand ils eurent quitté le glacier, après plusieurs heures, Kalena les guida dans la forêt, à l'abri des regards, pour franchir les collines et les faire approcher du camp. Évidemment, Ludmila et Sanya avaient eu des heures d'avance sur eux, donc qui sait ce qui avait bien pu se passer entre temps, mais Connor était convaincu que Ludmila n'avait pas fait transférer Sanya aussitôt arriver. Il aurait été trop dangereux de la déporter aussi rapidement.

De plus, Ludmila lui avait laissé la vie sauve, et lui avait fait comprendre qu'il pouvait encore la sauver. Elle ne comptait donc pas se sauver sans laisser aucune trace, Sanya ne serait donc pas trop difficile à trouver. En théorie du moins, car il fallait encore traverser un camp infesté de soldats.

En arrivant sur place, le jeune homme eut un choc. L'armée qui avait attaqué Sohen, quelques années plus tôt, n'était rien par rapport à ce qu'il découvrait. Logée dans une plaine entre des collines, cette armée-ci était gigantesque. Les soldats avaient érigé des tentes et des feux de camps de partout, pour passer les nuits en attendant le siège. Le camp bourdonnait d'activité, entre les soldats qui s'entraînaient, astiquer leurs armes et leurs armures, et ceux qui montaient les machines comme les catapultes. Tant d'activité était mauvais signe, le siège ne tarderait pas à commencer.

Il y avait tellement de monde ! Une marée humaine qui se rependait.

Comment allons-nous trouver Sanya dans pareil bazar ? Regarde-moi ça, tout ce qu'il y a !

Je peux encore sentir l'odeur de Sanya, mais c'est très limite. Je perds sa trace, il ne faut pas traîner.

Connor leva les yeux vers le ciel.

Il devrait faire nuit dans une paire d'heures. Nous attendrons qu'il fasse sombre pour rentrer. Si j'en crois ce que j'ai entendu, les quartiers des officiers sont généralement au milieu. Sanya devrait se trouver par là.

Il faudra redoubler de prudence alors, car ça va faire long pour l'atteindre...

En silence, courbé en deux, Connor suivait Kalena parmi les tentes, prenant soin de ne pas se faire repérer. Il se fondait dans les ombres, savourant l'obscurité qu'apportait la nuit. Beaucoup d'hommes dormaient, d'autres se soulaient, ce qui les rendait moins vigilants, mais le jeune homme n'avait pas le droit à l'erreur. Plus il s'enfonçait dans ce nid de guêpes, et moins il pourrait en ressortir s'il se faisait repérer. Par bonheur, le temps était nuageux, la lune ne brillait donc pas.

Ils avançaient l'aveuglette, se laissant guider par le flair de Kalena, qui captait difficilement l'odeur de Sanya. C'était trop léger et fugace pour qu'ils puisent suivre à proprement la piste, alors ils avançaient vers le centre, espérant que l'odeur se ferait plus forte en arrivant proche de la destination.

Au bout de ce qui leur parut être une éternité, ils virent enfin une grande tente, la tente de commandement. Malheureusement, elle était bien gardée, et les soldats aux alentours étaient plus vifs.

Son odeur ! Elle est passée par là. Je sens celle de Ludmila !

Alors que Connor cherchait un moyen de contourner pour passer par l'arrière de la tente, sa louve tira ses vêtements pour attirer son attention.

Elles sont plus loin, elles n'ont fait que passer par ici. Mais je sens leur odeur, leur tente n'est pas loin.

Ils continuèrent donc de chercher aux alentours, là où l'odeur de Sanya ou de Ludmila pouvait être la plus forte.

Ils repérèrent alors une tente, plus grande que celle des soldats, mais bien moins que celle du général, elle n'était pas gardée, mais Kalena sentait l'odeur persistante d'un homme.

Il y a habituellement un garde, il ne devrait pas tarder à revenir, faisons vite !

Le cœur battant à cent à l'heure, Connor contourna la tente sans se faire repérer, et se cacha à l'arrière. Sans un bruit, Kalena faisant le guet, il souleva légèrement la toile pour voir en dessous. Il vit aussitôt les jambes de Sanya, assises par terre près d'un poteau, mais ne vit pas de trace de Ludmila. Prenant un petit caillou, il le fit rouler jusqu'à sa bien-aimée.

À cause, des piquets qui maintenaient solidement la tente, il ne put voir son visage, mais il la vit s'agiter au contact du caillou.

Alors, il vit sa main, qui lui faisait signe d'entrer.

Tirant sa dague, Connor fit une ouverture sans un bruit, et entra rapidement, laissant Kalena dehors pour monter la garde.

Ludmila n'était effectivement pas là. Sanya était attachée au pilier central, un bâillon sur la bouche. Elle ne semblait pas trop blessée malgré quelques marques sur son visage et du sang sur ses vêtements, et la joie se lisait sur son visage quand elle put contempler son mari. Des larmes perlèrent à ses paupières. Le jeune homme lui enleva son bâillon et l'embrassa sans attendre sa permission.

- Oh mon amour, souffla-t-il.
- Connor... tu m'as retrouvée.
- Évidemment ! Viens, il ne faut pas traîner. Est-ce que tu vas bien ?
- Oui, ça va... Connor, je suis... je suis tellement désolée de ma réaction, j'aurai dû réfléchir... Ludmila m'a raconté comment elle t'avait eu à sa botte... Pardonne-moi je t'en supplie !
- Comment t'en vouloir ? Elle avait tout manigancé. Cesse de t'en faire pour ça, tu n'as rien à te reprocher. Il faut se dépêcher.

Une fois libre, il la serra brièvement dans ses bras.

- Ne traînons pas ! souffla Sanya.
- Où est Ludmila ?
- Qu'est-ce que ça peut faire ?

Le jeune homme la fixa droit dans les yeux.

- Cela va peut-être te paraître insensé, mais elle m'a épargné. Elle m'a clairement fait comprendre que je pouvais encore te sauver. Écoute, j'ai repensé à Mia, à son histoire, et je suis convaincu que

Conrad détient un otage pour forcer Ludmila à coopérer.

- J'y ai pensé aussi. Tout dans son comportement montre qu'elle n'aime pas être ici et qu'elle n'aime pas ses alliés. Je suis sûre qu'elle ne fait pas ça par envie, mais parce qu'on l'y oblige. Mais même si c'est le cas, nous ne pouvons pas nous attarder et prendre le risque. Si elle n'a rien voulu partager avec nous, je doute qu'elle le fasse, et qui sait ce qu'elle fera par amour. Filons !

Connor la retint par le bras quand elle tenta de se sauver.

- Laisse-moi juste essayer. File avec Kalena, cache-toi, mais laisse-moi tenter de lui parler.

- Te laisser seul, avec elle ? Dans ce camp ? Jamais de la vie !

- Je me doutais que tu viendrais. J'avais bien calculé le temps qu'il te faudrait.

Les deux jeunes gens sursautèrent, et firent volte-face pour découvrir Ludmila qui les regardait depuis l'entrée de sa tente. Elle se glissa légèrement à l'intérieur, et ferma les rabats.

- Tu voulais me parler à ce que j'ai compris ? J'ai bien fait d'envoyer mon garde me faire une course, nous sommes seuls.

Sanya jeta un regard inquiet à son mari, mais celui-ci ne s'en formalisa pas. Il devait tenter le coup.

- Tu m'as épargné. Tu aurais pu me tuer, mais tu m'as laissé la vie sauve. Tu voulais que je sauve Sanya. Tu détestes Teyrn et Aurlandia autant que nous, avoues.

La magicienne resta de marbre, attendant la suite.

- Tu ne nous voulais pas de mal, mais tu n'as pas eu le choix. Tu as tenté de nous laisser une chance, pour qu'on se sauve. Tu veux que l'on vive, tu veux que l'on terrasse Eroll et Conrad, mais tu ne veux pas que cela se sache. Tu as trop peur à l'idée que ton secret se dévoile, alors tu obéis, tu ne dis rien, mais en douce, tu essayes autant que possible de nous donner une chance pour triompher.

- Tu ne recherches pas le pouvoir, souffla Sanya. Tu te contrefiches de régner, tu te contrefiches des communautés, des royaumes. Tu ne t'intéresses qu'à tes recherches. Tu ne veux donc pas du trône. Il n'y a alors qu'une seule raison pour laquelle tu voudrais nous voir réussir, mais sans jamais le dire.

- Ah bon ?

Connor plongea son regard dans le sien, bien que celui-ci soit impénétrable.

- Qui est l'otage ? Ton conjoint ? Ton enfant ?

Ludmila vacilla, mais se reprit rapidement.

- De quoi parlez-vous ? Fichez-le camp, idiots, pourquoi ressentez-vous toujours le besoin de parler ? Un Maître des Ombres m'a échappé, je ne peux pas être blâmée pour ça, et il a secouru sa femme. Je ne peux pas être blâmée là où une armée a échoué. Alors, foutez le camp avant qu'il ne soit trop tard !

- Pour qui as-tu peur, pour refuser de dire le fond de ta pensée ? Qui protèges-tu en faisant tout ça ?

- Personne !

- Arrête de mentir, gronda Connor. Je sais que Kalim avait coutume de faire ça. Il kidnappait les enfants pour forcer les parents à coopérer.

- Quoi ?!

- Je le sais !

- Comment peux-tu savoir ça ? Qui te l'a dit ? Parle bon sang !

De façon incroyable, Ludmila tremblait de tous ses membres, son sang-froid complètement perdu. Son regard était désespéré. Elle se jeta au cou de Connor, qui ne la repoussa pas quand elle le secoua.

- Comment peux-tu connaître ça ? D'où te vient cette information ? Comment l'as-tu eu ?

Le jeune homme trouva très étrange qu'elle bloque sur ça. Elle n'aurait pas dû réagir de la sorte sur cette information, elle aurait dû, selon toute logique, continuer de réfuter comme elle le faisait.

- Une amie me l'a raconté. Elle a subi ça, elle aussi. Elle a été maintenue prisonnière des années durant pour que sa mère travaille pour Kalim. Je sais donc que ce doit être monnaie courante à Teyrn, et que donc, Conrad détient un de tes êtres chers !

Les jambes de la magicienne se dérobèrent, et elle se retint lourdement au jeune homme.

- Non, ce n'est pas monnaie courante. Kalim n'avait pas pour habitude de faire ça, contrairement à ce qu'on pourrait penser. Trop de contraintes. Il ne l'a fait que pour moi. Je fus la seule à subir ce châtiment.

Connor et Sanya échangèrent un regard, soufflés. Ça, ils ne s'y attendaient pas du tout. Ludmila semblait en proie à la folie.

- Son nom, dis-moi son nom…

- À qui ?

- Ton amie ! Comment s'appelle-t-elle ? Son nom, bon sang !

- Mia…

Ludmila s'effondra. Des larmes ruisselèrent le long de ses joues, ses yeux se perdirent dans le vide.

- Où... où est-elle ?
- À Sohen.
- Me le jures-tu ?

Connor se baissa, et posa une main sur son épaule.

- Je te jure que ta fille, Mia, est en sécurité auprès de ma confrérie.

La vie sembla parcourir de nouveau la magicienne, qui pour la première fois, sourit de véritable plaisir.

- Comment c'est possible ?
- Elle m'a raconté avoir trouvé un moyen de s'échapper. Après tout, c'est une Maîtresse des Ombres, et ça, Kalim l'ignorait. Comme tu ne venais plus la voir, elle pensait que tu étais morte, et a donc quitté le pays.
- Kalim... cet idiot arrogant m'avait interdit de la voir, car je n'étais pas assez efficace selon lui. Quand j'ai commencé à vouloir en savoir plus, il m'a fait parvenir ses doigts, avec une bague, celle de ma fille. Après ça, je n'ai plus osé douter, j'avais trop peur qu'on la torture. C'est à ce moment que j'ai crée les faux Maîtres des Ombres, dans l'espoir de la revoir, mais suite à mon échec et à la mort du roi, son fils, Conrad, a décidé que je ne la verrais pas avant de l'avoir couronné empereur. J'ai dû accepter, par crainte que l'on découpe d'autres morceaux de ma précieuse fille. Si j'avais su qu'elle s'était enfuie...
- Vous ne pouviez pas savoir, souffla Sanya. N'importe quelle mère n'aurait pas pris le risque.
- Conrag veut devenir empereur ? continua Connor.

Ludmila hocha la tête.

- Comme son père avant lui. C'était leur grand projet. Quand il eut vent de mes talents, il a voulu me recruter. Alors Kalim a tué mon mari. Puis il a capturé ma fille. Elle était si petite. Depuis tout ce temps, j'ai été contrainte de travailler pour ces idiots et ça me rendait folle ! Je peux tout faire avec la magie, sauf la sauver... Je suis si heureuse de savoir qu'elle a été plus maline que moi.
- Kalim ne s'attendait pas à ses pouvoirs. Avec la guerre entre magiciens et Maîtres des Ombres, comment pouvait-il deviner qu'étant la fille d'une magicienne, elle serait une Maîtresse des Ombres ? C'est ce qui l'a sauvé.

- Et c'est ce qui me sauve aujourd'hui. Ma fille en sécurité, je suis à présent libre. Je sais que vous dites la vérité, tous les deux, et je ne vous remercierais jamais assez des risques que vous avez pris pour rester et me convaincre.

La magicienne se redressa, son aura dégageant de la fierté et de la détermination.

- Très bien. Emmenez-moi là-bas, je veux la voir ! Ensuite, tous ces abrutis apprendront à craindre mon nom ! Je jure sur ma vie qu'à Teyrn, quiconque tentera de s'en prendre à l'enfant d'un autre, entendra parler de la vengeance de Ludmila, et ceux à travers les âges !

Sanya sourit. Devenue plus combative, Ludmila lui ressemblait davantage. En termes de vengeance, toutes deux en avaient à revendre.

- Suis-nous, souffla Connor en lui désignant la sortie.

La magicienne hocha la tête. Passant par l'ouverture de Connor, ils s'éclipsèrent en silence. Seulement, ils n'étaient pas encore loin que des hurlements leur parvinrent aux oreilles :

- La garce a filé avec la prisonnière !

- Bon sang, pesta la magicienne, il faut toujours qu'ils viennent fouiller dans mes affaires ! Kalim et son fils n'ont jamais vraiment eu confiance en moi…

Aussitôt, les environs furent en ébullition. Si la nouvelle se propageait vite, il faudrait vite filer avant que l'ensemble du camp soit sur le qui-vive. Mais malgré toute leur bonne volonté pour leur échapper, ils furent bientôt encerclés par des dizaines de gardes !

- Ah ! beugla l'un d'eux. Je savais que cette magicienne était une garce et qu'il ne fallait pas lui faire confiance ! Regardez-moi ce joli petit lot !

Sanya et Connor tirèrent leurs armes, prêts à défendre chèrement leur vie. Même s'ils ne voyaient pas comment s'en sortir, il était hors de question d'abandonner.

- Ludmila, avec ton aide, on va y arriver ! Éliminons-les avant que l'alerte ne se propage, et nous pourrons filer.

La mage ne répondit pas. Inquiet, le jeune homme se tourna vers elle, de peur qu'elle ne les trahisse. Mais dans ces yeux, il lut de la réflexion, puis une froide détermination. Un soupçon de tristesse et de regret également.

Ludmila carra les épaules et vint se placer devant ses acolytes, barrant le passage aux soldats. Son regard était d'acier, et nul doute que la frustration accumulée pendant toutes ses années allait sortir. Elle écarta légèrement le bras de son corps, et ouvrit la main, paume vers ses ennemis. Un éclair fusa, puis une langue de feu. Attirant Connor à elle, elle lui glissa quelque chose dans la main avant de l'écarter brutalement.

- Je vous couvre ! hurla-t-elle à Connor et Sanya. Fuyez !
- Non, Ludmila !
- Partez ! Si on traîne, tout le camp sera sur nos traces. Je vais attirer l'attention sur moi, et tenter de vous masquer. Dites à ma fille... dites à ma fille que je ne l'ai jamais oubliée, et tout ce que j'ai fait, c'était pour elle ! Dites-lui de ne pas m'en vouloir, dites-lui que je l'aime de tout mon cœur, que je n'ai jamais cessé de penser à elle ! Trouvez mon petit ange et protégez-la, dites-lui que je l'aime fort ! Maintenant ne vous arrêtez pas de courir. Je vous laisse cinq minutes pour quitter le périmètre…

Sanya tira la manche de Connor.

- Viens. Elle a fait son choix. Il faut partir.

Une nappe de brume tomba sur eux. Ils virent Ludmila partir en courant, lançant des sorts dévastateurs sur tous ceux qu'elle rencontrait. Le cœur lourd, Connor se contraint à partir dans le sens inverse. Beaucoup les suivirent, et ils durent les éliminer, utilisant la nappe protectrice de la magicienne pour se dissimuler et semer leurs poursuivants.

Ils pouvaient toujours entendre les dégâts dévastateurs de Ludmila ainsi que les cris enragés des soldats. Nombreux prenaient la direction du bruit, et les deux époux purent commencer à se faire oublier dans leur brume, après avoir tué bon nombre de soldats qui les pourchassaient.

Ils ne s'arrêtèrent pas. Ludmila leur avait parlé de cinq minutes, et ils se doutaient qu'elle s'apprêtait à mourir en laissant libre cours à sa magie. Mieux valait ne pas être dans le coin.

Soudain, il y eu une vive lumière. Une détonation retentit et un champignon de fumée et de feu s'éleva dans les airs.

- Qu'est-ce que…

Les deux époux n'en crurent pas leurs yeux. Autour d'eux, les soldats étaient estomaqués. Ils virent une nuée de flamme et de cendre se propager, s'évanouissant non loin d'eux.

Une rafale brûlante les balaya, les faisant tomber aux sols.

Les effets de l'explosion était terrible.

Face à eux, il n'y avait plus rien. Un immense désert s'étendait. Un désert de cendre.

Ludmila avait invoqué une explosion si terrible qu'elle avait tout rasée à des centaines de mètres autour d'elle.

Nul ne pouvait dire si elle avait survécu à ça.

Autour d'eux, c'était la confusion. Les soldats étaient perdus, affolés devant un tel phénomène, incapables de comprendre. Connor et Sanya en profitèrent donc pour disparaître.

Bientôt, grâce au talent de Connor et la magie de Ludmila, ils furent de nouveau invisibles, les soudards ne pensant qu'à une chose, rejoindre le lieu de l'explosion pour comprendre ce qui avait eu lieu. Kalena n'était nulle part en vue, mais Connor savait qu'elle n'était pas morte.

Ils traversèrent la plaine au pas de course pour se cacher dans la forêt. Traverser le camp leur avait demandé du temps et beaucoup d'effort, mais grâce à la magicienne, personne ne les avait suivis. Ceux qui s'y étaient risqués étaient morts, et maintenant, ils n'avaient d'yeux que pour Ludmila.

Connor gardait espoir qu'elle puisse trouver un moyen de les rejoindre, mais aussi puissante soit-elle, elle ne pouvait pas lutter contre une armée.

Ils décidèrent néanmoins d'attendre à l'abri des regards, entre les arbres, d'ou ils pouvaient voir la bataille qui faisait rage. Si la magicienne devait survivre, ils ne l'abandonneraient pas.

- Où est Kalena ? souffla Sanya.
- Je ne sais pas, mais elle va bien.

Bien plus tard, quand le doute fut insupportable, la louve les rejoignit enfin, les oreilles basses. Sanya n'eut pas besoin d'accéder à ses pensées pour comprendre que les nouvelles n'étaient pas bonnes.

Elle n'a pas survécu. Elle est morte dans son explosion. Elle a tout rasé à des centaines de mètres autour d'elle, il ne reste plus rien. Elle a emporté des milliers d'hommes avec elle. Sa mort fut spectaculaire. L'armée se souviendra longtemps des pertes qu'elle leur a causé. Maintenant, elle est en paix.

Oui, elle l'est.

Quand Sanya apprit les nouvelles, elle se blottit contre son mari.
- Je n'aurais jamais cru... après tout ce qu'elle nous a fait, je

n'aurais pas cru qu'elle puisse être en réalité une mère manipulée et terriblement inquiète pour sa fille... je n'aurais jamais cru pleurer sa mort... J'aurais souhaité comprendre plus vite, j'aurais aimé qu'on la libère plus tôt. Si seulement elle nous avait parlé dès le début.

- Tu sais bien qu'elle avait peur. Et tu sais aussi qu'elle ne raisonnait pas comme nous. Son esprit était bien différent du nôtre. C'est souvent le cas des génies, ils sont à part. On honorera son nom !

- Mia mérite de savoir.

- Elle saura. Nous lui dirons que sa mère nous a sauvés. Qu'elle était incroyable, pleine de ressources, et surtout folle d'elle.

Il ouvrit enfin le poing, qu'il avait gardé serré tout au long de sa course, et contempla le Talisman des âmes. Source de tous leurs problèmes. Un objet de légende que personne n'aurait cru un jour contempler. Source d'immenses pouvoirs, mais aussi d'immenses problèmes.

- Qu'allons-nous en faire ? chuchota le jeune homme.

- Je n'en sais rien... Ludmila aurait su, elle...

- Si nous le gardons, nous allons avoir des ennuis. Nous ne sommes pas capables de contenir son pouvoir. Il est encore activité, il est dangereux pour toi.

- Alors, confiez-le-moi.

Les deux jeunes gens redressèrent la tête en même temps, portant la main à leur arme. Sériel leur faisait face.

Elle tendit la main, un sourire aux lèvres.

- Il doit retourner d'où il vient, dans le royaume des morts. C'est le seul moyen d'annuler son terrible pouvoir. Il doit retrouver sa place. Une personne doit le transporter dans le royaume des morts. Un voyage qui emportera corps et esprit, sans retour possible. Il faut laisser les fantômes emporter son porteur.

- Si c'était aussi simple, Ludmila aurait disparu avec. Elle nous l'a confié, pourtant.

- Ludmila ne voit pas les choses de la même façon que nous. Elle a œuvré toute sa vie pour sa fille. Ne crois-tu pas qu'elle vous l'a donné pour que vous l'appeliez, une fois à Sohen ? Pour qu'elle contemple sa fille ?

Connor et Sanya se regardèrent. Ludmila avait-elle pensé à ça, ou leur avait-elle confié le Talisman par crainte que les soldats s'en emparent, menaçant ainsi la vie de Sanya ? Elle avait dû se dire qu'avec le Talisman, la reine aurait pu se protéger des fantômes. Elle avait dû craindre de ne pas pouvoir activer son pouvoir à temps.

- Peu importe, coupa Sériel. Qu'elle vous l'aies donné pour qu'il ne tombe pas entre de mauvaises mains, ou pour que vous l'appeliez, cet artefact n'a pas sa place dans ce monde, et a causé suffisamment de dégâts. Vous souvenez-vous de la passe des esprits ?

- Comment l'oublier…, grommela Connor.

- Voilà une conséquence de son terrible pouvoir. Peu importe les motivations de votre amie, cet objet ne doit pas rester là. (Sériel se tourna vers Sanya). Tu as promis de m'aider Sanya. C'est le moment de tenir parole. Donne-moi le Talisman. Il peut appeler à lui n'importe quelle âme. Je sais quoi faire.

La jeune femme réfléchit un moment. Oui, c'était mieux ainsi. Rappeler Ludmila par la contrainte aurait été un blasphème. Cette chose avait fait suffisamment de mal. Elle déposa l'amulette dans le creux de sa main. Sériel poussa un long soupir de soulagement et pencha la tête en arrière. Elle murmura des paroles à peine audibles, et un vent froid se leva. Ce fut comme si la mort était là, ou que les portes du royaume s'ouvraient. Sanya se souvenait de ce qu'elle ressentait, quand elle rendait visite aux dieux des morts. Aujourd'hui, elle éprouvait la même sensation.

Elle ressentait une magie qui n'avait pas sa place en ce monde.

Quand Sériel ouvrit les yeux, deux personnes se tenaient près d'elle, à un homme de grande taille aux longs cheveux et une fillette qui lui ressemblait trait pour trait.

- Enfin, je vous retrouve, gémit-elle, des larmes plein les yeux.

Les fantômes hochèrent la tête. L'envoûteuse passa l'amulette à son coup et tandis les bras.

- Que ce Talisman me maudisse, afin que vous m'emportiez avec vous, souffla-t-elle. Oui, prenez mon corps et mon âme, que je reste avec vous à tout jamais.

- Sériel…, murmura Sanya.

- Tu m'as aidé Sanya. Tu ne pensais pas que ça finirait de cette façon. Le Talisman appelle à lui n'importe quelle âme, où qu'elles soient. Ensuite, si on ne contrôle pas l'artefact correctement, les fantômes entraînent son porteur avec eux dans le royaume des morts. C'était ce qu'il me fallait pour retrouver les miens. Maintenant, je vais me laisser emporter. Je vais les suivre.

D'ordinaire, je ne les aurais jamais retrouvés. Mais aujourd'hui, ils sont là pour me guider jusqu'à leur lieu de repos. Merci de m'avoir aidé Sanya. Aujourd'hui je suis en paix. Grâce à toi. Tous les esprits qui erraient à cause de ce Talisman retrouveront également la paix.

Les deux fantômes prirent chacun une main de la femme, souriant de ravissement.

- Sériel ! appela Connor. Tu vois, tu t'étais encore trompée.

La jeune femme sourit.

- Oui et non. Tout est une question de point de vue mon ami.

Et tous les trois s'évanouir dans l'air dans une enveloppe d'amour et de tendresse.

Le Talisman avait repris sa place.

Et Sériel avait trouvé la paix.

27

- Ah ! Votre Majesté, je pensais qu'il vous était arrivé malheur ! s'écria Aldaron.

Sanya venait d'entrer dans la salle de réunion, Connor sur les talons. Ils étaient tous deux salles et épuisés.

- Nous réglions quelques affaires, expliqua-t-elle. Nous avons neutralisé le mal qui était à l'œuvre à ici. Vous ne craignez plus rien des fantômes. Et l'armée d'Eroll ne dispose plus de son mage si puissant. Paix à son âme, elle trouva la mort en nous sauvant, Connor et moi. Quand tout sera fini, nous honorerons son nom.

- Je ne suis pas sûr de comprendre. Comment avez-vous fait ?

- Passons, il y a des choses plus importantes pour le moment. Nous revenons du camp ennemi, et il est immense. Le siège va débuter, et ils disposent de beaucoup de moyen.

- Nous sommes prêts. Mes espions m'ont informé de la présence de l'ennemi. Nous terminons en ce moment même les derniers préparatifs. Si Eroll nous attaque au petit matin, alors nous serons prêts. Les habitants sont en sécurités, dans les criques, et tout est en place.

- Bien.

Ils discutèrent encore longuement des tactiques militaires à adopter, puis ils finirent tous par s'accorder quelques heures de repos, car le lendemain serait sans nul doute très rude.

Sanya croisa Kari dans les couloirs, mais celle-ci ne fit pas mine de vouloir parler. Ayant d'autres préoccupations en tête, la reine n'y prêta aucune attention.

Connor et elle trouvèrent difficilement le sommeil.

Demain, tout se jouerait, et ce serait sûrement la journée la plus longue de leur vie.

Sanya, Connor et Aldaron se tenaient au sommet des remparts, vêtus de leur armure, tenant fermement le pommeau de leur arme. Les hommes s'activaient autour d'eux. D'ici, ils avaient une vue bien dégagée sur le danger qui arrivait.

L'aube pointait à peine que l'armée d'Eroll venait de descendre les pentes des collines et venait se mettre face aux portes de la ville. Les soldats se rangeaient en formidables bataillons, attendant les ordres, tandis que les artilleurs préparaient les armes de guerre.

Aldaron déglutit péniblement. L'ennemie possédait bien trop de catapultes, trop de balistes et de tours d'assauts. Les repousser serait une tâche ardue, délicate, et il se demanda même s'il réussirait vraiment à protéger son peuple. Mais son château était bien protégé, prêt à tenir un siège.

Ses propres armes de guerre étaient disposées sur les chemins de ronde, aussi bien sur les remparts du château que sur ceux de la ville. Des seaux d'eau bouillante et de combustible étaient disposés un peu partout, des herses étaient également disposées dans les rues pour ralentir l'ennemi s'il parvenait à percer les premières défenses.

Des cors de guerre sonnèrent, emplissant les oreilles des trois monarques. Leurs cœurs se mirent à battre sourdement, le sang pulsant dans leurs tempes. Pour Sanya et Connor, ce n'était pas leur premier siège, pourtant la peur les glaçait tout autant. Voir davantage. Car les moyens déployer par l'ennemi étaient encore pires que pour le siège de Sohen.

- J'espère qu'Eredhel tiendra également le coup, souffla Sanya. Nul doute qu'Eroll a coordonné ses deux attaques. J'ai un très mauvais pressentiment.

- Nous y arriverons, lui souffla Connor.

Soudain, les catapultes ennemies s'activèrent, et d'énormes blocs de pierre volèrent dans les airs.

- Couvrez-vous ! hurla le roi.

Ce fut comme une pluie de météore, arrachant des pans de murs, détruisant des maisons, tuant des soldats. Puis il y eut une pluie de flèches. Et l'armée ennemie se mit en marche, hurlant de rage. Les tours d'assauts et les béliers suivirent le mouvement.

Sanya, Connor et Aldaron observaient la scène de plus loin, ils entendaient les cris inhumains des soldats, les rugissements de rage et de douleur. Protégeant les remparts de la ville, leurs bataillons tiraient flèche sur flèche, des chaudrons d'eau bouillante furent déversés, les balistes faisaient un carnage, embrochant chevaux et fantassins.

Quelques tours d'assauts approchaient tandis que les soldats envoyés des grappins pour escalader les murs. Leurs hommes se battaient vaillamment et repoussaient l'ennemi. Une des tours prit feu, ce qui arracha un cri de victoire de la part de leurs alliés.

Aldaron s'agita. Le fracas des blocs de pierre et le hurlement des hommes étaient insoutenables pour qui n'avait jamais connu la guerre.

Alors ils y étaient enfin.

Le siège avait commencé.

*

- Bougez-vous ! hurla Aela.

Jetant un coup d'œil au-dessus des remparts, la jeune femme contempla les troupes ennemies qui tentaient de franchir le pont pour s'attaquer à la grande porte. Mais ses hommes se battaient avec hargne pour les repousser, les armes de guerre et les soldats faisaient leur effet ; l'ennemi peinait à approcher de la lourde porte. Les défenses sur le pont étaient solides, et malgré leur nombre, les soldats ennemis ne parvenaient pas encore à percer cette première ligne de défense.

De l'autre côté, l'armada impériale attaquait également, mais le château de Sohen tenait le coup. De plus, la flotte de Sohen faisait blocus, empêchant l'ennemi d'approcher. Le reste des troupes se trouvaient dans les plaines, immense armée destructrice qui faisait bouillir le sang d'Aela. Ils pouvaient être aussi nombreux qu'ils le souhaitaient, jamais ils ne prendraient Sohen.

Les flèches et les blocs de pierre fusaient, faisant beaucoup de dégâts, mais les répliques de ses hommes n'étaient pas moins sanglantes. Aela pouvait être fière d'eux. Cela faisait déjà une semaine qu'ils tenaient le siège, contrairement à Dryll, et pour le moment, ses hommes ne fatiguaient pas et l'ennemi ne gagnait pas de terrain.

Aela avait divisé l'armée en deux parties afin de protéger également la ville et ses habitants, plan que tous les généraux n'avaient pas approuvé, mais pour le moment ils parvenaient à se battre sur les deux fronts. Les aurlandiens n'avaient pas réussi à faire une percée en ville, et encore moins au château. Les deux places étaient pour le moment imprenables, et l'armée ennemie était en mauvaise posture, coincée entre les deux places fortes.

Un avantage que les généraux avaient fini par reconnaître.

Faran, quant à lui, se démenait pour coordonner les attaques de son Ordre. Il fallait bien admettre que ses magiciens faisaient des merveilles, leurs lances de feu étaient très efficaces sur les navires et les rangées d'hommes qui tentaient de franchir le pont, idem pour les éclairs. De temps en temps, Faran matérialisait une sorte de chien enragé qui fonçait droit dans la foule en faisant le plus de dégât possible.

Bien avant que le siège commence, il avait même envoyé certains de ses meilleurs éléments prêter main-forte à Sanya. Il espérait qu'il ne leur était rien arrivé en route, et qu'ils arriveraient bientôt auprès d'elle.

L'ennemi connaissant la réputation de cette place forte, il ne cherchait pas à détruire le pont. Pour n'importe quel autre château, il aurait été judicieux de détruire le pont et ainsi isoler l'ennemi, pour prendre la ville sans problème. Mais il était connu qu'un pont détruit n'arrêtait pas les armées qui s'abritaient dans le château. Il était préférable de l'attaquer, plutôt que de lui tourner le dos et de ne pas savoir où l'ennemi allait arriver ensuite. Ce serait un problème trop préoccupant, aussi l'armée impériale avait décidé de faire la capture du château une priorité.

Aela restait sur les remparts, se battant à l'arc pour aider à repousser les percées sur le pont. Vêtue de son armure, un sourire carnassier aux lèvres, la jeune femme incarnait la combativité, et les hommes se trouvant près d'elle se rengorgeaient toujours de courage. Il leur fallait souvent se protéger d'énormes blocs de pierre ou de flèches, mais rien ne les effrayait.

Reva n'était jamais bien loin d'elle, son arc faisant tout autant de ravage, et pour le moment, pas un seul aurlandien n'avait approché le mur d'enceinte.

Il'ika, quant à elle, s'occupait des blessés, leur prodiguant soins et encouragements. Les Maîtres des Ombres étaient également tous là. Leur aide était un atout de taille et la nuit, ils partaient faire quelques raids dans le camp ennemi.

Kelly avait confié son enfant aux soins de Tamara, qui, barricadée dans le château avec les autres femmes, écoutait avec une crainte sans nom les hurlements des soldats et le martèlement des blocs de pierre sur les murs. Parfois, quand le fracas était trop grand, la peur la faisait pleurer. Heureusement pour le moment, personne n'avait réussi à entrer.

Les soirs, quand les combats cessaient pendant quelques heures, Breris venait la voir pour la réconforter, et tous les jours, elle craignait de ne pas le voir revenir. Ralof quant à lui s'égayait de voir ses parents.

Quant aux habitants, la plupart était parti, créant ainsi une vague de fuyards sur les routes. Beaucoup avaient néanmoins décidé de rester. Le jour, les plus courageux se battaient avec les soldats, tandis que les autres se terraient dans les catacombes, écoutant avec une énorme angoisse les assauts contre la ville, priant sans cesse pour que les soldats continuent de repousser l'envahisseur. La nuit, ils sortaient pour chercher des vivres et observaient l'avancée de la guerre, et certains sortaient même prêter main forte pour quelques raids nocturnes, visant à glisser du poison dans les vivres ennemis.

Pour le moment du moins, malgré les manœuvres subtiles des impériaux, les attaques se brisaient sur leurs défenses. Aela en était très satisfaite. Sohen avait déjà tenu plusieurs sièges, et cette fois encore, elle triompherait.

*

Perchés sur les remparts du château, Sanya et Connor observaient la scène. Vêtue d'une armure légère, une belle épée battant à son flanc, la reine serrait les mâchoires.

Si pour le moment ils parvenaient à empêcher l'ennemi d'entrer en ville, cela risquait de ne pas durer éternellement. Les pièges s'étaient déclenchés, le sol s'affaissant sous le poids des hommes et des machines de guerre, provoquant d'innombrables dégâts, tuant des soldats dans des colonnes de fumée ou détruisant les armes de siège.

Les mines alchimiques explosèrent également, ce qui provoqua un mouvement de panique qui profita à l'armée de Dryll. Les soldats en poste dehors pour repousser l'ennemi avaient pu profiter de l'occasion pour décimer pas mal de monde.

Mais cela n'arrêta pas l'armée d'Aurlandia. Les tours d'assauts continuaient de s'approcher, et les soldats luttaient vaillamment pour les empêcher d'atteindre les remparts. La bataille faisait rage en contre bas.

Connor s'était joint aux archers pour tuer à distance et ralentir l'ennemi, tandis que Sanya tentait de lancer quelques sorts visant à les repousser. Malheureusement, des sorciers étaient de la partie, et elle fut vite réduite à protéger ses compagnons d'attaques magiques.

La marée qu'était l'armée d'Eroll se rengorgeait de sa puissance et avançait toujours en direction des remparts, infatigable. Cela faisait deux jours que les soldats tentaient de la repousser, mais il était évident qu'aujourd'hui, l'ennemi percerait la première défense pour tenter de franchir les remparts.

- Il faut battre en retraite ! cria Sanya. Aldaron, rappelez vos hommes, ils ne doivent pas rester dehors. Que tout le monde entre et se prépare à protéger l'enceinte de la ville.

Le roi fit signe à l'un de ses sonneurs, qui souffla dans une corne, émettant un son strident qui retentit jusqu'au château. Aussitôt, on ouvrit les portes, et les soldats dehors reculèrent rangée par rangée pour se mettre à l'abri sans pour autant se laisser dépasser par l'ennemi. Ceux en première ligne surveillaient activement le sol. Quand la tête de file fut arrivée à un certain point, plusieurs archers enflammèrent leurs flèches et visèrent un point précis au sol. Une barrière de feu s'éleva alors entre les deux armées, s'étirant sur des centaines de mètres.

Ce fut le signal, et profitant de ce rempart, tous les hommes s'empressèrent de rentrer à l'abri dans l'enceinte de la ville, avant de refermer la porte et de la barricader.

Ce répit ne fut que de courte durée, car l'ennemi éteignait déjà les flammes en les étouffant avec de la terre, avant de venir se précipiter sur le mur d'enceinte.

- Préparez-vous, ordonna Aldaron, les choses sérieuses commencent !

Sur le chemin de ronde, tous tirèrent leurs épées pour parer le premier flot de soldats. Les tours d'assaut approchaient, et si les armes de siège et les flèches enflammées parvenaient à en détruire certaines, beaucoup trop se mettaient en position d'assaut. Elles s'arrimèrent aux créneaux, et une trappe s'ouvrit, déversant des soldats enragés.

Le carnage commença sur les remparts, tous se battant de toutes leurs forces pour repousser l'ennemi, parfois in extremis. On entendait le bruit sourd d'un bélier tentant d'enfoncer la porte, ainsi que le fracas des blocs de pierre qui s'écrasaient sur les remparts. Des chaudrons d'eau bouillante furent déversés, ainsi que des pierres pour tenter d'éloigner l'ennemi, mais quand certains mouraient, d'autres les remplaçaient aussitôt.

Cette situation dura plusieurs jours.

Mais finalement, les aurlandiens parvinrent à faire une percée. À force de persévérer, ils investirent les remparts, et les défenseurs furent submergés par le nombre. Ce fut un carnage, un concert de cris de douleur. La porte vola alors en éclat, et des centaines d'hommes se déversèrent dans les rues de la ville en hurlant de rage.

Plusieurs bataillons les attendaient de pied ferme, déclenchant les pièges qu'ils avaient installés, mais cela ne ralentit que très peu l'avancée ennemie.

Bientôt, ce fut le chaos dans la ville, les soldats se battaient de toutes leurs forces, le sang éclaboussa les murs et les pavés, la neige devenait rouge.

Aldaron avait ordonné le repli sur le château, et lui, Sanya et Connor avaient pris les devants, se battant vaillamment, éliminant tous ceux qui se mettaient en travers de leur route. Redoutable guerrière, Sanya fit un massacre, Connor couvrant ses arrières, interdisant le passage à quiconque osait s'approcher en douce.

Fou de rage, il parvint même à se jeter sur un mage malgré le cri alarmé de sa femme, et à lui trancher net la gorge avant que le moindre sort ne puisse partir.

- Ça en fera un de moins !

Bien que moins compétent, Aldaron ne donna pas sa part, le désir de protéger sa ville lui donnant le courage nécessaire pour brandir son épée malgré la fatigue qui s'accumulait.

Ils parvinrent au château et s'empressèrent de gagner les remparts pour continuer le combat. Dehors, les soldats rentraient rangée par rangée avant de barricader la porte derrière eux.

- Préparez-vous à vous battre ! hurla le roi aux défenseurs du château.

Quelques heures plus tard, les aurlandiens parvinrent à faire entrer leurs machines de guerre dans les rues de la ville, les approchant des remparts du château. Le trajet ne fut pas de tout repos. Les pièges s'activèrent, déversant des colonnes de flammes dans les ruelles, ou provoquant des explosions qui détruisirent des armes de siège et tuèrent nombreux soldats. Mais malgré ce contretemps, ce ne fut pas suffisant pour éliminer l'armée impériale. Les catapultes entrèrent en action, et une pluie de cailloux, suivie d'une volée de flèches s'abattit sur les remparts.

Connor et Sanya se plaquèrent au sol pour se protéger, attendant avec angoisse que tout soit tombé au sol pour relever la tête. Les tours d'assauts approchaient de nouveau, protégées par des rangées de boucliers.

- Archers ! tonna le roi.

Plusieurs volées de flèches s'abattirent sur les tours, transperçant les soldats un peu trop exposés. Puis les archers enflammèrent leurs flèches, et l'une des tours s'alluma comme un brasier.

À terre, les archers ennemis couvraient l'avancer des tours en bombardant les remparts de flèches. Les balistes firent également de gros dégâts, embrochant de part en part les soldats, les clouant au mur.

Quand la première tour atteignit les remparts, une passerelle s'abaissa, laissant déverser des soldats en rage. Sanya les accueillit à grand coup d'épée, luttant de toutes ses forces en poussant des cris de guerre. Connor restait près d'elle, intouchable, faisant des ravages. Le temps semblait durer une éternité, comme si cette bataille n'avait jamais de fin. La fatigue était pesante.

Des grappins surgirent pour s'accrocher aux créneaux, et quand ils le pouvaient les deux jeunes gens se penchaient pour trancher les cordes, laissant les grimpeurs s'écraser sur les dalles. Des échelles également furent installées, et Connor donna un coup de pied rageur dans l'une d'elles.

- Faites place ! hurla un homme en contre bas.

Portant un lourd bélier, des hommes couraient en direction de la porte. Aussitôt, les défenseurs les criblèrent de flèches, mais dès qu'un homme tombait, un autre venait prendre aussitôt sa place.

Alors que Sanya tentait de tirer une flèche, un bloc de pierre s'écrasa à côté d'elle, l'envoyant bouler au sol. Gémissant de douleur, car un éclat de roche lui avait lacéré la cuisse, elle se releva péniblement, juste à temps pour contrer le coup d'un soldat.

Connor vint lui prêter main-forte.

Un puissant coup retentit à leur oreille, faisant trembler le sol. Le bélier tentait d'ouvrir la porte. Se penchant aux créneaux, le Maître des Ombres constata qu'il était protégé par un chapiteau en bois. Les flèches venaient s'y planter en masse.

- Apportez du combustible ! rugit Aldaron.

Quelques minutes plus tard, des soldats renversèrent un chaudron entier de combustible dont le liquide s'écrasa sur le chapiteau. Aussitôt, plusieurs archers décochèrent des flèches enflammées. L'effet fut immédiat, des cris montèrent à leurs oreilles et les aurlandiens s'empressèrent de fuirent. Le chapiteau s'écroula, faisant brûler le bélier abandonné.

Les jours s'étirèrent, toutes identiques et aussi rudes. Les combats prenaient généralement fin le soir, et l'on s'empressait de dégager les remparts des cadavres, de consolider les fortifications et de s'occuper des blessés. Les soldats ne dormaient que très peu, se relayant sans cesse pour être près en cas d'attaque nocturne. Il y en eut une, une seule fois, mais voyant que les défenseurs tenaient parfaitement le coup, l'ennemi ne se risqua plus à sacrifier des heures de repos inutilement.

Sanya rendait visite aux familles des domestiques cachées dans les catacombes, apportant couvertures eau et nourritures. Les femmes et les enfants étaient terrorisés, tous pleuraient et ne supportaient plus cette terreur qui les habitait. Kari venait demander des nouvelles de son mari, craignant chaque jour que Sanya lui annonce sa mort. Les mêmes questions revenaient sans cesse : l'armée fuyait-elle ? Quand serait-ce fini ? Les soldats tenaient le coup ? Allaient-ils s'en sortir ?

Et la reine, chaque fois, essayait d'être le plus optimiste possible.

Les défenseurs ne lâchaient rien, ne cédaient pas un pouce de terrain à l'ennemi. Les aurlandiens s'acharnaient à vouloir pénétrer le château, mais le roi et ses hommes tenaient bon. Le siège n'était pas voué à l'échec.

Sanya s'inquiétait pour son royaume. Sohen devait également subir le siège. Mais la ville était entre de bonnes mains, Aela veillerait.

Les renforts de Jahama étaient arrivés, apportant soutien et espoir, mais l'armée d'Eroll était bien trop imposante pour que cela fasse pencher la balance. L'effervescence provoquée par ces renforts s'était rapidement éteinte.

Tous les jours, il fallait motiver les troupes qui perdaient un peu courage en voyant les tonnes de cadavres qu'il fallait entasser et brûler, il fallait leur faire oublier la peur qui les rongeait. Mais aucun ne renonça, aucun ne céda, et même si la fatigue était grande, ils se battaient tous avec honneur et courage, sans jamais faillir.

*

Pendant plusieurs jours, Sohen avait tenu le coup. Les soldats se battaient bien et la défense de la ville et du château était efficace. Malgré les armes perfectionnées et destructrices de l'armée impériale, l'ennemi ne parvenait pas à prendre le contrôle du royaume. Le pont avait été pris, et l'ennemi s'échinait maintenant à enfoncer la porte, ou passer par-dessus, mais les défenseurs ne leur en laissaient pas le loisir. La flotte, bien qu'affaiblie, tenait également l'ennemi en respect, et le port n'était presque d'un cimetière de navire de guerre.

Si les mages étaient des plaies, l'Ordre de Faran ramena les compteurs à zéro. Ses magiciens se défendaient bien, et posaient problème à l'ennemi qui se demandait depuis quand Sohen disposait de mage de guerre. La nuit, les Maîtres des Ombres se glissaient dans les campements, empoisonnants, assassinants, et essayant tant bien que mal de débusquer et d'assassiner les sorciers. Ce ne fut pas chose aisée, et ils y laissèrent des plumes, mais le jeu en valut la chandelle, car les forces magiques de l'ennemi avaient grandement diminué.

Aela était fière de ses hommes, fière de ce qu'ils accomplissaient. Les dégâts étaient très importants, les morts aussi, mais ils n'avaient pas perdu espoir et se battaient toujours avec hargne.

Tous au château étaient fatigués, mais aucun ne renonça. Aela supervisait les attaques, se battant comme une lionne chaque fois que les soldats ennemis tentaient de pénétrer dans le château.

Le palais des reines était imprenable. Et il le resterait.

Les renforts de Jahama étaient enfin arrivés, causant dans un premier temps une vague de panique chez l'ennemi, et cela avait suffi à faire de gros dégâts. Cela avait également permis de renforcer les défenses de la ville qui avaient dangereusement diminué, mais les aurlandiens s'étaient rapidement repris, luttant avec une grande efficacité contre ce nouvel ennemi. Ils étaient toujours en surnombre.

L'Ordre de Faran faisait des merveilles, et la guerrière finit par apprécier cette aide qu'il leur fournissait. Les magiciens faisaient des ravages et évitaient parfois grâce à leurs sorts beaucoup de morts et de dégâts. Ils savaient se coordonner et ajouter leur pouvoir pour créer des sorts dévastateurs, ou offrir à leurs alliés des protections impressionnantes. Faran lui-même s'était découvert un véritable don pour le feu, car il était capable de provoquer avec facilité de très grandes déflagrations, et sa dernière avait carrément décimé les soldats agglutinés sur le pont. Une arme de taille. Il n'en était pas peu fier et s'était mis à utiliser beaucoup de sortilèges dont la base était le feu.

Souffrant de plusieurs blessures, mais les ignorants, Aela se battait sur les remparts au-dessus du pont pour repousser les soldats qui tenaient de franchir les murs. Ses hommes venaient de détruire le bélier, mais un autre arrivait au loin.

- Qu'ils viennent ! grogna-t-elle. Jamais ils ne passeront.

Le palais des reines était une place facile à protéger, le pont n'était pas assez large pour permettre à des dizaines de tours d'assauts de venir se coller aux remparts, Il n'y avait donc que très peu de moyens d'assiéger cette forteresse. Aela en était plus que satisfaite. Ils tiendraient le coup.

Mais les choses commencèrent à changer le jour où ils entendirent un cor de guerre sonner plus loin au sud. Intriguée, Aela n'avait pas tardé à comprendre ce qui se passait.

L'armée de Teyrn arrivait en renfort. Pas pour les épauler, mais pour les massacrer. Ses hommes étaient devenus livides en voyant une nouvelle armée apparaître, un puissant ennemi en plus.

Il n'avait alors pas fallu longtemps pour que la ville tombe aux mains de l'ennemi dans un terrible incendie. Un coup renversant qui avait miné le moral des défenseurs, qui du château, contemplaient avec impuissance le carnage.

Aela en avait eu les larmes aux yeux.

Les deux armées, dans la plaine, semblaient à présent les narguer. Les combats avaient cessé, un messager avait hissé le drapeau blanc et était venu à leur rencontre. Ce n'était autre que le général Thorlef, qui arborait un sourire triomphant. Postée sur les remparts, Aela attendait qu'il délivre son message, contemplant avec haine les deux armées et cet homme qui croyait pouvoir faire main basse sur ce palais.

- J'aimerais m'entretenir avec ma chère reine Sanya.
- C'est à moi que tu parleras, cracha Aela. Elle n'a que faire d'un eunuque dans ton genre.

Elle le vit rougir de colère et de honte, ce qui la fit sourire. En revanche, il parut peu surpris de l'absence de la reine, sûrement devait-il déjà savoir que Sanya n'était plus là. Aela songea alors que la reine était bien mieux loin d'ici. Si Thorlef lui avait remis la main dessus, la folie l'aurait tué.

- Le seigneur Conrag et l'empereur Eroll vous demandent de capituler et que vous leur cédiez le château. Vous ne pourrez pas lutter, si vous vous rendez, vous serez épargnés, vous et les habitants de Sohen. Nous ne voulons que la paix.

Aela prit une longue inspiration. À côté d'elle, Reva murmura :
- Que faisons-nous ?

Elle ne répondit pas tout de suite. Elle ferma les yeux un instant puis ouvrit la bouche. Ce ne fut pas des menaces qui franchirent ses lèvres ni un refus catégorique, mais un chant de guerre.

Au loin, toute l'armée de Teyrn frémit. Ce chant avait été écrit quand l'empire de Teyrn avait voulu annexer tous les royaumes. Un chant qui symbolisait son écrasante défaite.

Un sourire carnassier aux lèvres, Aela continua de chanter. Le général Breris s'approcha alors d'elle et unit sa voix à la sienne. Tapant du pied et frappant leurs armes contre leur bouclier, tous les soldats reprirent en cœur, faisant vibrer l'air.

Le chant de guerre, chanté d'une seule voix forte et puissante par des milliers de soldats, atteignit l'armée de Teyrn qui tressaillit. Même les aurlandiens eurent un temps d'hésitation. Thorlef, quant à lui, fit pivoter son cheval et partit au triple galop en poussant de gros jurons pour masquer sa peur.

Les deux armées se mirent alors en marche pour anéantir l'ennemi qui osaient les insulter de ce chant. Poussant des hurlements de triomphe, les vaillants défenseurs les accueillir dignement.

Pendant plusieurs autres jours, Sohen tient le coup avec honneur.

Aela se demandait combien de temps cela durerait, mais elle savait qu'ils triompheraient. Les soldats n'avaient pas réussi à percer leurs défenses.

Et puis vint le jour où tout changea, où les ténèbres s'abattirent.

Alors qu'ils combattaient pour repousser l'ennemi, les magiciens jusque-là si efficaces, se retournèrent contre leurs propres alliés. Les dégâts furent considérables, des langues de feu fusèrent dans le cours et sur les remparts. Les soldats tentèrent de les éliminer, mais les sorciers les tenaient en respect.

Stupéfait, Faran ne parvenait pas à croire ce qui se passait. C'était impossible !

- Mais que faites-vous ? hurla-t-il.

- Pauvre idiot que tu es ! Crois-tu sincèrement que nous aurions accepté de nous battre pour un pauvre mage de ta trempe ? Nous sommes des demi-dieux ! Nous sommes faits pour régner ! La magie n'aura jamais sa place ici, mais avec l'empire, cela changera !

- Sales traîtres ! s'égosilla Aela en se jetant sur eux.

Les Maîtres des Ombres suivirent le mouvement, la rage faisant brûler leurs yeux. Un combat sans merci débuta entre les deux factions, deux ennemis naturels qui se rentraient dedans de toute leur force. Chacun déversait tout son pouvoir pour anéantir l'autre.

Faran était tombé à genoux. Il s'était fait duper, et n'avait rien vu ! Il avait recruté, aidé, et enseigné à ces mages, mais ces derniers avaient été corrompus ! Quand cela avait-il eu lieu ? Comment Eroll avait su ?

Il eut rapidement la réponse. Thorlf s'approcha de lui, un sourire cruel aux lèvres.

- Que croyais-tu ? Que j'étais un jeune homme démuni, ayant besoin d'aide ? Je suis aurlandien. Un mage espion. Et de talent visiblement, vu que personne ne m'a vu à l'œuvre. De jeunes petits mages, il a été si facile de les ramener dans mon camp. Ils ne demandaient que puissance, que reconnaissance, et pour certains, vengeance. Tu ne pouvais rien leur offrir de ça. Absolument rien. Juste de belles paroles et des promesses vides de sens. Moi je leur ai prouvé tout ce qu'ils avaient à gagner en me suivant. Regarde le résultat. N'était-il pas magnifique ? Enfin, pas pour toi, maître...

Faran voulut lui lancer un sort, mais l'autre le dévia d'un simple mouvement de main.

- Allons bon, me prends-tu pour un novice ?

Il leva les bras, prêts à lui montrer sa puissance, quand Darek surgit, envoyant valdinguer son ennemi. Son regard était mauvais, glacial.

- Quand tout sera fini, nous aurons des comptes à rendre. Mais pour l'instant, secoue-toi et occupe-toi de cette bande de minable !

Et il repartit à l'assaut, Kelly le suivant, pour tenter de neutraliser le chef renégat.

Soudain, deux mains saisirent Faran pour le relever.

- Bouge-toi ! cria Aela. Allez, il faut les éliminer avant qu'il ne soit trop tard !

Le jeune homme hocha la tête et passa à l'action. Les soldats dehors en profitaient pour se déverser, et Aela, les Maîtres des Ombres et lui étaient les seuls à pouvoir venir à bout de l'Ordre. S'ils ne mettaient pas un terme à leur manigance maintenant, tout était perdu.

Luttant contre ce qu'il avait créé, Faran se jeta dans la bataille, incapable de tarir ses larmes. Deux Maîtres des Ombres gisaient au sol, inanimés. Les autres se démenaient, seules personnes nées pour ce travail ingrat. Aela, vêtue de son armure magique, les épaulait comme elle le pouvait, mais son regard ne cessait d'être attiré par les soldats ennemis qui pénétraient l'enceinte du palais.

De rage, Faran provoqua une explosion dévastatrice qui brûla vif deux mages, passant près de brûler ses propres alliés. Malheureusement, pour éviter la catastrophe, plusieurs Maîtres des Ombres durent se jeter au loin pour éviter les flammes. Le résultat fut que plusieurs mages profitèrent de la cohue pour s'éloigner et se précipiter vers la grande porte barricadée.

De quelques sorts habiles, ils firent sauter les mécanismes de la porte qui s'ouvrit en grand. Les soldats ennemis poussèrent un cri de triomphe, et bientôt, tout le château fut envahi. Se frayant un chemin parmi les hordes de soldats à coup de dague pour atteindre les magiciens qui continuaient de faire des dégâts, les Maîtres des Ombres poussèrent des cris de rage et de douleur.

Darek et Kelly les stoppèrent soudain, les empêchant d'aller plus loin.

- Fuyez ! ordonnèrent-ils.
- Jamais !
- C'est un ordre ! aboya Darek. Fuyez pauvres idiots ! Nous avons perdu, Eredhel est tombé ! Nous ne pouvons plus rien faire

nous allons être massacrés ! Kelly et moi resterons ici pour épauler Aela, mais vous, vous devez fuir pour aider Connor quand il reviendra ! Tout n'est pas encore perdu, la reine et lui pourront reprendre Sohen, mais ils auront besoin de vous ! Fuyez !

Les autres hésitèrent, ne pouvant se résoudre à fuir. Mais après un coup d'œil autour d'eux, ils comprirent que Darek avait raison. Les défenseurs se faisaient massacrer, les sorciers faisaient de gros dégâts. Tout était en flamme, les cadavres jonchaient la cour et les remparts. C'était fini, ils ne pouvaient plus les repousser, ils étaient trop nombreux. Le palais était tombé aux mains de l'ennemi, c'était terminé, il n'y avait plus d'espoir.

Ils virent également Faran qui tentait de lutter contre sa propre création. Un sort puissant le toucha en pleine poitrine et il vola dans les airs, s'écrasant plus loin pour ne plus se redresser. Il avait échoué. Ce qu'il pensait être le salut du royaume avait causé sa perte.

N'ayant plus le choix, les Maîtres des Ombres s'enfuirent pour gagner le passage secret tandis que Kelly et Darek repartaient combattre jusqu'à la fin. Les voyant filer, Breris se rua à leur suite. Pénétrant dans la grande salle où les habitants du château étaient censés être à l'abri, il se rua vers Tamara et l'entraîna à l'écart.

- Que fais-tu, qu'est-ce qui se passe ?

Contre elle, Ralof pleurait de tout son être.

- Breris que se passe-t-il ?!

- Sohen est tombé. Nous avons perdu. Tu vas prendre le passage secret, tu vas t'enfuir loin d'ici, tu attendras en sécurité que la reine et Connor reviennent.

Tamara laissa des larmes couler le long de ses joues.

- Quoi ?!

- Fais ce que je te dis !

Alors qu'ils arrivaient dans un petit salon, Breris activa un mécanisme secret et une porte s'ouvrit dans le mur. Prenant Tamara par les épaules, il la poussa dedans à la suite des habitants qui ne demandaient pas leur reste. Tous les Maîtres des Ombres s'y étaient déjà engouffrés, sauf Mia, qui attendait.

- Tamara va-t'en !

- Pas sans toi !

- Ne t'inquiète pas pour moi ! Je m'en sortirai ! File d'ici maintenant, si tu veux me sauver, attends le retour de Sanya et explique-lui tout ! Elle saura arranger les choses !

Un vacarme assourdissant retentit dans les couloirs. Les cris des soldats suivirent.

- File !

Éclatant en sanglots, Tamara jeta un bras autour du cou du général et l'embrassa fougueusement.

- Vis, je t'en prie !
- Pour toi, oui. Maintenant, va-t'en !

Quand il fut certain qu'elle ne reviendrait pas, il referma le passage et serra fort son épée. Poussant un cri de guerre, il se rua dans les couloirs pour tuer tous les ennemis qui se pointeraient.

Dans la cour, Aela ne savait plus quoi faire.

- Aela, il faut fuir ! hurla Reva.
- Jamais je ne fuirai... devant quiconque...

L'homme des clans lui jeta un regard triste. La guerrière savait que la fin était proche, et elle était résolue à accueillir la mort dignement. Autour d'elle, c'était le chaos. Elle toucha l'épaule de son compagnon.

- Combattras-tu avec moi ?
- Jusqu'à la mort.

28

- Votre Majesté, il y a des gens à la porte principale qui demande à voir la reine Sanya ! annonça à soldat alors que le roi et la reine s'entretenaient dans une salle privée, profitant du répit de la nuit.

Curieuse, la reine suivit le messager, Aldaron et Connor sur ses talons. Elle sortit dehors, une main sur son épée. Connor se tenait prêt à la protéger en cas d'attaque.

En bas, devant la porte, se tenaient plusieurs hommes habillés de longues robes.

- Majesté ! appelèrent-ils. C'est Faran qui nous envoie pour vous épauler ! Il dit que vous aurez probablement besoin de notre aide. Nous avons attendu la nuit pour nous faufiler jusqu'ici.

S'assurant qu'il n'y avait aucun ennemi à porter, Sanya fit signe au roi d'autoriser l'ouverture des portes. Il fallait se dépêcher, au cas où la conversation aurait été entendue par des sentinelles.

- Un ami proche a entraîné des magiciens pour la guerre. Ceux-là sont du lot. Faites-les entrer.

La porte s'ouvrit et les sorciers entrèrent.

Tout se passa alors très vite.

Ils jetèrent des sorts pour briser les mécanismes qui permettaient de fermer la porte, et aussitôt, une horde de soldats cachés derrière les murs des maisons déboula, se précipitant à l'intérieur. L'armée n'avait pas pris de repos, mais s'était tapie dans l'ombre, attendant le bon moment.

Le cor d'alerte retentit. Au loin, un autre cor retentit également, et ils entendirent les cris victorieux du reste de l'armée ennemie qui accourait.

- Traîtres ! hurla Sanya.

Elle voulut se ruer dans la cour pour tuer ces êtres immondes, mais Connor l'arrêta. Aldaron lui partit au pas de course avant que le jeune homme ne puisse l'arrêter. En quelques minutes, ce fut la folie générale. Les aurlandiens entraient en trombes dans le château, les défenseurs, pris au dépourvu, se battirent comme ils le purent, mais ils étaient en sous-nombre.

Les magiciens faisaient des ravages. Les flammes montèrent haut dans le ciel, les cris d'agonie retentirent. Les soldats ennemis continuaient de s'engouffrer dans le château tandis que les défenseurs savaient qu'ils ne pourraient pas les repousser.

Ils avaient été trahis. C'en était fini d'eux.

- Sanya, il faut filer ! s'écria Connor en tirant sa femme.
- Je ne fuirai pas !
- Nous n'avons plus le choix ! C'est fini Sanya ! Nous ne gagnerons pas ! Trouvons Aldaron et replions-nous ! Décampons !

La jeune femme, des larmes plein les yeux, finit par acquiescer. Suivant son époux, ils se frayèrent un passage ensanglanté dans cette marée de soldats, la peur au ventre. Ils parvinrent à trouver Aldaron et l'arrachèrent à son combat, le traînant derrière eux !

- Je n'abandonnerai pas mes hommes tonna-t-il en se débattant.
- Il faut se replier, répliqua Connor d'une voix sans appel.

Le roi resta un moment sans rien faire, puis il hurla à un de ses généraux :

- Faites sonner la retraite ! Fuyez, fuyez, abandonnez le château !

L'homme approuva et fit sonner son cor.

Ce fut la débandade.

Tous les soldats se ruaient dans tous les sens pour échapper à leur boucher. Luttant de toute leurs forces pour ne pas finir écrasés ou embrochés, Sanya, Connor et Aldaron parvinrent à entrer dans le château. Les soldats retrouvèrent leur discipline, et firent barrage, entrant les uns après les autres tout en essayant de ralentir l'ennemi pour laisser aux civils et à leur roi le temps de fuir.

Tous ceux entrés se dépêchèrent de gagner les catacombes, pour fuir avec leurs proches. Ils furent accueillis par les cris horrifiés des habitants restés ici à l'abri.

- Fuyez ! hurla Sanya. Prenez la sortie et fuyez vous réfugier dans la nature !

Ce fut un concert de cris et de pleurs. Les mères prenaient leur bébé dans les bras et partaient en courant, les enfants en âge de marcher sur les talons. Ils s'engouffraient tous dans le passage secret, escortés par les soldats qui fuyaient avec eux.

- Dépêchez-vous ! les pressa Sanya.
- Aldaron !

Kari se ruait vers eux, pleurant, tremblante, tenant son fils par la main. Son mari la serra brièvement contre lui.

- Partons, ne traînons pas ! Nous avons perdu, Elbereth est tombé il faut filer !

Alors qu'ils couraient vers la sortie, Connor et Sanya tombèrent sur un gamin qui pleurait, ayant perdu sa mère. Sans un mot, le Maître des Ombres le prit dans ses bras et partit en courant.

Ils émergèrent finalement dans la forêt et coururent tous en colonne aussi loin que possible. Les gens ne ressentaient même plus le froid tellement il avait peur, jetant des coups d'œil derrière eux pour s'assurer que personne ne les suivait.

Ils coururent ainsi pendant ce qui leur parut être des heures. Quand enfin Aldaron jugea qu'ils étaient assez loin, il ordonna une pause. Sanya et Connor se tenaient à la lisière des bois, immobile. Le roi et sa femme s'approchèrent.

Quand ils découvrirent le spectacle, ils tombèrent à genoux.

Elbereth était en flamme, aux mains de l'ennemi. Des cris d'agonie leur parvenaient aux oreilles, des colonnes de fumée montaient dans le ciel. Des hordes de soudards avaient investi toute la ville et le château. Au loin, on pouvait voir des soldats qui fuyaient aussi vite que possible.

- Dryll est tombé, se lamenta Aldaron. Nous avons échoué.

Une main sur la bouche pour retenir un hoquet de terreur, Sanya se laissa aller contre son mari.

- Il faut repartir, souffla celui-ci. Il faut aller le plus loin possible avec tous ces gens, avant qu'ils nous prennent en chasse.

Aldaron hocha la tête, pas vraiment conscient de ce qu'il faisait, et ordonna à ses soldats d'escorter les habitants le plus loin possible. La colonne reprit sa marche dans les pleurs et les gémissements.

Restée à l'arrière, Sanya ne parvenait à s'arracher du spectacle.

- J'ai échoué, gémit-elle.
- Non, ce n'est pas ta faute.

Le jeune homme la tira derrière lui, mais la jeune femme était vidée de ses forces.

- Si... j'ai perdu Connor. Sans est fini... Nous avons perdu, c'est terminé.

© 2021, Magali Raynaud
Édition : BoD - Books on Demand, 12/14 rond point des Champs Élysées, 75008 Paris, France
Impression : BoD - Books on Demand, Norderstedt, Allemagne
ISBN : 9782322395781
Dépôt légal : 10/2021